ギキョウダイ

嶋戸悠祐
Shimato Yusuke

講談社

目次

第1部

第2部

第3部

装　幀
泉沢光雄

カバー写真
Getty Images

ギキョウダイ

この作品はフィクションです。
登場する人物、団体、場所は
実在するいかなる個人、団体、場所等とも
一切関係ありません。

第1部

1章　砂浜のサッカー少年

あれから五年の歳月が流れた。

私はすべてを失った。それでも死ぬことができずにこの町へと戻ってきた。

ここへ来ればかつてと同じように自分だけの世界を創り上げ、もう他者と交わることなく、その暗く静かな繭（まゆ）の中だけで生きてゆける気がしたのだ。

だが、それは幻想だった。

あのころとは違う。町並みは大きく変わり、私はすでに大人になっていた。幼（おさな）いころの自分に戻ることなど、到底できないことを悟った。

それでも夜が明け、朝はやってくる。腹も減る。一生、眠らないわけにもいかない。

それはすなわち、私が生きることを選択した証（あかし）だった。

私は海からほど近い場所に建つ、小さなアパートの一室を借りた。年季の入った二階建てのアパートの壁面は潮の影響で赤黒く変色し、剝（む）きだしの階段には錆（さび）が浮き、手すりとステップはところどころが虫食いのように腐食していた。

移り住んでしばらくは、ほとんど外出することもせず部屋の中で過ごした。アパートはいつも静かだった。

四畳半一間の畳敷きの部屋に薄い布団を敷いた。そこには幼いころの、私そっくりの少年が横臥している。

微かに届く波の音を聴きながら、私は【彼】に語りかけることを日課としていた。

腹が減ると近くのスーパーまで顔を伏せるようにして歩き、適当に出来合いの食品を一週間分ほど買い込む。

人には会いたくなかったが、海だけはときどき見に行った。

誰もいない砂浜に座り、寄せては返す波の飛沫をぼんやり眺めていた。この場所だけはあのころと何も変わらない。私は、これからどうすればよいかを考えた。答えなど出るはずもなかった。

しばらくすると金が底を突いた。

職業安定所など行く気にもなれず、なんとはなしに海沿いの道をブラブラ歩いていると小さな木材工場が見えた。そこに見習い募集の貼り紙を見つけたのだ。年齢の制限などは書かれていなかったが、見習いという年でもない。不安に思いながらも連絡してみると、よほど人手に困っていたのか、すぐに採用となった。

私はひさしぶりに働きはじめた。仕事は午前八時からはじまり、いつも午後五時ぴったりに終わった。工場の床を埋め尽くすおがくずを集めることと、加工された木材をトラックの荷台に運び入れることが主な仕事だった。

それまで営業職の経験しかない私にとって、きつい仕事だった。それでも木の匂いと電動ノコギリの騒音にまみれ、必死に体を動かしている間だけは、何もかもを忘れることができた。賃金も安かったが、ボロアパートで最低限の暮らししか望まない私にとっては充分なものだった。職場もアットホームな環境で、皆、仲がよく親切だったが、年配の従業員が多く、それぞれの生活を大事にしているせいか、終業後に連れ立って、一杯吞みに行こうというような雰囲気はなかった。私にとってはそれもありがたかった。

仕事が終わるといつも海沿いの道を歩いて帰った。天気がよいときなどは、砂浜に降りて、夕日がゆるゆると水面に溶けてゆくのをじっと眺めたりもした。

アパートに戻ると、簡単に食事を済ませ、その日あった出来事を【彼】に話した。部屋に引きこもっていたときとは違い、働きはじめてからは話題に事欠かなくなった。心なしか、【彼】も嬉しそうに見えた。

私はこの生活が一生続けばよいと本気で願っていた。住み処など雨風が凌げればどこでもよいのだ。食うに困らず、傍らに【彼】さえいてくれれば——。

指先にこびりついたインクのように、なかなか消えようとしない忌まわしい記憶も、徐々に思い出すことが少なくなっていた。このまま誰とも交わることなく、海の見えるこの場所でひっそりと生きてゆこう。私はそう決めた。そう決めたのに——。

ある日、いつものように仕事を終え、海沿いの道を歩いていると、砂浜に見慣れない人影があった。それは少年だった。まだ背が低い。おそらく小学校二、三年生くらいだろうか。少年は夕日を背にしながら、サッカーボールを蹴っていた。

砂浜だから当然、足場が悪い。少年は足を砂に埋もれさせながらも、なんとかバランスを取り、懸命にドリブルをしていた。ある程度進むとUターンをして、今度は反対方向にボールを蹴りはじめた。これを何度も繰り返しているようだった。その証拠に、少年の足跡が歪な、極端に細長い楕円を砂浜に作っていた。

少年は足をもつれさせて、何度か転んだ。だがすぐに立ち上がり、ひとときの休憩すらとることなく、またドリブルを開始するのだ。

私は遠い昔であるが、学生時代に、サッカー部に所属していたことがあった。だから砂に足を取られながらのドリブルがどれほど大変なものかは、容易に想像がつく。

砂浜には、少年以外、人の姿は見えない。少年は驚くべきことに、自らにこの過酷な練習を課しているようだった。それとも誰かに指示をされているのだろうか。砂浜を見渡しても少年以外に人の姿は見えない。たとえそうだとしても、見られているわけではないのだから、転んだタイミングで休憩ぐらいしてもよいのではないか、と思ってしまう。

少年のストイックさが酷く異様なものに思えた。同時に、なぜかいたたまれない気持ちになり、私は少年から視線を逸らし、足早に家路を急いだ。

次の日も少年は砂浜で練習をしていた。

少年は大きくボールを蹴ると、それをダッシュして追いかけ、またボールを蹴る、ということを何度も繰り返していた。私は砂浜に降りて、その姿を遠くから、水面に沈もうとする夕日と共にぼんやり眺めていた。その日は、昨日と違い気持ちが揺れ動くこともなかった。

少年は、相変わらず懸命にボールを追いかけていた。ここにいるのが私ではなく、良識ある大人であったならば、少年に声をかけて、パスの練習相手にでもなるところだろう。私は少年に声をかけなかった。砂浜には私と少年しかいない。少年は、私を気にする様子もなく練習に集中している様子だった。

家に帰ると、【彼】に、仕事中に起こった出来事と共に、砂浜に現れたサッカー少年のことを話した。

少年は毎日練習をしていた。仕事を終え、海辺の道を通ると、決まってそこにいるのだ。日によって練習メニューを変えているようだった。ボールを使わず、ただ砂浜をランニングしていることもあった。

ある日、大雨が降り、海が荒れた。加工木材が雨で濡れぬよう、いつも指示を仰いでいる先輩社員の言葉通り、ビニールシートに包んでから仕事を終え、私は家路を急いだ。

すると砂浜に少年がいたのだ。

少年は荒れ狂う海に向かってボールを蹴っていた。蹴ったボールはしばらくすると高波に乗って少年の足元に戻ってくる。するとまた助走をつけて海に向かってボールを蹴るのだ。少年はずぶ濡れだった。背中で大きく息をしている。

いったい何が少年をここまでさせるのだろうか。ここまでくるとあの小さな背中から、強い使命感すら伝わる。

風が強さを増した。大きな波が押し寄せる。波は勢いよく飛沫を上げて少年のボールを呑み込んだ。ボールが消えた。しばらくすると浮かび上がってきたが、少年の元へと戻ることなく、沖の方へと流されてゆくのが見えた。

すると何を思ったのか、少年は海に足を踏み入れた。沖に向かって歩き出したのだ。躊躇なく進み、すでに腰のあたりまで海水に浸かっている。高波にさらわれたボールを追いかけているのがすぐに分かった。

そのとき少年が、なぜか一瞬こちらを振り向いた。途端、緊張がはしった。少年の身長の何倍もある大きな波が、少年のすぐ後ろまで押し寄せていたのだ。白く大きな飛沫を上げながら波は少年に襲いかかった。少年は高波に呑み込まれ姿を消した。あっというまの出来事だった。

私は走り出していた。

頭は真っ白で何も考えられずにいたが、体が勝手に反応した。持っていた傘を投げ捨て砂浜に飛び降りた。足が砂に埋まる。砂を蹴り上げて必死に走る。それでもなかなか海は近づいてこない。ようやく波際にたどり着き、そのままの勢いで海に入った。海水を足で掻き分け、腰まで達したところで、頭から飛び込んだ。

海は凍えるように冷たかった。それでも少年が姿を消したあたりを見据えて、懸命に目を開けた。両目に突き刺すような痛みがはしる。海の中は暗く澱んでいた。目と鼻の先の、ほんのわずかな視界しか確保できない。それでも助けなければならない。もしもあの少年をこのまま死なせてしまったら、私は、本当に終わってしまう。なぜかそう思えたのだった。

手足を必死に動かす。痛む目を懸命に見開き、私は少年を探し続けた。

途中、息が続かなくなり、海面から顔を出した。砂浜が遠くに見える。潮の流れが速い。思っていた以上に沖まで来ていた。あたりの波間にいくら目を凝らしても、少年の姿は見当たらない。歯の根がガチガチと震え出し、それは心にも伝播したのか、一気に体中が絶望感で支配されてゆくのが分かる。

落ち着け。落ち着け――。

パニックになるな――。

私は自らに言い聞かせた。

ここでパニックになったら少年も、自分も終わる。

体を海に預けるようにして力を抜き、目を閉じて、大きく一度、深呼吸をした。

再び目を開ける。体の震えは止まっていた。そしてあたりに目を凝らす。

するとここから少し離れた海面に、海中からブクブクと上がる、小さな気泡の連なりを見つけたのだ。

私は肺一杯に空気を吸い込み、再び海の中に潜った。気泡の見えた場所へと向かう。すると黒々とした大きな塊(かたまり)が見えた。動いている様子はない。それは海の中をゆらゆらと揺れながら沖の方へと流されているようだった。私は懸命に、その塊にしがみついた。

細い胴体に手足、それは少年の体だった。私は少年を抱き上げるようにして海面に浮き上がった。

少年は脱力し動く様子はない。顔は青白く生気が無い。唇(くちびる)は紫色に変色していた。少年は気を失っていた。

私は少年の体を抱(かか)えながら砂浜に向かった。足が届く場所まで来ると、少年を背負って運んだ。ようやく倒れ込むようにして砂浜にたどり着いた。

少年を仰向けの状態で、砂浜の上に寝かせる。

私は体に触れぬようにして、少年に大声で呼びかけた。だが、反応は無く、意識を取り戻す様子もない。少年の口元に顔を近づけた。呼吸をしていなかった。慌てて、少年の薄い胸に耳を当てた。心音が聞こえない。心臓が止まっているのだ。

自分の指先が冷たくなり、血の気が引いてゆくのが分かった。あたりを見渡した。雨に煙る砂浜に人の姿は見えない。そこに沿って延びる道路も同じだ。動くものはない。

私は携帯電話を持っていなかった。

助けを呼びに行っている時間はない。今、ここで自分がなんとかしなければこの少年は死ぬ。

何を――。何をすれば――。

頭を抱え泣き出したくなった。何もかも放り出し、少年をこのまま置き去りにして逃げてしまいたい衝動を、必死で押し殺す。

落ち着け。考えろ。考えろ――。

この場所には自分しかいないのだ。

息をしていない。心臓が止まっている。ならば、どうしたらいい――。

肺に空気を送って呼吸させること。心臓を動かすこと。

断片的であるが、やらなければならないことが頭に浮かぶ。

そのためには――。人工呼吸と心臓マッサージだ。

もう何年も前、以前勤めていた会社で、救急法の研修を一度だけ受けたことがあった。

そのときに人工呼吸と心臓マッサージのやり方を教わったのだ。

私は必死に記憶を巡らせた。どうにもやり方に自信を持てなかったが、迷っている暇はない。仰向けのまま、少年の頭を反らせて、気道を確保し、肺に空気を送る。それを何度かしたあとに、一定のリズムで強く胸を押して心臓マッサージを行った。それを交互に繰り返す。

だが、少年の意識が戻る様子はない。

「死ぬな！　死ぬな！　死んじゃだめだ！」

私は叫びながら懸命に胸を押し、そして少年の肺に空気を送り続けた。

すると少年が急にむせて、海水を吐き出したのだ。

私は背中をさすりながら、同時に気道に海水が入らぬよう、横を向かせた。

少年は苦しそうに海水を吐き出し続ける。

だが、目を開き、呼吸もしている。少年は意識を取り戻したのだ。私は少年の背中をさすりながら、大きな安堵のため息をついた。

よかった――。本当によかった――。

少年は荒い呼吸を繰り返す中、何かを私に伝えようとしていた。

私は制すように言った。

「だめだ。無理に話さなくていい」

「ボ、ボール……ボールは……？」

その言葉に驚いた。このような状況になっても、少年はサッカーボールの行方を心配しているのだ。

「大丈夫。ボールはちゃんとあるよ。だから無理に話してはだめだ」

少年は私の言葉に小さく頷き。その直後、すっ、と目を閉じた。私は驚いて口元に顔を近づける。

今度は規則正しく呼吸をしている。脈も心臓の鼓動も問題なさそうだった。

危機的状況はなんとか乗り切ったようだが、意識を失った少年をこのまま、砂浜に置いてゆくわけにはいかない。身元が分かるようなものはないかと探してみたが、所持品の類いは一切なかった。私はしかたなく少年を背負い、とりあえず私のアパートへ連れてゆくことにした。本当は病院に連れてゆくべきなのかもしれないが、大ごとにしたくない私は、どうしてもそれができなかった。

ようやくアパートに着くと、びしょ濡れの服を脱がせて、体を拭き、まるでサイズが合わなかったが、私の部屋着に着替えさせて、布団に寝かせた。

いつも、その場所に寝ている【彼】は、気を利かせて、寝床を少年に譲ってくれたようだった。

ようやく少年が目を覚ましたのは、夜の九時を過ぎたころだった。さぞかし彼の親が心配しているに違いないと思ったが、この状況で無理やり起こすわけにもいかなかった。

目を覚ました少年は体を起こし、キョトンとした顔をして、私の狭い部屋を見渡している。

「ようやく起きたようだね」

少年は、私の言葉にビクッと体を震わせた。

「こ、ここは……？」

少年は自分の身に起きたことを何も憶えていない様子だった。

「俺のアパートだ。練習熱心なのは結構だけど、荒れ狂う海に飛び込むのは感心しないな」

私はそう言って、少年にコップ一杯の水を差し出した。少年は頭を下げてそれを受け取り、ゴクゴクと一気に飲み干す。

「ごめんなさい……僕を助けてくれたんですね……」

水を飲むと、少年は少し落ち着きを取り戻した様子だった。

「毎日、あの砂浜で練習しているよね？　サッカーをやっているのかい？」

「はい……。学校のサッカーチームに入ってるんです。でもチームメイトは上手い奴らばかりで、僕は技術がないから少しでもスタミナとキック力をつけようと思って、あの砂浜で練習をはじめたんです」

この町は鉄鋼業が廃れたあと、何の取りえもない小さな港町だったが、なぜかサッカーが強い地域であることは知っていた。この町の小学校から高校まで、それぞれに全国大会の常連校があった。もしかしたらこの少年は、その小学校の強豪チームに所属しているのかもしれない。普通のサッカー好きの小学生なら、嵐の日も休まずに、強い負荷のかかる砂浜で練習しようなどとは思わない。

「そうだとしても……死んでしまったら元も子もないよ……砂浜で練習するのはよいと思うけど……あのサッカーボールはそんなに大切な物だったのかい……？」

子供とはいえ、自分の身長の何倍もある高波を目の前にしていたのだ。荒れ狂う海に足を踏み入れる恐ろしさを感じていないはずがない。それを理解したうえで、少年はあのサッカーボールを失いたくなかったのだ。

「お母さんが買ってくれた大事なボールだったんです。ボールは……？」

今度はボールを探して、狭い部屋をキョロキョロと見渡す。

「すまない……砂浜で意識を戻したばかりの君に心配をかけたくなくて、咄嗟に嘘を吐いてしまった。君を助けるのが精一杯でボールは沖に流されてしまった……」

私は正直に言った。

「いえ……すみません……命を救ってくれたのにこんなこと言って……」

少年は本当に申し訳なさそうに言う。

「体は大丈夫かい？　きっとお父さんもお母さんも心配しているよ。早く帰らなきゃ。外は、もう真っ暗だし、雨はやんだみたいだけど、風が強いようだ。家まで送っていくよ」

外では風が唸りをあげていた。いつも聞こえる潮騒もまるで届かない。

私は乾かしていた少年の服をハンガーから外した。まだ湿っている。

「すまない……服がまだ乾いていないみたいだ……」

そう言うと、少年は私に笑顔を向けた。

「おじさんはいい人なんですね。僕に謝ることなんか何一つないのに。服を乾かしてくれてありがとうございます」

少年は私から服を受け取り、その場ですぐに着替えた。

「送ってもらわなくても大丈夫です。海沿いの道は一本だし、帰り道はすぐに分かります。今日は本当にどうもありがとうございました」

子供らしからぬ仕草で、少年がきちんと頭を下げた。

そのまま少年は狭い三和土から、薄っぺらいドアを開けて、外へ出ていこうとした。

私は咄嗟に声をかけた。

「君、名前は？」

少年はピタリと動きを止め、振り返った。

「小学四年生で、終夜といいます。終わる夜と書いて、終夜です」

それだけ言うとまた背を向けた。バタリとドアが閉まる。終夜は部屋を出ていった。

大丈夫だろうか。少々、心配になる。なんと言っても、ついさきほどまで気を失っていたのだ。不思議な少年だった。小学四年生とは思えないほど礼儀正しかった。大人に対してきちんとした敬語も使えていた。だが、明るく元気そうに振る舞っていたが、どこか翳りがあるように感じた。終夜が自分に向けた笑顔は、その悲しみを包み隠すためのものに思えたのだ。

そこまで思考を巡らせて気づく。人と関わらず、静かに生きてゆくと決めたのだ。彼を助けた行為はしかたがなかったとはいえ、これ以上、あの少年のことを考える必要もない。そう考え、【彼】にこのことを報告して、今日のことは忘れようと思った。だが、その日は、いくら待っても、【彼】が姿を現すことはなかった。

次の日、仕事の帰り道、いつもの砂浜に終夜の姿はなかった。

私は正直、ほっとしていた。昨日、あんなことがあったばかりなのに、今日もまた砂浜で練習をしていたとしたら、きっと声をかけてしまっていただろう。

やはり私は終夜を心配していることに気づいた。人と関わってはならない、と自らを戒めたばかりなのに。

もしも、今後、砂浜に終夜の姿を見かけたら、この道は通らないようにしよう。そう決めて、アパートに帰ると終夜がいた。アパートの前に立ち、私の帰りを待っていたようだった。しかも一人ではない。終夜の隣には女性が立っていたのだ。

終夜は私に気づくと嬉しそうに手を振った。同時に、女性は深々と頭を下げる。私は、驚きながらも、なんとか会釈で返した。終夜は嬉しそうにこちらへ走ってくる。

「おじさん、昨日は助けてくれて本当にありがとう。今日はお母さんと一緒に来たよ」

終夜は無邪気な様子で言った。

「わざわざ礼を言いに来てくれたのかい……？　そんなの気にすることないのに……」

終夜を追いかけるようにして、足早に近づいてきた終夜の母親は、若く綺麗だった。

「話は息子から聞きました。大変、ご迷惑をおかけしました。息子の命を救っていただき、本当にありがとうございました」

そう言って、また深々と頭を下げるのだった。

「気にしないでください。でも……練習熱心なのはいいですが、海が荒れたときくらいは、終夜君に家にいてもらうように言ってもいいのかもしれませんね……」

私は説教臭くならぬよう、言葉を選びながら言った。

「本当に……本当に、その通りで……申し訳ありません」

私はどうしたらよいか分からなくなっていた。まるでそんなつもりはないのだが、これだけ恐縮されると、私が終夜の母親を一方的に責めたてているように錯覚してしまう。

「お母さんは悪くないよ……僕が砂浜で練習していたことをお母さんは知らなかったんだから……いつも仕事で遅いから……今日は仕事を休んで来てくれたんだ……」

不意に、終夜がポツリポツリと発した言葉だった。

「しゅ、終夜、何てこと言うの……違うんです……私が悪いんです……仕事にかまけて、この子のことをきちんと見てあげられなかったから……」

なんと言ってよいか分からず、黙っていると、その様子を母親が察したようだった。

「お仕事でお疲れのところ、本当に申し訳ありませんでした。また、あらためて参ります」

そう言って菓子折りの包みを私に差し出した。

私が、そんなつもりでは、となかなか受け取ろうとしないでいると、気持ちですので、どうか受け取ってください、と母親から懇願するような目で見られたため、それ以上、拒否することはできなかった。

その後、親子は何度も振り返り、礼を繰り返しながら帰っていった。

終夜の言動にどこか違和感を覚えた。昨日、私の部屋で目を覚ました終夜は、あの年の子供としては冷静で思慮深い印象だった。だが今日、母親と一緒に現れた彼は、年相応の無邪気な子供に思えたのだ。母親を庇ったときの言葉は、気持ちは分かるのだが、あきらかに余計な一言だった。昨日の終夜ならば、空気を読み、あのような、あえて場を乱すような言葉は発しなかったのでは、と思ったのだ。

考えすぎだろうか――。たしかに昨日の終夜は溺れて意識を失い、見も知らぬ人間の部屋で目を覚ますという、おそらくそれまでの人生において一番と言ってもよいほどの稀有な状況にいたのだ。普通の精神状態ではなかったに違いない。今日の終夜が、いつもの彼の姿なのかもしれない。

部屋に入ると、昨日は現れなかった【彼】がいつもの場所にいた。

私は耳元に口を近づけて、仕事のこと、そして――砂浜のサッカー少年を助けたこと。さらにその少年と、母親が会いにきたことも伝えた。【彼】はいつものように身じろぎもせず、じっと私の話を聞いていた。

次の日、砂浜に終夜の姿があった。その日は、何本もダッシュを繰り返していた。その必死な姿はいつもと変わらない。私は砂浜に降りて、これもいつも通り夕日を見ながら、終夜の練習が一段落するのを待った。

ほどなくして、終夜の足が止まった。そのタイミングで声をかけた。終夜を避けて帰ろう、という気持ちはいつのまにかどこかに消し飛んでいた。肩で息をする終夜に、私はパスの相手になることを申し出た。終夜は荒い呼吸を繰り返しながらも、嬉しそうに頷き、暫しの休憩をとったのち、一定の距離を取って、私とインサイドキックでのパス練習をはじめた。

案の定、足が砂に埋まり、なかなか上手く蹴ることができない。だが終夜は、この不安定な足場でも、私の決して上手くないパスをしっかり足元に収め、今度は、私の足元にピタリとボールを蹴ってくるのだ。やはり終夜は、この年代の少年の中では、突出した技術を持っているように思えた。

私は途中でついていけなくなり、早々にリタイアした。そのあとも、終夜は自分の体を虐めぬくかのように、厳しい練習を一人で続けた。陽が沈み、あたりが暗くなったところで、ようやく練習は終わった。

終夜は軽くストレッチをしたあと、私の横に座った。しばらくの間、二人とも何も話さず、今日は穏やかな波の調べを聴いていた。

調べが耳に馴染むころ、私は終夜に質問をした。

「こんなに厳しい練習をするのはチームメイトに負けないためって言ってたけど、本当にそれだけなの……？」

極限まで自分を追い込むこの練習の裏には、何か大きな理由があるように思えてならなかったのだ。

するとしばらくの沈黙のあと、終夜はようやく答えた。

「お母さんを助けたいんだ。お母さんは、父親が借金を作って逃げてから、夜遅くまで働いて、お金を返すために頑張ってる。だから僕はプロのサッカー選手になって、いっぱいお金を稼いで、お母さんを助けてあげたい。プロになるためには、僕は体力も技術もないし、誰よりも練習しなければならないから……。だから僕はここで誰よりも厳しい練習をすることに決めたんだ……」

終夜は俯きながら答えた。

気になり聞いてはみたものの、想像以上の重い理由に言葉が出ない。

だが、小学生の終夜がここまでストイックに練習に打ち込まなければならない理由をようやく理解できた。

急に、自分が酷く情けない存在に思えてきた。

終夜は、まだ子供でありながら非情な現実ときちんと対峙（たいじ）している。そして、それを乗り越えようとしているのだ。対して自分はどうだ。あのことがあってから、この五年間、過去から目を背け続けている。まともに人と関わることさえできずに、すべてのことから逃げるようにして生きてきた。そこには何もない。死なないから、生きている。ただそれだけなのだ。本当にそれでよいのだろうか――。

「終夜君、俺でよかったらいつでも力になるよ。もうちょっとスタミナをつければ、パスの相手くらいにはなれると思う……」

「ほんと！　じゃあ、今度の日曜日、試合を見に来てよ」

知らず言葉が出ていた。

「試合……」

「うん。出られるかどうか分からないけど、学校で練習試合があるんだ。お母さんも、その日は仕事が休みだから見に来てくれるからさ、二人で一緒に見に来てよ」

終夜の表情がぱっと明るくなった。予想もしない展開に戸惑（とまど）い、答えに窮していると、終夜は不意に立ち上がった。

「約束したからね。必ず来てよね」

そう一方的に言うと、振り返りもせず走り去ってしまった。

迷ったが、私は終夜の試合を見に行くことにした。終夜の小学校は、私の家から歩いて十分ほどの場所なのだが、当日、終夜の母親がわざわざ私のアパートまで迎えに来てくれた。

終夜が無理を言ってすみません、と相変わらず恐縮していたが、先日のような悲壮感はなくなっていた。花柄のワンピースを着て、髪をアップにしている。若いと思っていたが、さらに若々しく見えた。並んで歩き、小学校へ向かった。緊張して何を話してよいのか分からない。まともな話ができないまま、小学校にたどり着いた。

これから試合がはじまるようだった。土のグラウンドに白線が引かれている。どこか懐かしい気持ちが込み上げる。赤と白のユニフォーム、そして青色のユニフォームを着た少年たちが、両サイドに散らばり、体を動かしながらホイッスルが鳴るのを待っていた。赤と白のユニフォームが終夜のチームとのことだった。残念ながら終夜は先発ではなく、ベンチスタートだった。

私たちはゴール裏から応援することにした。

ホイッスルが鳴った。そして驚いた。所詮、小学生のサッカーと高を括っていたのだが、目の前で繰り広げられた試合は、高い技術に基づく、緊張感に満ちた素晴らしいものだったからだ。私の時代の、小学生のサッカーといえば、ボールの落ち着かない試合がほとんどだった。ボールの落ち着かない、というのは基本技術のトラップやパスの正確性が低いために、同じチーム内でパスを一定時間、回すことができず、片方のチームがボールをキープしても、すぐに取られ、もう一方のチームに渡ってしまう。そういう状況が何度も繰り返されることを指す。それだと攻守がはっきりしないため、見ごたえがまるでない試合となる。

だが、この試合はまるで違った。皆が高いトラップとパスの技術を持っているため、片方のチームがボールをキープすると、きちんと味方同士でパスを回す。しかも、両チームがディフェンスラインをきちんとコントロールしているため、プレーエリアはコンパクトに保たれ、その狭く人が密集しているエリアの中で、網の目を通すような正確なパス回しが展開されているのだ。

　それはとても緊張感に満ちたもので、攻守がはっきりと分かり、手に汗握る素晴らしい試合となっていた。終夜が言っていた、周りのチームメイトは皆、上手いという意味をはじめて理解できた。

「すごいなあ。終夜君は、こんなレベルの高いチームでサッカーをやってたんですね」

　私は思わず興奮して声をあげた。

「私は……正直、サッカーのことは分からないんです……でも終夜はサッカーが好きみたいで……途中からでも出られればよいのですが……」

　これほどのレベルとは思っていなかった私は、きっと出場機会はありますよ、などとは迂闊に言えず、曖昧に頷くことしかできなかった。

　やはり終夜が所属しているこのチームは全国大会にも出場したことのある強豪だった。近隣の複数の小学校からなる選抜チームとのことだった。そのチームと互角に戦っている他の市から遠征してきたという相手チームもおそらく相当な強豪なのだろう。

　両チーム、途中まで、互角の勝負をしていたが、前半の終盤で均衡が破れた。終夜のチームが一点を取られたのだ。その原因は明確だった。相手チームの攻撃的ミッドフィルダーの動きを抑え切れなかったからだ。

　その選手は小柄ではあったが、テクニックもキープ力もあり、攻撃の起点となっていた。相手チームの選手たちはボールを奪うと、まず彼がどこにいるのかを確認して、ボールを預けるのが約束事になっているようだった。

その選手に対しては、一対一でマークをするマンツーマンのディフェンスではなく、相手のポジションによりマーカーを替えるゾーンでのディフェンスを行っているようだった。ただ、そのマークの受け渡しが上手くいかず、隙（すき）を突かれて、点を取られてしまったのだ。

一点を先制されたまま前半が終了した。ハーフタイムになるとウォーミングアップをするため、終夜がピッチに出てきた。私たちのすぐ近くまできたが、こちらを一瞥（いちべつ）もしようとしない。表情から、集中力を最大限まで高めていることがすぐに分かった。

ただ少し気になることがあった。終夜以外は、二人一組、もしくは三人一組でウォーミングアップをしているのだが、終夜だけは一人で行っていた。注意深く見ると、何人かのチームメイトの少年たちが、終夜を見ながらニヤニヤと笑っているのに気づいた。終夜だけではない。少年たちを応援している父母たち。少年たちほどあからさまではないが、私たち二人に対しても、必要以上の視線を感じるのだ。だが、終夜の母親はそれを気にしている様子はなかった。そうなれば私も気づかないフリをするしかない。

終夜は後半から出てきた。母親が手を叩（たた）いて喜んでいる。

終夜は中盤の底、ボランチのポジションに入った。後半開始のホイッスルが鳴ると、終夜はすぐに、敵チームの攻撃の起点となっていた小柄なミッドフィルダーのマークに付いた。そのまま目を離そうとしない。どうやら相手選手に対してのマークを、ゾーンからマンツーマンに切り替えたようだった。起点となる選手の動きを封じ込める。その大きな役割を終夜は担っているのだ。

終夜のプレーには鬼気（きき）迫るものがあった。相手選手に対し、まるでスッポンのように食らいつき追いかけまわすのだ。マークしている相手に、ボールが渡っても、背後から、まるで纏(まと)わりつくようにプレッシャーをかけ、簡単に前を向かせなかった。前を向かれたとしても、必死で追いかけ、フェイントで切り替えされても、すぐに立ち上がり、また追いかけ、簡単にシュートを打たせず、ラストパスも出させない。

起点となる相手選手の動きがあきらかに悪くなってきた。一方、終夜は、ずっと走り続けているにもかかわらず、その動きはまるで衰えない。終夜は、完全に相手選手の動きを捕らえていた。そのため、その選手に、なかなかボールが渡らなくなった。そうなると相手チームの攻撃は単調なものとなり、よって大きく守備を崩されることもなく、後半は失点を許さず試合は終盤を迎えていた。

すると試合終了直前に大きなチャンスが訪れた。

攻め手を失った相手チームは自陣の深い位置で、ボールを回し、あきらかにスタミナが切れている様子のゲームメーカーに、無理にパスを入れてきたのだ。狙(ねら)いを定めていた終夜が相手よりも一歩前へ出て、ボールを奪い取った。

終夜は奪ったボールを大きく前線に蹴り出す。前線に張っていたツートップの一人が絶妙なタイミングで最終ラインを抜け出し、フリーでボールを受けた。ゴールキーパーと一対一だ。フォワードの選手は倒れ込むキーパーの動きを冷静に見て、ボールを浮かせた。そのままボールはゴールネットを揺らした。同点ゴールだ。

直後に終了のホイッスルが鳴った。

私は気づくと声をあげ、拳(こぶし)を握っていた。終夜の母親も飛び跳ねて喜んでいる。

胸が熱くなった。このゴールは、終夜のインターセプトが起点になっていることは誰が見てもあきらかだった。

終夜の、努力の賜物だった。

足を砂に埋もれさせながら走り続けた結果が、誰にも負けない体幹の強さと、無尽蔵のスタミナを作り上げたのだ。終夜はまだ四年生というのもあるだろうが、この高いレベルの中では、はっきり言って技術的には遅れをとっていた。だが、それを補って余りある、武器を磨くことによって、自らの力を証明したのである。

終夜は本当にプロになろうとしているのだ。プロになって金を稼ぎ、借金を返して、母親を助けること。私にとっては、到底、夢物語とも思えるその目標を、終夜は、必ず掴み取れるものだと信じて、努力を重ねているのだった。

私は拍手をした。終夜の母親も拍手をする。二人、顔を見合わせ、どちらともなく微笑んだ。周囲の大人たちから向けられる視線は、いつのまにか気にならなくなっていた。

試合後、終夜が合流した。私は手放しで褒めたたえた。終夜は恥ずかしそうに、本当は勝ちたかったんだけどね、と言いながらも笑顔を見せた。

この少年の命を救うことができて本当によかった。そのとき、心底、そう思えたのだ。私は家に招待された。二人は小さなアパートの一室に住んでいた。小学校から、海を背にして、十五分ほど歩いた場所に、そのアパートは建っていた。

人のことを言えたものではないが、酷く寂れたアパートだった。薄い木製のドアを開けると猫の額ほどの玄関があり、中は、台所と四畳半ほどの部屋が一つ、私のアパートと同じような間取りだったが、こちらの方は、何もない私の部屋とは違い、可愛らしい小物や、観葉植物などが置かれ、部屋は女性らしい明るい雰囲気を纏っていた。

だが生活が苦しいのはすぐに見て取れた。余計な家具や調度品はなく、カラーボックスが重ねられており、それが収納になっているようだった。テレビもあるが、間もなくアナログ放送が終わる、というタイミングにもかかわらず、画面の薄い液晶テレビではなく、幅と奥行きのある、ブラウン管タイプのものが置かれ、それに真っ黒い箱の形をした地デジチューナーがつながっていた。

部屋の中央にはローテーブルがあり、周りに座布団が敷いてあった。終夜の母親に促されて、私はそこに座った。なんと、すき焼きをご馳走してくれるというのだ。

恐縮し、断ろうとしたが、すでに準備しているという。私は母親の厚意に甘えた。終夜の母親が作ってくれたすき焼きを、テーブルを囲み、三人で食べた。涙が出るほど、うまかった。数年ぶりのまともな食事と言ってもよい。

終夜の母親は香里という名前であることを知った。

お礼を言うために私のアパートに現われたときとはまるで印象が違った。普段は、優しげな目をした、明るい女性であることがすぐに分かった。

この親子に惹かれはじめていた。終夜の試合を見て感動した私は、今まで通り仕事終わりに、必ず砂浜へ寄り、邪魔にならない程度に、終夜の練習相手をした。

香里も、私のことを気にかけてくれているようで、ときどき終夜に差し入れを持たせてくれた。差し入れは砂浜で受け取った。香里はM市郊外の弁当工場で働いていた。朝早くから夜遅くまで働いているのに、手作りの惣菜を何品も、タッパーに入れてくれるのであった。私は、その心づかいが本当に嬉しかった。

週末に、終夜の練習試合があると、香里も休みを取り、二人で試合を見に行くようになった。終夜は、四年生までは試合の途中で出場し、流れを変える、というスーパーサブ的な存在であったが、五年生になると、六年生のチームメイトからボランチのポジションを奪い、レギュラーとしての地位を確固たるものにしたのだった。

漫然と手に入れたレギュラーの座ではないのだ。終夜が、母親を助けるため、プロになるために、日々、積み重ねている努力の成果なのだ。次第に、私は、なんとか終夜の力になれないかと考えるようになっていた。

正直、終夜のためだけではない。私は、気づくと香里に好意を抱いていた。

香里は母親でありながら、天真爛漫で子供っぽいところがあった。だがそれは彼女の、大きな魅力になっていた。一緒にいるだけで私は明るい気持ちになれた。

自然に、香里を助けたいという気持ちが芽生えていた。

だが、踏み出せないのだ。一度はすべてを捨てて、一人で生きると決めた。また人を信じることができるかどうか不安でしかたがなかった。

香里には借金があり、終夜という子供がいるのだ。十代や二十代の若者ではない。私の想いを香里が受け入れてくれたとして、それは当然、結婚前提での付き合いになる。香里と終夜の人生を背負う、大きな覚悟が必要なのだ。

いい年をして、自分は今、木材工場の見習いでしかない。家族を養うには、まったくもって金が足りない。経験のない自分が、木材工場でまともな収入を得られるようになるには、どれほどの時間がかかるだろうか。仮に彼女が私に好意を持ってくれていたとしても、借金を引け目に感じて、断られるかもしれない。金の無い私は、そうなれば手も足も出ないのだ。そういう悲しい結末しか見えないのであれば、もうあの二人には会わない方がよいのではないだろうか——徐々にそう考えるようになっていた。

だが、あの二人の存在は、私の、唯一の生きがいになりつつあった。終夜が徐々に成長してゆく姿を見られることが嬉しかった。そして香里が、ただそこにいてくれるだけで、私は幸せだった。その想いと、非情な現実の狭間（はざま）で、結局、私は何もすることができなかった。

そんなある日、夜、アパートに一人でいると、薄い壁を通して、外から聞き慣れない車のエンジン音が聞こえてきた。重低音が胃の腑（いふ）に響く。それはなぜだか、私を酷く不安な気持ちにさせた。不意にエンジン音がやむ。車はアパートの前で止まったようだった。

アパートの住人は私しかいない。車の持ち主は、私を訪ねてきたことになる。車のドアの閉まる音。そして足場を気にしながら階段を上ってくるのが分かった。足音は私の部屋の前で止まる。簡素なブザー音が鳴った。

夜の九時を過ぎている。どなたですか、とドア越しに尋（たず）ねたが返る声はなかった。安アパートのドアにはスコープなどついていない。直接、ドアを開けて確認するしかないのだ。

警戒しながらゆっくりとドアを開けた。すると見たことのない男が立っていた。背が高く、上下、闇（やみ）に埋もれるような漆黒のスーツを着ていた。年齢は五十代くらいだろうか——。

やはり見覚えがない。男は何も言わない。ただじっと私を見ているのだ。

その目——。

記憶が掘り起こされる。私はかつて、その目に幾度となく恐怖し、蹂躙（じゅうりん）され、絶望の底に叩き落とされたのだ。

だが違う。そんなはずはない。たった五年でこれほどまでに外見が変わるはずがない。

私は恐る恐る、男に名を尋ねた。

男は視線を外さず、表情を変えぬまま、口だけをもごもごと動かし声を発した。

途端、右の拳に激痛がはしった。

私は男の顔面を思いきり殴っていた。男は、うっ、とくぐもった声をあげ、顔を押さえて蹲（うずくま）った。それからよろめきながらも立ち上がり逃げようとする。私は靴も履かぬまま怒号をあげて、男を追いかけた。狂おしいほどの憎悪の感情が私を動かしていた。男の存在が、一瞬にして私を、私ではない恐ろしい何かに変えたのだ。

男は定まらぬ足取りで、階段を下りていた。男が地上に降り立ったところで私は追いついた。背後から胴にタックルをくらわすと簡単に転んだ。私は馬乗りになって、血が出て肉の割れ目からうっすら白いものが見えている拳で、男の顔面を何度も殴りつけた。

不思議なことに拳の痛みは消えていた。

こいつのせいで。こいつのせいで。こいつのせいで。

こいつのせいで――。

この男のせいで私は、すべてを失ったのだ。

私の拳も、男の顔面も血にまみれてゆく。

生まれてはじめての、歯止めの利かない怒りだった。

どれほど怒りに身を任せていたとしても、どこかで保身を考えるものだ。相手を傷つけすぎてしまえば、その代償として自らの人生も失う。だから普通は殺すまでには至らない。

私には、失うものは何もない。あの二人に会えなくなるのは残念だが、やはり自分がどうにかできるものではないのだ。中途半端（ちゅうとはんぱ）な付き合いをするくらいなら、目の前から消えてしまった方がよい。

私はまるで、作業機械のように、男の顔面に拳を振り下ろし続けた。

この男を殺す。この男だけは殺さなければならない。

それが憎悪という曖昧なものではなく、純粋な殺意であると理解できたころ、男の石榴（ざくろ）のような顔面から呻（うめ）き声に混じり、言葉が漏（も）れ出た。

「お、おまえに……あ……謝りに来たんだ……」

あまりの意外な言葉に、拳が止まった。

その隙を突いて、どこにそのような力が残っていたのか、男は全力で体を反らせて、馬乗りから脱出したのだ。

「謝るだと……おまえ、今さら何を言ってるんだ……」

「こ、言葉通りだ……俺はおまえに謝りに来たんだ……ある程度は覚悟していたが、何も話さないま
ま、こんなに殴られるとは思っていなかった……」

男は地面に膝（ひざ）をついて、大きく肩で息をしていた。

「殺す気で殴った。今さら、俺の前に現れるってことは、それなりの覚悟を持って来たんだろ？」

強烈な殺意が、やはり私に何かをのりうつらせていた。私は脅すような口調で言った。

「おまえ強くなったな。あのころとはまるで別人のようだ……」

そう言って男は、地面に赤黒い唾（つば）を吐いた。

「おまえに言われたくねえよ……別人はおまえだろ。五年前は腰を曲げた爺さんだったのに……いったい、どんなトリックだ……」

「顔を変えた。俺はいろいろやりすぎた。一つの顔ではいられない」

男の言葉にぞくりとして、殺意が薄れてゆくのを感じた。瞼も唇も大きく腫れ上がり、鼻も曲がっていたが、目だけは爛々と輝いていた。その目が私を睨みつける。

「だが、顔を変えるのもこれが最後だ。人の弱みにつけこむ商売からは完全に足を洗った。今はいろいろと事業を展開していて、それなりに稼ぎもある。ヤクザな商売じゃない。まっとうな仕事で稼いでいる」

アパートの前に止まっている車は、黒塗りの高級車だった。その車体が月明かりに照らされて鈍い光を放っていた。

「何がまっとうな仕事だ。その資金だって、どうせ人を騙してむしり取った金を使ってやってんだろ⁉」

私には到底、信じられなかった。この男はそんな人間ではない。悪魔そのものなのだ。改心などするはずがない。だが、私の言葉に、男は大きく頷いたあと、顔を伏せた。肩が震えている――泣いているようにも見えた――。

「お、俺は今まで、この世では償い切れない、それこそ死んだあと、地獄で償っても足りないほどの悪行を重ねてきた。たくさんの人々を地獄に突き落としてきた。今さら、その人間たちを救おうなどと虫の良いことは考えていない。だが……ただ一人だけ……責任を持って救ってやらなきゃならない人間がいる……分かるだろ……」

こいつは今さら何を言っているのか。男の言いたい人間が誰なのかはすぐに分かった。だが、答える気にもなれない。私は、黙っていた。

男が、その人間の名前を言った。

思った通りの答えだった。

「俺が、自分と向き合い、考えをあらためるようになった理由がこれだ。五年前おまえがいなくなったあとに、あいつは不慮の事故で目の光を失った。もはや言葉もまともに話すことができなくなり、まだあの町の病院で一人、入院している。俺の言葉はあいつには届かない。

ときどき、うわ言のように言葉を発することがある。おまえの名前を呼ぶんだ。いろいろあったが、結局、あいつはおまえのことを愛していたんだ。もしも、あいつに、唯一幸せな時期があったとしたら、おまえと一緒に過ごした時間に違いない」

馬鹿馬鹿（ばかばか）しい。あいつが――あの女が私などを愛していたはずがないのだ。彼女が失明したということには驚いたが、ショックではない。もはや人ごとのようにしか聞こえない。やはり五年の歳月が私の気持ちを大きく変えたのだ。

「彼女が俺を愛しているはずなどない。それで今さらどうしろっていうんだ？　その病院に行って、慰めの言葉でもかけろっていうのか？」

冗談で言ったつもりだったが、男は真顔で大きく頷いた。

「その通りだ。あいつへの想いはなくなってしまったかもしれないが、おまえ……いや、俺とおまえには責任がある」

「責任？」

「そうだ。元をたどればあいつがあのような不幸な人生を送ることになったのも、おまえが計画を立て、俺がそれにのっかり、あの一家を追い込んだことが原因だ。その責任を取らなければならない」

男の言葉はまるで響いてこない。もうすべて終わったことなのだ。それを今さら何を言っているのだろうか。再び、殺意がわき上がる。やはりこいつは殺そう。こいつを殺して、そのあと私も死ぬ。責任を取るというのならば、私にとって、それが一番ふさわしい責任の取り方のように思えた。

「ただ行ってくれと言っているわけじゃない。おまえにとってもよい話だ」

私の表情から不穏な空気を察したのか、男は大きく手を翳（かざ）した。

「よい話？」

「ああ……そうだ。おまえは人として生きることをあきらめているようだが、やり直すための最後のチャンスだ。申し訳ないが、おまえの身辺を調べさせてもらった。おまえ、香里という女と、その子供と、仲よくしているだろう……」

男は不意に信じられないことを言いはじめた。

「おまえ……なぜ知っている？　あの二人に何かしたんじゃないだろうな……」

私は砕（くだ）けた拳を強く握りしめた。怒りで拳が小刻みに震える。

「まてまて、俺はもうそんな人間じゃないんだ。勘違いするな。香里という女、元の男が作った借金を抱えているだろう？」

やはりこの男は恐ろしい。なぜ、そんなことまで知っているのだろうか。

「安心しろ。変な勘繰（かんぐ）りをしなくていい。おまえも知っての通り、この町で、俺は昔からいろいろやってきた。もう足は洗ったんだが、知りたくなくても、そういう情報は勝手に入ってくるんだ」

「それでいったい何が言いたいんだ？」

「率直に言おう。おまえ、その女に惚れてるんだろ？　子供のことも気に入っている。だが、自分はまともな仕事についていない。このままでは借金を背負うどころか、二人を養う稼ぎもない。それで踏み出せないでいるんだろ？」

　悔しいが図星すぎて言葉が出ない。

「俺の頼みを聞いてくれるのなら、おまえの悩みをすべて解決してやる。香里の元の男が金を借りていたのは闇金だ。俺は顔が利く。帳消しにすることができる。そしておまえは女と子供を連れて、あいつが入院しているあの町に移り住め。仕事も用意してやる。安心しろ、まともな仕事だ。これでも本当に、健全な事業にも携わっているんだ。仕事も慣れない肉体労働じゃない。おまえが以前勤めていた会社と同じ職種の仕事だ。五年のブランクくらい、必死に働けばすぐに取り戻せる。給料も悪くない額を出す。贅沢をしなければ、一家三人で充分暮らしてゆける。あいつのいる病院にも、毎日、行けと言っているわけじゃない。二、三週に一回、月に一回でもいい。長くいる必要もない。とにかくおまえがあいつに言葉をかけてくれればそれでいいんだ。それくらいの頻度なら、女にも子供にもバレることはないだろう」

　とても信じられない話だった。鵜呑みにしてよいはずがない。悪魔のように狡猾な男なのだ。何かを企んでいるに違いない。

「今度はいったい何を企んでいる？」

　私が警戒して言うと、男はあきらめたように首を振った。

「まあ、そう思われてもしかたないな。だが、今さらおまえを嵌めようなどとは思っていない。五年前におまえへの復讐（ふくしゅう）は終わっている。信じてくれないかもしれないが、あいつが失明したことで俺は変わった。今は、ただ償いをしたいだけだ。俺のことは信じてくれなくてもいい。ただ、あいつのためにおまえが動いてくれれば、今、言ったことを俺はきちんとやる。それで入院しているあいつは喜ぶだろうし、おまえも、おまえの好きな女も、人間らしさを取り戻せる。決して悪い話じゃない……」

　こいつは本当にあの男なのだろうか。やはり、外見通り、この男は別人で、あの男のフリをしているだけなのではなかろうか――。

「すぐに答えを出せとは言わない。だが、そんなにも待てない。俺でも簡単にできることじゃない。タイミングを逃せば正直難しい。今は、まさにそのタイミングなんだ。その機を見て、おまえを訪れた」

　そう言って男は足をふらつかせながら、なんとか立ち上がり、泥にまみれたスーツの内ポケットから、名刺を一枚取り出して、私に差し出した。それを受け取る。今度は凄（すさ）まじい痛みが拳にはしった。

　男はそのまま高級車に乗り込み、去っていった。

　私は部屋に戻り布団にくるまった。

【彼】の姿は無い。

　拳の痛みで一睡もできなかった。次の日、病院に行った。やはり拳の骨が折れていた。これでは仕事もできない。数日、仕事を休んだ。砂浜に姿を見せない私を心配して、終夜と香里がアパートまで来てくれたが、季節外れのインフルエンザに罹（かか）った、うつっては困るからと言ってごまかし、会うのを避けた。

私は、ずっと考え続けた。

そして私は、結局、名刺に書かれている番号に電話をかけたのだった。

私は男の提案を呑んだ。

香里と終夜に出会い、もう一度だけ、人を信じて生きてみよう。そう思えたのだった。私は香里に想いを伝えた。別の仕事をするから、一緒についてきてくれないか、と言った。だが、香里は迷っているようだった。借金が原因であることはすぐに分かった。香里も最後は、借金があることを自分の口から話してくれた。それはたしかに、かなりの額だった。朝から晩まで働いたとして、女手一つの稼ぎでは、簡単に返せる金額ではない。

私は、香里に、自分には貯金があるから、借金を肩代わりすると伝えた。だが、香里は首を振った。それでは結婚したとしても負い目になる。負い目を抱えたまま、一緒になりたくないというのだ。そういうふうに考えられる香里のことが好きだったが、とりあえず今は、不自然にならぬように説得しなければならない。

私は、結婚したら、運命共同体なのだから、それはどちらでもない二人の借金になる。そうなれば自分にも返済する責任が発生する。何も負い目にはならない、と諭した。それでも香里は納得しなかったので、じゃあ、俺が君に、借金分のお金を貸そう。それをまるまる返済に充てればいい。新しい町で、君も仕事をして、その分を月々、少しずつでも俺に返してくれればそれでいい。そういうふうに言って、なんとか説得した。香里は泣いていた。

だが、終夜には申し訳ないことをしたと思っている。終夜は五年生になり、ますます実力をつけていた。チームは全国大会にも出場した。終夜はボランチとしてチームの中核を担っていた。母親を助けるためにプロになりたいと言っていたが、終夜は純粋にサッカーが好きなのだ。新しく転校する小学校はここのようにサッカーが盛んな地域ではなかった。

私は、そのことを終夜に伝えた。終夜は、そんなこと気にしなくていいよ、と首を振った。サッカーは環境じゃない、自分で工夫して努力すれば、どこにいっても上手くなれる。そう言って終夜は笑った。少し救われた気がした。

私はこうしてM市を後にした。

【彼】は、私が作り出した幻影であることに気づいていた。

人として生きることをあきらめ、たった一人で生きることを選択した私を、慰めるために【彼】は現れてくれたのだ。

だからあの二人に出会ったころから、【彼】は姿を現さなくなった。

見えなくともずっと【彼】は私の中にいる。

私は【彼】に声をかけた。

心配かけたね。もうだいじょうぶだよ。

ありがとう――

キョウダイ――。

2章　男からの依頼

終夜を取り巻く環境はある日を境に一変した。

それまで小学校教師の父親と専業主婦の母親の元、何一つ不自由のない生活をしていた。

終夜は勉強も嫌いではなかったが、何よりもサッカーに熱中していた。

終夜の住んでいた北海道(ほっかいどう)のM市は全国的にもサッカーの盛んな町で、終夜の所属するサッカーチームは全国大会にも出場したことのある名門チームであった。

終夜は高いレベルの中、切磋琢磨(せっさたくま)し、小学校四年時には、四年生の中で唯一、試合に出られる存在になっていた。

終夜は真剣にプロになることを目指していた。すでに青写真もできていた。小学校を卒業したら、道内のS市に本拠地を持つ、Jリーグチームのジュニアユースに所属し、そのままユースチームに昇格することを目指す。高校生のうちにトップチームと契約して、Jリーグデビューをする。そういう具体的な目標を持っていたのだ。

だが、その計画はすぐに頓挫(とんざ)することとなった。

同じM市内の終夜とは別の小学校で教師をしていた父親が不祥事(ふしょうじ)を起こし、懲戒免職(ちょうかいめんしょく)となったのだ。終夜は父親の不祥事の内容を知ったとき、吐き気をもよおすほどに驚いた。

博識で優しく、ときに厳しい父親を、終夜は尊敬の眼差しで見ていた。抱いていたイメージのすべてが粉々に砕け散った。終夜が見ていたそれは、非人道的な底知れぬ欲望をひた隠すための、偽りの姿であることを知ったのだった。

父は同時に莫大な借金を作っていた。それを残したまま、終夜と母親の前から忽然と姿を消した。

Ｍ市は狭い町だ。噂はすぐに広まった。四年生で唯一試合に出ている終夜のことを面白く思わない一部のチームメイトや、それまで仲のよかった同級生が、距離を取り、冷ややかな視線で終夜を見るようになった。

同時に、あきらかに堅気ではない風体の男たちが、昼夜関係なく家に現れるようになった。借金取りだった。母はその金を返すために、早朝から夜遅くまで、郊外の弁当工場で、ほとんど毎日、休みなく働いていた。もはや悠長にサッカーなどやっている状況ではないことくらい、小学生の終夜にも理解できた。プロになって母親を助けたいとは思っていたが、今すぐにプロになって金を稼げるわけではないのだ。

終夜は母親のことが好きだった。

サッカーを続けるのも金銭的な負担がかかる。母親が苦しんでいるのに、それを助けもせず、自分だけ好きなサッカーをやり続けるという気持ちにはどうしてもなれなかった。それならば、サッカーをやめて、その時間を新聞配達か何かのアルバイトをして、今すぐにでも母親を助けた方がよっぽどよい、と思えた。

終夜は自分の考えを母親に告げた。

「ありがとう……」

母親はそう言ったあと、しばらく黙りこんだ。

「でも、心配しなくて大丈夫よ、お母さん、一人で大丈夫。あなたは子供なんだから、そんな余計な気をつかわなくていいのよ。好きなサッカーを目一杯やりなさい。そうしてくれる方が、私は嬉しいわ」

そう言って弱々しく笑うのだった。母親の目には光るものがあった。

それでも終夜は、どうにかして母親を助けたかった。チームの練習には参加していたが、まるで集中できずにいた。自分が好きなサッカーをしている間にも、父に裏切られた母親は、死に物狂いで働いていることを思うと、罪悪感で気が滅入(めい)り、練習どころではなくなるのだった。

そして、とうとう終夜は、練習を休んだ。チームに入ってからはじめてのことだった。アスファルトに両足が沈み込むような重い足取りで家路についた。

アパートの前に人が立っているのが分かった。借金取りだと思い、物陰(ものかげ)に隠れた。見つからぬように注意しながら相手の姿を確認する。

違う。借金取りではない。見たこともない男だった。背が高く痩(や)せぎすで、真っ黒なスーツを着ている。終夜の母親よりもかなり年齢が高い、年配の男性だった。

誰かを待っているのだろうか。どちらにしても自分には関係が無い。そう思い、物陰から出た。同時に、俯いていた男が顔を上げる。男の張りつくような視線が終夜に向けられる。知らない男だが、男の待ち人は自分なのだと終夜は気づいた。嫌な予感がした。だが、振り返って逃げるという決心もつかない。そのまま視線に気づかぬフリをして突っ切ることを選択した。

だが進路に立ちはだかるように男は動いた。

「終夜君だね」

感情の無い冷ややかな声だった。

終夜は足を止めざるをえなかった。

「あ……は……はい……」

なぜこの男は自分の名前を知っているのだろう。不安におののきながら終夜は答えた。

「君のお母さんのことで話がある」

「母さんの……」

不安はさらに増長する。この得体の知れない男はいったい自分たちの何を知っているというのだろうか。

「少し歩かないか？　近くの公園で話そう」

男が終夜を連れていこうとしている公園は人気がなく寂しい場所なのだ。おそらく叫んだところで、簡単に助けなどこないだろう。今すぐにでも男の横をすり抜けて、アパートに逃げ込むべきなのかもしれない。だが、終夜は、男がいったい何者で、何を企んでいるのかをいつのまにか知りたくなっていた。だから危険覚悟で、終夜は男についてゆくことに決めた。

五分ほど歩き、目的の公園にたどり着いた。やはり人の姿は無い。遊具は錆の浮いたジャングルジムとブランコだけの小さな公園だ。周囲には画一的な平屋の建物が立ち並んでいた。この町が鉄鋼業で隆盛を極めていたときの名残だった。当時の製鉄工場の作業員たちが、安い賃料で住めるようにと建てられた雇用促進住宅だ。今、そこに住んでいる者はいない。平屋の周りは雑草が伸び放題で、玄関や窓には、分厚い木の板が打ちつけられている。

公園には小さなベンチがあり、男が促すので、終夜はそこに座った。男も隣に座る。

「君に頼みごとがある。この頼みごとをきいてくれるのなら、私は君の母親を救うことができる」

男はベンチに座ると同時に、突拍子もないことを言いはじめた。

「私は君の家庭の状況を理解している。もっと具体的に言おう。私は君の母親が抱えている借金を清算……君にはまだ難しいか……借金をゼロにすることができる」

「借金をゼロ……」

そう言ったあとに言葉が続かない。どう考えればよいのか——。

「君が、私を疑うのは当然だ。突然現れた得体の知れない男の言葉を信じろ、という方が無理だ。信じる、信じないは君の勝手だ。だが、これが君の母親を救える最後のチャンスになるかもしれない。君が思っている以上に、借金は君の母親の肩に重く圧しかかっている。潰れてしまうのも時間の問題だ」

たしかに母は男の言う通り、疲労困憊の様子だった。終夜の前では笑顔を見せていたが、ふとした瞬間、立ち止まったまま、空中の一点を見つめ、ぼんやりしている姿を、よく見るようになった。かつてはお洒落で若々しい自慢の母親だったが、働きはじめてからは、化粧をしたり、よそ行きの服で着飾る姿を見たことがなかった。

「な、何をすればいいのですか?」

知らず終夜は聞いていた。

「簡単だ。イキタン浜沿いの木材工場で働く、一人の男がいる。その男と、君の母親との間につながりを作ってほしい」

「つながり？」

　終夜は訝しげな表情で聞いた。

「そうだ。何も恋仲にしろ、と言っているわけじゃない。顔を見れば、言葉を交わす、それぐらいの関係でいいんだ。君が動いて、二人を顔見知りにしてほしい」

　男は平気な様子で言う。

「ちょ、ちょっとまってください。子供の僕が……どうやって大人の二人を知り合いにさせればいいんですか？」

　子供ではない。相手は大人なのだ。

「それは君が考えることだ。私は君の母親の借金をゼロにすると言っているんだ。これは君も分かるだろうが、簡単なことではない。それを君に与えようと言っているのだから、君は自分で考え、勇気を出して行動しなければならない。君ならできるはずだ。君は頭がよい。だから四年生で唯一、試合に出られているんだろう？」

「どうしてそれを……」

　この男はいったい、自分たちのことをどこまで知っているのだろうか。

「話はそれだけだ。それと、このことは一切他言無用だ。人に言った時点で、すべてが無かったことになる。それから私も、それほど君に時間を与えることはできない。一ヵ月だ。一ヵ月以内に結果を出してくれ。これは話を聞いてくれたお礼だ」

　そう言って男は、終夜に封筒を素早く渡すと、夕闇の中に消えていった。

　いったいなんだったのだろう――。キツネにつままれたような気分だ。

男から手渡されたのは、何の変哲もない簡素な茶封筒だった。開けると一万円札が一枚と写真が入っていた。写真には見たことの無い、大人の男が写っていた。これがおそらく、木材工場で働く男性なのだろう。写真の裏には二つの住所が書いてあった。どちらも市内の住所だ。

終夜の頭の中にはいくつものクエスチョンマークが浮かぶ。

スーツの男はいったい何者なのか。同時に、終夜の胸を支配したのは得体の知れない恐怖だった。母親に借金があること、そして日夜弁当工場で働いていることまで把握していたのだ。もしもあの男が、金貸しに関わる人間だったとしたら母親のことを把握しているのは不思議ではない。だが、終夜が四年生で唯一試合に出ている、という情報はどのようにして入手したのだろうか。やはり気味が悪い。

そして、写真に写るこの男性。作業着を着て、どこか眠たそうにも見えるぼんやりとした表情を浮かべている。いなくなった父親と同じくらいの年齢だろうか。危険そうな人間には見えなかった。あの男は、なぜ母親とつながりを持たせようとしているのだろうか。疑問が次々と浮かび上がるが、どれ一つとして答えは出ない。

それと気になったのは、頼みごとと男が言いつつも、それが強制するような内容ではなかったということだ。もしも本当に、写真の男と母親につながりを持たせたいのなら、子供である自分に依頼なとするだろうか。借金をチャラにする金があるのなら、その金を使って、写真の男と近しい、大人に依頼した方が確実なのは間違いない。

終夜は公園のベンチに座り、しばらく思案した末、あの謎の男を信用したわけではないが、動いてみようと決めた。男が言っていた通り、このままでは近いうちに母親が限界を迎えるのは目に見えていた。あまりにも怪しい話ではあったが、あのとき、こうしていればと後悔したくなかった。それと終夜の中にある知的好奇心が疼いた。男がこのようなことを子供の自分に依頼した理由、さらに写真の男は何者なのか、それらのことを単純に知りたくなったのだ。写真の男がどのような人間なのかを事前に探りを入れて、もしも危険そうな人物であれば、母親に会わせるのを止めればよい。

そう決めて立ち上がり、公園を出てアパートへと戻った。あたりはすっかり闇に包まれている。部屋に戻ると、作り置きのカレーを一人で温めて食べた。その日も夜遅くに母親が帰ってきた。終夜は寝ずに母親を待っていた。カレーを温め、ご飯をよそってテーブルの上に置く。母親は美味しそうにカレーを食べた。今日の練習のことを聞かれたが曖昧に濁した。

次の日からは練習に復帰した。昨日の件もあり、気持ちは少しだけ持ち直していた。だが、何よりも終夜はサッカーが好きだったのだ。一日でもボールを蹴らない日があると、どこかおかしな感覚になる。昨日の分を取り戻すべく、必死に練習に打ち込んだ。

それでもやはり周りの視線が気になった。だがコソコソと遠巻きに終夜の噂話をするのは、四年生の終夜が試合に出ていることを面白く思わない上級生や、同級生の補欠の人間たちだけだ。レギュラークラスのチームメイトから、そのような視線を向けられたことは一度もなかった。彼らは常に自分と向き合い、戦い続け、ピッチの上が戦場であることを理解している。ゴシップじみた情報を耳にして、人を揶揄するほど暇ではないのだ。やはり自分の居場所はここにしかないと思った。母を助け、この場所を守らなければならない。

練習が終わると、疲れた体を引きずるようにしてイキタン浜へと向かった。昨日、スーツの男から受け取った写真の裏に書かれていた二つの住所に何があるのかを確認しておきたかったのだ。さきほど学校近くのコンビニで市内の地図を立ち読みして、およそのあたりはつけておいた。

どちらもすぐにたどり着くことができた。一つは小さな木材工場だった。工場は海沿いに建てられている。中から電動ノコギリだろうか。けたたましい音が鳴り響いていた。ぐるりは高い塀で囲まれ、入り口も閉まっている。そのため、中の様子を窺うことはできなかった。

もう一つの住所には、二階建ての寂れたアパートが建てられていた。こちらも海の近くにあった。木材工場から海沿いの道を一直線に歩くとたどり着いた。おそらく木材工場が写真の男の勤め先で、このアパートが男の住み処なのではなかろうか。しばらくそこで待っていると、こちらへ向かう人影が見えた。終夜は見つからぬように物陰に隠れた。作業着を着た男がアパートの二階へと向かう。近くへきたタイミングで、顔を確認することができた。間違いない。写真の男だ。階段がミシミシと鳴っている。男はそのまま二階の一室へと消えた。

次の日からも数日間、男の動向を追った。やはり男は木材工場に勤めていた。五時ぴったりに仕事を終え、海沿いの道を歩きアパートへと帰る。途中、砂浜へ降りて、しばらく海を眺めたりすることもあったが、基本的に、どこに寄ることもなく、アパートと仕事先である木材工場との往復を繰り返しているようだった。ありふれた普通の大人の男で、アパートには一人で住んでいるように思えた。

男がいないとき部屋に灯りはなかった。男が戻ってからも、しばらく外で待ってみたが、他にアパートへ戻ってくる人の姿はなかった。男の部屋以外、どの部屋にも灯りは見えない。もしかしたら、このアパートには男以外、住む者がいないのかもしれない。

この寂しく一人暮らしを続ける男と、終夜の前に突然現れたあのスーツの男とは、いったいどのような関係があるのだろうか。動いてもまるで分かるものはなかった。終夜は何か手掛かりはないかと思い、ゆっくりと階段を上がり二階に向かった。よく見るとステップが腐食して虫食いのようになっている。足を取られぬよう、そして足音を立てぬようにゆっくりと上った。二階の男の部屋の前までたどり着くと、そっと聞き耳をたてた。ドアは薄いらしく、部屋の中から、音が漏れ聞こえてくる。

人の声がした。ぶつぶつとつぶやいているような――。独り言だろうか。それにしては長い。

ひとしきり話したあと、途切れるのだが、また話をはじめる。それが繰り返されるのだ。だが、一人の人間の声しか聞こえない。もう一人いて、黙って話を聞いているのだろうか。話しているのが作業着の男なのか、それとも別の男なのかは分からない。話し声はまだ続いている。まるで誰かの耳元でヒソヒソと話すような――そんな声にも聞こえた。

終夜は何か気味が悪くなり、また物音を立てぬようにしてドアを離れ、階段を下り、その場を後にした。また謎が増えた。終夜はこれ以上、作業着の男を探っても意味がない、と考え、行動に移すことにした。こんな回りくどいことをしても、男の人間性を知ることなどできない。実際に話をしてみて、母とつながりを持たせてよいかを判断するしかない。あまり時間も残されてはいない。男の追跡調査で一週間もの時間を費やしてしまった。

母親と接点を持たせるには、まずは終夜自身が男と知り合いにならなければならない。毎日、男は必ず砂浜を通る。それを利用することにした。

砂浜の、男の目につく場所で、サッカーの練習をして、自分の存在を認識させるのだ。もともと、体幹の強さを磨き、さらに持久力をアップさせなければ、レギュラーにはなれないと考えていたところだったのでちょうどよかった。次の日から終夜はチームの練習が終わったあと、砂浜で自主練習を開始した。終夜自身が、その男と接点を作ることを目的としていたが、せっかく練習するのだから無駄なものにしたくはなかった。終夜は本気で練習に取り組んだ。男はいつも通り足を止め、海を見ている。終夜の姿は視界に入っているはずなのだが、まるで気にしている様子はなかった。男は、練習する終夜と、いつも一定の距離を保っていた。決して近くまで来ることは無く、ただ遠くから眺めているだけなのだ。だから、男のところまで偶然の体（てい）で、ボールを転がし、それを会話のきっかけにする、ということはできなかった。

大人というのは少なからず、子供に興味を持ち、その子供がたった一人で何かに取り組んでいる姿を見れば、たいていの大人は声をかけてくるものだと思っていたのだが、それは認識違いであると理解した。

その男は、いつも無表情だった。何を考えているか分からない茫洋（ぼうよう）とした目で海を眺めているばかりなのだ。人間に興味が無いのだろうか。いや、もしかしたらこの世界自体に興味が無いのかもしれない。

そうしているうちにまた一週間が過ぎた。謎の男が提示した期限の一ヵ月まで、残り二週間を切った。

終夜はもはやなりふりかまわず、自分から話しかけてみようとも考えた。だが、そこからどのようにして男を母親に会わせればよいのか、道筋がまるで見えてこない。子供の終夜から話しかけるだけでも不自然なのである。下手な話をして警戒されてしまったとしたら二度とチャンスは訪れないだろう。

また一週間、練習に励（はげ）みながらも考えた。約束まで残り一週間を切ったところでようやくアイデアが浮かんだ。だが、それはすぐに実行に移せるものではなかった。条件があるのだ。だが、なかなか条件は満たされなかった。刻一刻と時間は過ぎてゆく。もう無理だと考え、とにかく男に声をかけよう、とアイデアの実行をあきらめかけたそのとき、ようやく条件が揃った。すでにスーツの男から提示された期限の一ヵ月目は翌日に迫っていた。

その日、大雨になり、海は荒れた。

条件とは雨が降り、海が荒れることだったのだ。それまでの数日間、雲一つない青空が続いていた。半ばあきらめかけていたところに訪れた、文字通り最後のチャンスだった。

雨は大きな礫となり、砂浜に立つ終夜の体を叩く。

海は荒れ狂っていた。

終夜を呑み込むほどの大きな波がいくつもの飛沫を上げている。終夜はボールを海に向かって蹴った。波の腹を突き抜けようとする勢いで思いきり蹴る。ボールは波に押し戻され、終夜の足元へと戻ってくる。それを何度か繰り返す。そうしているうちに、いつものように男が現れた。風が強いため、吹き飛ばされぬように両手で傘を持って歩いている。終夜の存在に気づくと、表情が変わったように見えた。あきらかにいつもと違う。

小学生が荒れ狂う海に向かってボールを蹴っているのだ。平然とした顔で見ていられるわけがない。それは男にとっても例外ではなかったのだ。

男の注意は引きつけた。だが本番はここからだった。

終夜は考えた。どのような局面であれば、あの男に母親を引き合わせやすいのか。普通に声をかけ、じっくり時間をかければ、もしかしたら道筋を作れるかもしれないが、もうリミットは明日に迫っているのだ。悠長なことをしている暇など無い。

終夜は波に呑まれて溺れたフリをするつもりだった。

もしも男が終夜を助けに来てくれれば、そのことを母親に伝える。母親にこっぴどく叱られるだろうが、母親は間違いなく、男に謝罪をする、と言い出すだろう。その状況であれば、不意打ちで訪ねたとしても、あの男も顔くらいは見せるに違いない。

その時点で計画は成功なのだ。

もしも男が助けにこなければ――あきらめようと思った。目の前で小学生が溺れても何もできないような人間を、母親に紹介する気はない。

その場合、サッカーはやめる。母は反対するだろうが、アルバイトでもなんでもして、今すぐに母親の力になりたかったのだ。

終夜は足元のボールを今までとは違い、波の腹ではなく、波を越えるようにして大きく蹴った。そうすると思った通り、ボールは波に押し戻されることなく、沖の方に流されはじめた。それを追いかけるようにして終夜は海に足を踏み入れる。海水は凍えるほどに冷たい。だが、躊躇している場合ではない。どんどん海の中を進む。海水は膝を越え、あっというまに腰の高さにまで達した。あとは頃合いを見て、海に潜り手足をばたつかせて、溺れたフリをするつもりだった。

男の方を気づかれぬように、そっと振り返り見ると、男の表情は強張っていた。その視線が終夜よりも上に向けられていることに気づいた。珍しく表情を変え、何事かを叫んでいる。終夜は驚き、男の視線を追う。するとそこには黒く大きな影が――。

終夜の背丈の何倍もある、一際大きな高波が、もうすでに目の前まで差し迫っていたのだ。男に気を取られ、襲いかかる高波の存在に気づかなかった。あっ、と思ったときにはすでに遅かった。終夜は波に呑み込まれた。体がすごい勢いでどこかに打ちつけられた。自由が利かぬまま、体がぐるぐると回される。海水を大量に飲み込み、苦しくて必死でもがこうとするのだが、体がまるで動かないのだ。耳元でいくつもの泡（あぶく）の音が聞こえた。すると徐々に苦しさもなくなり、意識が収束してゆくのが分かる。

なんとなくどこかにゆっくりと運ばれているような感覚があった。

自分は死ぬ――。自分はこのまま死ぬのだ。

終夜は、今まさに途切れようとする意識の中で、死が間近に迫っていることを理解していた。なんと情けない最期なのだろう。母を助けることもできず、プロサッカー選手にもなれずに死んでゆくのだ。一人残された母親はどれほどに悲しむだろうか。

こんなことなら、あんな見知らぬ男の頼みなど聞かなければよかった。

だがその思いも、わずかに聞こえていた泡の音と共に消えてゆく。

そして境目も無く、終夜の意識は完全に途切れたのだった。

どこかで誰かの声が聞こえた。

途端、臓腑（ぞうふ）をねじ切られるような激しい嘔吐（おうと）感がせり上がる。塩辛い液体が、口から鼻から放出される。終夜は苦しさに嗚咽（おえつ）しながら、しばらく吐き続けた。背中をさする温かな手の感触があった。

意識は覚醒（かくせい）しているのだが、視界だけがなかなか晴れない。ようやく、ぼんやりとだが目の前のものが浮かび上がってきた。

砂浜の上だった。

男が心配そうにこちらを見ている。

男だ。あの男だ。男は、溺れた自分を助けてくれたのだ。

何か——何かを言わなければ——。

半ばパニックの中、口から出た言葉は自分でも意外なものだった。

終夜は蹴ったボールの行方を、男に聞いたのだ。

ボールは最初から沖に流そうと思っていた。あの状況で砂浜に打ち戻されることなど考えてもいない。

自分でもなぜそのようなことを言ったのか分からない。

男は終夜の言葉に、一瞬、困った顔を見せたが、だがすぐに笑顔に変わり、ボールがあることを教えてくれた。

今まで遠くから見てきた無表情な男からは想像できないほどの優しい笑顔だった。

終夜は男の言葉に小さく頷いた。それと共に、まるで眠るようにゆっくりと、また意識が途絶えた。


次に目を覚ましたのは見知らぬ場所だった。

頭が痛む。だが嘔吐感はなくなっていた。終夜を助けてくれた男がいた。ここが男の住むアパートであることはすぐに分かった。

だが、状況が分からないフリをして、ここはどこか、と聞いた。男は終夜に水の入ったコップを差し出し、自分のアパートであると教えてくれた。終夜は礼を言って、水を一気に飲み干した。ようやく一息ついた。

男は、砂浜での練習のことを聞き、荒れ狂う海の中を追いかけるほどに、大切なボールだったのかい、とも聞かれたので、また咄嗟に母親から買ってもらった大事な品だったのだ、と答えた。同時に、あるはずのないボールを探すフリをしてキョロキョロと部屋の中を見回す。ほとんど家具や電化製品の無い、とても質素な部屋だった。部屋には男しかいない。終夜は不思議に思った。先日のドア越しに聞こえてきた声は、やはり男の極端に長い、独り言だったのだろうか。それとも、もう一人、住人がいて、その人間は外出しているのだろうか。

外は暗く、すでに陽は落ちていた。凄まじい雨風はまだやまぬようで、窓がガタガタと揺れている。無いと分かっていながら、聞かないと不自然に思われるので、ボールはどこにあるのかを尋ねた。するとと男は申し訳なさそうに、実はボールは見失ってしまったんだ、と答えた。

終夜は心苦しく思った。本当は、チームで使わなくなった使い古しを譲り受けたものだったからだ。男は、終夜の体の心配をしてくれた。さらに部屋干ししていた服が、まだ乾いておらず、申し訳ないとまで言うのだ。

終夜の男に抱いていた印象は大きく変わった。追跡していたときの無表情で何を考えているか分からない、という不気味なイメージとはまるで違い、直接、触れ合ってみると、男はとても温かく優しい人間に思えた。

男は何より終夜の命を救ってくれたのだ。

当初の予定では、足の届く浅い場所で、溺れたフリをしたところを助けてもらうつもりだった。そうではないのだ。終夜は波に呑まれ、意識を失った。そこからははっきり憶えていないが、サッカーボール同様、沖の方に流されていったのではなかろうか。そこを男は海に飛び込み、助けてくれたのだ。微かに憶えているが、一度目に、砂浜で目を覚ましたとき、男は全身びしょ濡れだった。男は自らの命の危険を顧みず、終夜を救ってくれたのだ。自分が命を落とし、さらに自分のせいで男の命までも奪ってしまっていたら、と考えるとぞっとする。

男には、本当に感謝していた。だから申し訳ない気持ちもあって、男に対して必要以上の敬語で接した。

頼まれたこととはいえ、自分の行動で、男の命を危険に晒したことの重大性が、徐々に重く圧しかかってくる。いたたまれなくなり、家に帰ることを話すと、男は、送ってくれる、という。それに対して終夜は、海沿いの道は一本だから大丈夫です、と答えた。直後に、しまった、と思った。このアパートが海沿いの道にあるということを終夜が知っているはずがないのだ。男は気づいていない様子だった。最後、名前だけを名乗り、男の部屋を後にした。

家に戻ると、母親が心配しながら終夜のことを待っていた。終夜の服が濡れていることに気づき、何事かと驚き、母は泣いた。終夜は砂浜で練習していたら、波に呑まれて溺れたこと、それを男に助けてもらったことを話した。母親の顔はみるみる変わり、こっぴどく叱られた。だが、最後に、生きていて本当によかった、と言って、終夜を強く抱きしめた。

次の日、思った通り、母親は終夜を連れて、男の元へと謝りに行った。これで、あの謎の男からの依頼は、達成できたことになる。

だが、終夜は複雑な心境だった。これで男の言う通り、母親の借金が無くなったとしても、一人の人間の命を危険に晒し、母親を泣かせてまでやらなければならなかったことなのか、と後悔に似た気持ちがわき上がるのだった。

終夜を助けてくれた男の名は六村祐といった。終夜の仕事は、母と六村につながりを作るまでで、そのあと、どうなるかは二人に任せるしかない。

だが終夜は六村に好感を抱いていた。命を救ってくれたことを、感謝していたし、どこか暗く翳りがあり、言葉数も多くなかったが、接してみると、やはり純朴で優しい人間であることはすぐに分かった。この男なら、以前の父親のように、終夜たちを裏切ることは無い、と思えたのだった。だから終夜は、男からの依頼が終わったあとも、六村に、自分の試合を見に来てもらい、砂浜での練習も付き合ってもらうようになった。

六村には誰にも言えなかった悩みも話せた。以前の父親のせいで、母親が借金にまみれ、苦しんでいること。そしてそれを助けるために自分はプロサッカー選手になりたいことも伝えられた。

次第に母親と六村の距離も近づき、お互いに好感を抱いているようだった。だが、それぞれ抱えているお互いの事情が、それ以上の進展を妨げているのも、子供ながらに、なんとなく理解できていた。

そんなとき、またあの男が現れた。

以前と同じように、アパートの前で、一人、終夜のことを待っていた。

呼び止められ、また同じ公園へ行き、同じベンチへと座った。

「驚いたよ。あんな方法で、二人を引き合わせるとは想像もしなかった」

男は驚いている様子もなく言った。

「なぜ……知っているの……？」

俯いていた終夜は、ばっ、と顔を上げた。

「こちらも期限を区切っていたからね。様子は見させてもらっていた。でも、あんな方法を取って怖くはなかったのかい？　私が嘘を言っている可能性も君は考えたはずだ。それなのにどうしてあそこまでできたのだろう……」

男はまるで自らに問いかけるように言った。

「あのときは必死で……何も考えられなかった。あなたが嘘を言っているかもしれないというのはいつも頭の中にありました。でも、もしもあなたの言っていることが本当で、それなのに何もしなかったら僕は一生後悔すると思って……」

終夜の答えに対して、男はしばらくの間、黙っていた。

相変わらず人のいない寂れた公園だった。周囲の廃屋と化した平屋の群れも様変わりしていない。遠くにはかつて隆盛を誇っていた製鉄工場にそびえる大きな煙突が見えた。そこから吐き出される煙は、今はもうない。

奇妙な静寂が支配していた。

「素晴らしい勇気だ。私にも優秀な娘がいるのだが、君ほどの勇気を持っているかどうか……。約束は守る。どうやって、なんて子供の君が考えなくてもいい。母親の様子を見ていればすぐに分かる」

男はようやく言葉を発した。言い終えると、すっ、と立ち上がり、また同じように夕闇に消えていった。

結局、この依頼の理由は聞けず仕舞いだった。

だが、ほどなくして男の言葉が真実であったことが証明された。いつも刑事のようにアパートの周りをうろうろしていた厳めしい格好した男たちが、急に現れなくなった。母親も夜遅くまで働くことはなくなり、きちんと夕方に帰ってきて、終夜が練習を終え、家に帰ってくるころには、夕食を作り、待っていてくれるようになった。その食事の席に六村が加わる回数が徐々に増えていった。

ある日、母親から、六村と結婚をしたい、という話を受けた。結婚をした、ではなく、結婚をしてもよいか、という相談をしてくれたことが終夜は嬉しかった。母は終夜のことを気づかってくれているのだ。終夜は喜んで賛成した。

この母親の再婚を機に、終夜はM市を離れることになった。

六村が木材工場を辞め、新たな土地に仕事を見つけた。そのため、終夜と母はついていくことにしたのだ。プロサッカー選手になることを考えれば、今の環境を捨てるのは勿体ないと思ったが、正直、前の父親のせいで、嫌な目にあうことが多く、この町を離れたいという気持ちは徐々に膨れ上がっていた。新たな町は、M市のようにサッカーの盛んな町ではないことを、六村から聞いていた。だが、終夜はそれほど心配していなかった。

サッカーはどこででもできる。サッカーが上手くなることの条件は、環境ではなく、上手くなりたい、という気持ちが最も重要なのだと考えていた。環境は自分で作れるとさえ思っていた。

終夜は以前の名を捨て、六村の姓を持った。

新たな名前、六村終夜として生きてゆくこととなった。

第2部

3章　丘の家養護園

新しい父親となった、六村祐の仕事先は東北のS市にあった。転校したのは終夜が五年生のとき、二学期半ばのことだ。

生活環境は大きく変わった。新しい家は中古の賃貸ではあったが、一軒家だった。二階建てでベランダがあり、大きくはないが庭もあるのだ。父親となった六村祐は思った通り、優しく真面目(まじめ)な男で、三十代半ばで、新たな仕事につき、大変そうではあったが、母親と終夜のために、一生懸命働いてくれた。母は週に数回、五時間程度、近所にあるスーパーでパートをやる以外は、家にいてくれた。M市での疲弊した姿は嘘のように、若々しく、明るい以前の母親に戻った。

終夜は、あの謎の男に感謝していた。これで母親のことを心配せずに、サッカーに集中できると思った。だが覚悟していたとはいえ、新たな学校での環境は、予想以上に酷いものだった。

その小学校にはサッカーチーム自体が無かった。代わりに、週に一度だけ活動する『サッカー愛好会』なるものが存在していた。だが揃いのユニフォームもなく、他校との練習試合もない。それはサッカースパイクも持たない子供たちが、一つのボールを団子状態になって追いかける、という初心者の集まりでしかなかった。

終夜は酷く落胆した。

Ｍ市のチームでは、毎日練習があり、週末は他校との試合が必ず組まれ、休みなどほとんどなかった。終夜は五年生でレギュラーを勝ち取り、チームの中核を担っていた自負があった。サッカーが好きで、もっともっと上手くなりたかったから、厳しい練習もあたりまえのこととして受け入れていた。だが『サッカー愛好会』の生徒たちは違った。週に一度、体を動かせればよい、というエクササイズ感覚でしかサッカーをやっていなかったのだ。

終夜が越してきた地域にはクラブチームが無かったため、サッカーを続けるには『サッカー愛好会』に入るという選択肢しかなかった。

朱に交われば赤くなるというが、終夜は染まることができなかった。

雑談をしながら練習をして、ボールを取られても相手から取り返そうともせず、紅白戦でゴールを決められてもニヤニヤ笑っているサッカーに、何の価値も見出せなかったからだ。かつてのチームでは、チームメイトは仲間であると同時に全員がライバルだった。少しでも手を抜けば、レギュラーの座を奪われてしまう緊張感が常にあった。だから練習から真剣勝負で、互いに対しての要求は高く、怒号が飛び交っていた。

一部、以前の父親のことをネタにして、足を引っ張ろうとする人間もいたが、他のレギュラークラスの人間たちとは、練習が終われば、あとくされ無く、仲のよいチームメイトに戻ることができた。皆、何のために練習をやっているのか、その意味を含めて、きちんと理解していたのである。

場所が変われば価値観も変わる。幼い終夜は、それを分かっていなかった。当然、価値観の違いは、大きな軋轢を生むこととなった。

終夜はあきらかに練習で手を抜き、そして軽率なミスを繰り返すチームメイトを厳しく非難した。

終夜としては当然の行為だったのだが、価値観の異なる、新たなその場所では受け入れてもらえるはずもなかった。

最初のうちは、終夜の言葉に渋々、頷いていたチームメイトも、徐々に距離を取るようになった。終夜が練習に出るとあからさまに不満げな顔をして、姿を消してしまう生徒まで現れはじめた。気がつくと、練習中、声を張り上げているのは終夜、一人になっていた。声を出せば出すほど、チームメイトの心は氷のように固く閉ざされ、その隔たりは埋めようのないものとなってゆくのが分かった。

ある日の練習中、終夜がいつも通り、一人のチームメイトのミスを指摘すると、その生徒はボールを拾い上げ、地面に思いきり叩きつけた。

「うるせえな。最近入ったばっかりのくせに。ちょっと上手いからって、えらそうに言いやがって。じゃあ、おまえ一人でやれよ」

生徒はそう捨て置き、グラウンドからいなくなった。他の生徒も、彼の後を追うようにして姿を消した。終夜は一人取り残された。

彼らはサッカーを楽しみたいだけなのだ。上手くなりたいと思っているのかもしれないが、厳しい練習は望んでいない。ここでサッカーを続けるためには彼らに歩み寄らなければならないのだろうか――。

終夜は考え込んだ。

それでも終夜には、彼らの望む、ただ楽しいだけのサッカーに何の価値も見出すことができなかった。このことをきっかけとして終夜は『サッカー愛好会』の中だけでなく、学校生活においても疎外されることとなった。『サッカー愛好会』に所属している生徒の数人が、終夜と同じクラスだった。

彼らが終夜を無視するよう、クラス全員に指示を出したのだ。

もしかしたら、その時点で、彼らに歩み寄れば、まだ輪の中に戻れたのかもしれない。だが、そうしてしまうと、今まで真剣にサッカーに取り組んできた自分自身の過去のすべてを否定してしまうような気がした。終夜にはそれがどうしてもできなかった。

終夜は完全に孤立していた。

環境の違いなど関係なく、自分のやる気さえあればどうにかなると思っていたが、それは簡単なものではない、とようやく理解できたのだ。M市の環境が、どれほどに恵まれていたかを、ここにきてやっと気づいた。

終夜は自分の力の無さを責め、打ちひしがれる日々が続いた。M市に戻りたいとさえ思うこともあった。それでも最初のうちは、昼休みになると校庭に出て、一人でボールを蹴っていた。だが、どこからかボールが突然、終夜めがけて飛んできた。さらにクラスの何人かが終夜を取り囲み、わざとらしく体当たりをしてくるのだ。

なぜ彼らはこんなことをするのだろうか――。

自分はただ勝利に執着し、そして上手くなるために、一生懸命、練習をするサッカーがしたいだけなのだ――。終夜の考えは彼らに受け入れてもらえなかった。これはその報復なのだろうか。終夜は酷く虚しい気持ちになり、学校で練習することをやめた。

昼休み、皆が体育館や校庭へ遊びに行く中、終夜は教室に残るようになった。教室を見渡しても生徒はほとんどいない。そんな中、終夜と同じように、決まって教室に残っている生徒が一人だけいた。その男子生徒はいつも同じ茶色の上下のジャージを着て、机に座りじっと本を読んでいた。ジャージは色褪せ、酷く傷んでいる。肘と膝のところに、あきらかに穴を隠すためのアップリケが付いていた。

暇を持てあましていた終夜は無視されるに違いないと思いながらも、その男子生徒に話しかけてみた。

「いつも本を読んでるんだね」

男子生徒は突然、声をかけられて驚いたのか、ビクリと一瞬体を震わせた。やがて文庫本に落としていた視線が徐々に上がり、終夜に向けられた。

「あっ……うん。ゆっくり本を読めるのは昼休みぐらいしかないから……」

男子生徒は終夜を無視することなく、言葉を返してきた。予想外だった。

「どうしたの……？」

終夜の戸惑っている様子を見て、男子生徒は聞いてきた。

「あっ、いや……君は俺を無視しないんだな。ちょっと驚いた」

「無視？　なぜ？」

男子生徒は本当に知らない、というふうに言う。

「サッカー愛好会の奴らが、俺のことを無視するようにクラスの全員に言っているみたいなんだ……」

「なんでそんなことを……」

男子生徒は心底悲しそうな表情をするので、さらに驚く。

「君は無視するように言われてないのかい？」

不思議に思い、終夜は聞いた。

「僕は存在感薄いから……それにあんまり学校にも来てないからたぶん忘れられているんだと思う……」

男子生徒は自嘲気味に言った。

気づかれないように、彼の名札をチラリと見た。相楽天晴とあった。

たしかに毎日顔を合わせているはずなのに、名前を思い出すことができなかった。存在感が薄いという彼の自己評価は当たっているのかもしれない。

「学校に来られない事情があるの……？」

「僕は養護園に住んでいるんだ。学校の裏手の坂をずっと登ったところに施設がある。僕が一番年上で、小さい子供たちの面倒を見なくちゃならない。いつもいる先生は一人しかいなくて、園にはあんまりお金がないから新しく先生を雇うこともできないみたいで……。だから僕が先生の手伝いをしている。それで学校に来られないことも多くて……」

最後の方、相楽の声は消え入りそうなほど小さなものになっていた。

さすがに鈍感な小学生だった終夜も、これは聞いてはならない質問をしてしまった、と気づいたが、なんと言ってよいのか分からず、しばらくの間、押し黙っていた。

「園に戻ったら、すぐに先生の手伝いをして、子供たちの世話をしなきゃならないんだ。でも本が好きだから、いっぱい読みたくて。だから昼休みを利用していつも本を読んでる」

相楽はなぜだかすごく嬉しそうに話した。そこには悲壮感の欠片も見えない。

「本か……どんな本を読んでるの？」

相楽の読んでいるのは学校の図書室から借りた文庫本のようだった。

「今、読んでいるのはエラリー・クイーン。外国の本だよ。日本のなら江戸川乱歩が好きかな。少年探偵団とか。知ってる?」

終夜は即座に首を振った。知っている単語が一つも無かったからだ。そのころの終夜はマンガしか読んでいなかった。

この日は話が嚙みあわないまま終わったが、それからというもの、昼休みになると、誰もいない教室で、終夜は相楽と、ぽつぽつ、話をするようになった。

相楽も終夜とは別の理由で、クラスから孤立していた。学校を休みがちであることと、いつも同じジャージを着ていること。そして養護園に住んでいることがその理由らしかった。

終夜はまともに活字の本を読んだことが無く、相楽はサッカーのことを知らない。共通するところはまるでなかったが、なぜだか気が合った。相楽はシャイで人見知りするところもあったが、仲よくなれば話し好きで、明るく気持ちの優しい少年であることが分かった。二人は昼休みになるといろいろなことを話した。相楽は徐々に、養護園での暮らしぶりも話してくれるようになった。

養護園には礼拝堂があって、週に一度、お祈りをしているのだと教えてくれた。一緒に住んでいる先生は優しく、年下の子供たちも可愛くて、皆が本当の家族のように仲がよいのだ、と相楽は嬉しそうに語るのだった。

終夜が相楽に話す、たいていの話題はサッカーのことだった。

「相楽はサッカー見ないの?」

「うん……園ではいろいろと忙しいからね。でも、この前の……たしか夜中にやってたのは見た」

「夜中? もしかして南アフリカのワールドカップのこと?」

「そうなのかな……一人、園にサッカーの好きな子供がいて、夜中に無理やり起こされて見させられた」

「見てどうだった？」

少しの期待を込めて聞いた。

だが相楽の答えは思いもよらぬものだった。

「その子供が不機嫌になって大変だった。日本のチームが途中で負けちゃったでしょ？　そしたらその子供が拗ねちゃって、他の子供に八つ当たりなんかしてさ。日本のチームもあと一つか、二つ、勝ってくれてたらよかったんだけど」

「おまえさあ、一つか二つって簡単に言うけど、ワールドカップで一勝するのはとんでもなく大変なんだぞ」

終夜は呆れて言った。

「ふうん。たしかに他のチームとは全然違ったもんね」

相楽は不思議なことを言った。

「他のチームって、日本代表以外の試合も見たの？」

「うん。その子に付き合わされて結構見させられたよ」

「試合見てどう思った？　サッカーやってみたいと思わないか？」

「まあやったら楽しいだろうな、とは思うけど。僕には忙しくてそんな暇ないから」

このようにしてサッカーの話題を提供しても、いつも盛り上がらぬまま終わるのだ。

趣味は合わなかったが、相楽と話しているのは楽しく、クラスで二人だけ孤立していたが、それでもいいと思った。だがサッカーをやりたい、という想いは常に胸の中にあり、学校から帰ると、必ず近くの公園へ行きボールを蹴った。

父親となった六村祐が心配してくれて、以前のようにときどき練習に付き合ってくれた。それでも高いレベルの練習ができるわけではないのだ。今まで厳しい練習によって築き上げてきた技術がどんどん錆びついてゆくのが分かった。終夜は悩んでいた。こんなことならどんな状況であれ、サッカーをやれる環境を優先すべきでは、と自問しはじめたのだ。

『サッカー愛好会』の人間たちに頭を下げることすら考えていた。

そんなとき、いつもの昼休みに相楽から声をかけられた。

「ね、ねえ、六村君……誕生日会があるんだけど来てくれないか？」

相楽は少し俯きながら恥ずかしそうに言った。

「誕生日会？　誰の？」

「僕の」

相楽は俯いたまま答えた。

「いいよ。いつ？」

終夜は、少し考えてから答えた。

「本当？」

相楽はパッと顔を上げた。ひどく嬉しそうだった。その顔は紅潮していた。興奮しているようにも見えた。

「本当？　本当に来てくれるの？」

相楽は執拗に聞いてくる。

「しつこいな。嘘言ってどうするんだよ。それでいつやるんだ？」

「今週の日曜日、礼拝が終わって午後から」

「相楽の園でやるんだろ？　本当に行っていいのか？」

相楽の話の中で養護園のことは数多く聞いていたが、行ったことは一度もなかった。自分には来てほしくないのだろうな、となんとなく勝手に思い込んでいたのだ。

「もちろん。みんな歓迎するよ」

「でも、園の場所わかんないな」

「大丈夫。僕が迎えに行くよ。午後一時に学校の校門の前に待ち合わせでいいかい？」

問題なかったので終夜は頷いた。

日曜日が来た。

終夜は日課にしている公園での早朝練習を済ませると、近くの書店へと向かった。午前中のうちに、相楽への誕生日プレゼントを買おうと思ったのだ。

相楽の好きなミステリー小説を買うことに決めていた。相楽は普段、学校の図書室で本を借りて読んでいた。リクエストはできるかもしれないが、読みたい本がすぐに学校の図書室に入ってくるわけではないようだった。

相変わらず、活字で埋め尽くされている本にはまったく興味を持てなかったが、いつもの会話の中であがった、相楽の読みたいと言っていた小説のタイトルだけはきちんと記憶していた。店内を一通り回ったが、目当ての本は見当たらなかった。しかたなく店員に聞くと、はいはい、と頷きすぐに案内してくれた。そこは新刊コーナーで本がいくつも平積みで置かれていた。店員はその中の一冊を手に取った。

『隻眼の少女』とタイトルにはそう書かれている。先ほど店内を一回りしたとき、このタイトルは目に入っていた。だが終夜はタイトルを相楽から聞いた音だけで憶えていて、せきがんを、隻眼と書くことを知らなかったのだ。表紙には古めかしい格好をした可愛らしい少女が写っている。少し興味を惹かれてページを捲ってみた。だがすぐに閉じる。やはり活字は受けつけない体質らしい。

終夜はこの『隻眼の少女』と、もう一冊本を買い、プレゼント用に包装してもらって店を後にした。

学校には約束の一時よりも十分ほど早く着いた。だがすでに相楽は校門の前で待っていた。終夜に気づき、大きく手を振ってくる。いつものジャージ姿だった。

「早いな。待った?」

「いや全然。僕もさっき来たばっかりだから」

答えた相楽は、なぜか少し緊張しているようにも見えた。

「坂道きついけど大丈夫?」

相楽の指し示す先には蛇行しながらどこまでも昇ってゆく坂道が見えた。

「俺を誰だと思ってるんだ? 余裕だよ。鍛え方が違うから」

終夜は胸を張って言った。

「おっ、さすが全国大会経験者。でも本当にきついから無理しない方がいいよ」

「大丈夫、大丈夫。さあ行こう」

終夜はそう言って相楽を促し、二人並んで坂道を登りはじめた。

坂道は狭い片側一車線で歩道はない。道の端を歩いていたが、車の来る気配はなかった。

右に左に曲がりながらきつい傾斜の坂道が続く。空は雲一つない青空だった。容赦なく太陽が照りつける。徐々に足取りが重くなる。前傾姿勢を取り、一歩一歩、アスファルトを踏みしめるようにして歩を進めた。呼吸が苦しくなり、終夜は肩で息をしていた。

「相楽、すごいな……。おまえ毎日こんなきつい坂、上り下りしてるのかよ……」

「最初はきつかったけどもう慣れたよ」

相楽は涼しい顔で言う。その通りで驚くことに相楽は息一つ切らしていなかった。

先ほどまで沿道に見えていた家々も、進むに連れて姿を消し、気がつくと道の両側は、背の高い木々で覆われていた。道路は舗装されているが、もはや本格的な山道の様相を呈している。それでも重なり合う木々が陽の光を遮ってくれて、さきほどよりも暑さはいくぶんか和らいだ。ときおり涼しげな風が吹き抜け、リズミカルに枝葉を揺らす。

「六村君、もう少しだから」

「何言ってんだ。全然余裕だよ……」

終夜は大きく息を切らしながら強がりで返す。

相楽は相変わらず、平然と歩き続けていた。もう三十分以上も、急斜面を休むことなく登り続けているのだ。相楽は細身で、背はそれほど高くなく、体力が無さそうに見えたから意外だった。

ようやく傾斜が途絶える。坂を登り切ったのだ。すると三角屋根の建物が見えた。壁は白塗りで屋根の上には十字架が載っている。

「あれが園の礼拝堂だよ。毎週日曜日、皆でお祈りするんだ」

「へえ……。結構立派だな……」

終夜は息を整え、ようやく答えた。

「うん。古くからあるらしいよ」

「相楽が住んでいる家はどこ……？」

「礼拝堂の裏手にあるんだ」

遠くからは白く綺麗に見えた礼拝堂の壁面だったが、近づくと、ところどころ黒い汚れが目立ち、壁は白ではなく灰色といった方がよかった。縦に走るひび割れも見える。

だが礼拝堂の入り口となる大きな両扉は艶やかに磨かれ威厳を保ち、三角屋根に掲げられた大きな十字架も太陽に照らされ白く輝いて見えた。そして礼拝堂を囲むようにして花壇があり、色とりどりの花が咲きほこっていた。手入れも行き届いている。このように見ると壁面の傷や汚れも、礼拝堂の長い歴史を物語る証のようにも感じられる。礼拝堂の横には小道があり裏手へと続いていた。

そこに見えたのは瓦葺きの屋根を持った平屋だった。入り口は引き戸になっている。引き戸の上に看板が掲げられそこには『丘の家養護園』と書かれてあった。礼拝堂の裏に、まさかこのような純和風の建物があるとは思わず、終夜は少々面食らった。

「ここだよ。さあ、入って」

そう言って相楽は引き戸をガラガラと開ける。

最初に目に入ったのは玄関の三和土の上に所狭しと並べられた、たくさんの靴だった。整然と並べられているわけではなく、片方が無かったり、逆さにひっくりかえっているのもある。

「ただいま」

相楽の声でどこからかたくさんの足音が近づいてくる。

顔を上げると板張りの廊下がまっすぐ延びている。その奥から足音が迫ってくるのだ。

すぐにたくさんの子供たちの姿が見えた。皆、争うようにしてこちらに向かって走ってくる。

「ハル兄おかえりー」

「おそいよー」

「みんな待ってたんだから」

「このお兄ちゃん誰?」

子供たちは、あっというまに二人を取り囲み、口々に言う。

相楽の言っていた通り、皆、終夜たちよりも年下の子供のようだった。男の子も女の子もいる。全員が相楽と同じようなジャージを着て、また同じように破れた部分をアップリケで隠していた。

「遅くなって悪かったな。今日は友達を連れてきたぞ。みんな挨拶(あいさつ)して」

相楽は集まる子供たちの頭を撫(な)でながら言った。すると子供たちは、まるで、はかったかのようにピタリと静かになり、一呼吸おいて、全員が一斉に、こんにちは、と行儀よく挨拶をした。

「こ、こんにちは。お邪魔します」

終夜も慌てて挨拶を返した。

「あらあら、みんな駄目よ。そんなに近づいて。お兄さんもびっくりしてるじゃない」

子供たちを見守るようにして女性が立っていた。スヌーピーのエプロンをして、柔和に微笑んでいる。包み込まれるような優しい声のトーンと笑顔だった。この人が相楽の言う、先生なのだろうか。

「六村終夜と言います。今日はお招きいただきありがとうございます」

「これはこれはご丁寧に。こちらこそ、わざわざこんな山の上まで来てくれてありがとうございます。大変だったでしょ。どうぞあがってください」

終夜は恐縮しながら三和土で靴を脱いだ。女性がスリッパを置いてくれた。終夜は礼を言って、スリッパを履き、『丘の家養護園』一同に導かれるまま廊下を進む。

「あの人が先生?」

終夜は並びながら歩く相楽に声を潜めながら聞いた。

「そうだよ。皆、シスターって呼んでる」

「そうか。ここには何人くらいの子供たちがいるの?」

「僕を含めて十四人かな」

人数を聞いて驚いた。

「あの先生一人で子供たち全員の世話をしているのかい?」

「うん……。一応、週に三回ほど手伝いの人が来てくれているけど、手が回らない状況なんだ。だから僕ができるだけシスターを助けてる」

相楽は神妙な顔をして言った。

「大変だな……」

終夜には、それしか返す言葉がなかった。

廊下の突き当たりにはドアがあり、その奥はリビングになっていた。十畳ほどの広さの部屋で、長テーブルが二つ、並列に置かれていた。テーブルの上にはお菓子や飲み物があり、そして皿に載ったショートケーキが人数分並べられていた。

見上げると天井から弧を描くようにして、色とりどりの輪飾りが幾重にも連なっていた。壁には横長の画用紙が何枚か重ねて貼られ、そこには太字で大きく【ハル兄ちゃんお誕生日おめでとう】の文字があった。

「すごいなあ。みんなが相楽のために準備してくれたんだろ？」

終夜はその様子に思わず声をあげた。

「うん……本当にありがたいよ。でも今日は、六村君がいるからちょっと恥ずかしいかな……」

そう言って相楽は頬をポリポリと掻いた。

全員が椅子に座った。皆、笑顔で、中には待ちきれないとばかりにショートケーキを物欲しそうに眺めている子供もいる。終夜も、相楽の正面の席に座った。やはりざわざわと落ち着かない。シスターが立ち上がり、人差し指を口元に当てて、皆を見る。それだけでピタッとお喋りが止まった。

「ではお祈りをしていただきましょう」

シスターが言うと、全員が両肘をテーブルの上に突き、顔の前で両手を合わせる。そして目を瞑った。突然の流れに驚いたが、終夜もとりあえず真似をして、皆と同じことをした。シスターがイエスキリストへの感謝の言葉を唱え、全員がそれを復唱する。復唱を終えると一拍置いて、また全員の、いただきます、の言葉で誕生日会がはじまった。

「相楽、誕生日おめでとう。これたいしたものじゃないけどプレゼント」

終夜は先ほど書店で手に入れたプレゼントを相楽に差し出した。

「えっ！　ほんとに？　どうもありがとう！」

相楽の喜びようは、こちらも驚くほどだった。

「いや……そんなたいしたものじゃないから……」

たかが本二冊なのだ。何か申し訳ない気分になった。子供たちの視線もこちらに集中している。

「開けていい？」

「どうぞ……」

部屋が急に静かになった。いったい何が出てくるのか、と子供たちは興味津々のようだった。こんなことなら、と思ったが今さらどうしようもない。

「わあ！　すごい！」

だが包装された青いリボン付きの紙袋を開けた相楽の反応は、終夜の想定しないものだった。

「『隻眼の少女』だ！　これ読みたかったんだ！　ありがとう！」

相楽は満面の笑みを浮かべ、本当に嬉しそうだった。

「あっ、サッカーの本もある！」

いつのまにか相楽の横に坊主頭の子供が立っていた。背が低い。小学校低学年くらいだろうか。終夜が買った、もう一冊の本に興味を示していた。

それは南アフリカワールドカップの名場面集だった。相楽に少しでもサッカーに興味を持ってもらおうと買ってきたのだ。

「六村君、この子はタケシ。前に話したサッカー好きの子だよ。夜中にサッカーを一緒に見させられた……」

「ああ。君か！　タケシ君は何歳？」

「九歳。三年生だよ」

タケシは丸顔で頬っぺたが赤く、目がぱっちりと大きい、愛らしい感じの子供だった。

「タケシ君はサッカー好きなの？」

「うん好き。いつも裏の空き地でみんなとサッカーやってるよ。ハル兄はすごくサッカー上手だよ」

終夜は驚いて相楽を見た。

「おいおいタケシ、やめてくれよ。この人は本当のサッカー選手なんだぞ」

相楽は困った顔で言う。

「サッカーやってるのか？　裏庭で？」

終夜は相楽に期待を込めて聞く。

「うん……。ここはこんな場所だから、土地だけはあって、裏にだだっ広い空き地があるんだ。一応、サッカーゴールもある。何か昔、廃校になった小学校から寄付されたとかで」

「なんだよ。早く言えよ。まるでやったこともないふうに言ってたのに」

「やってるっていうレベルの話じゃないよ。ただ子供たちとボールを追いかけてるだけだから。手伝いがあるから最近はあんまり参加してないし……」

相楽は何やら口ごもり恥ずかしそうに言う。

「深く考えすぎだよ。俺はただ、相楽と共通の趣味を持てたらもっと楽しく話ができると思っただけだよ」

「じゃあミステリーにも興味持ってよ」

「それは無理かな……」

「じゃあ僕も無理だよ」

相楽がそう言うと、二人で笑った。タケシは何のことか分からずきょとんとした顔をしている。

「タケシ君、じゃああとから皆で一緒にサッカーやろうよ」

「うん」

タケシは嬉しそうに答えた。

誕生日会は楽しかった。

大人数で盛り上がるというのは本当にひさしぶりだった。途中、子供たちの余興の時間があり、ラジカセの音に合わせて歌や踊り、中にはコントを見せてくれる子供たちもいた。この日のために練習してきたらしい。最後は全員で讃美歌(さんびか)を歌った。終夜は聴いているだけだったが、子供たちの声は素晴らしく、歌詞の内容は分からなかったが、心に染(し)み入るものがあった。

誕生日会が終わると子供たち全員が協力して後片づけを行っていた。何人かはテーブルの上の食器を片づけ、部屋の奥に見える台所へと持っていき、台所には主に女の子が待っていて、その食器を受け取り手際よく洗っていた。

終夜はそれを見て、あたふたしながら目の前の食器を片づけようとしたが、シスターに制された。

「お客様はゆっくり座っていてね」

「でも……」

そう言った途端、目の前の食器が消えた。

「六村君、いいから座っててよ」

相楽だった。食器を素早く取り上げたのだ。終夜はあきらめ、言われるままに座り、黙々と後片づけをする子供たちの姿を見ていた。皆、いろいろな事情があり、ここで暮らしているのだろう。だが明るく生き生きとしていて悲壮感の欠片もなかった。

　ふと相楽を見ると、後片づけの作業を終え、手持ち無沙汰（てもぶさた）になった子供たちに新たな仕事を割り与えているようだった。言われた子供の一人は台所からゴミ袋を持ってきて、テーブルの上のお菓子の袋を片づけはじめた。昼休みに学校で、一人寂しく本を読んでいる相楽とはまるで別人に見えた。

　相楽は、シスターや子供たちがいるから寂しくないと語った。終夜はここへ来て、その言葉が本心であることをはじめて理解できた。学校でどれほど孤立しても、相楽には自分を必要としてくれる居場所がきちんとあるのだ。それを羨（うらや）ましく思った。

　終夜の居場所はサッカーという競技の中にあった。終夜はその居場所も失い、学校でも、相楽がいなくなると一人ぼっちになってしまう。自分自身が酷くみじめな存在に思えた。

「シュウヤ兄ちゃん、サッカーやろうよ」

　タケシの声だった。サッカーボールを持っている。いつのまにか後片づけは終わったようだった。

「シュウヤ兄ちゃんとサッカーやる人⁉」

　タケシが皆に声をかけた。

「はーい！」

　元気よく子供たち全員が手を挙げた。

「よし、シュウヤ兄ちゃん行こう」

　タケシに手を引っ張られて立ち上がる。すぐに子供たちに囲まれた。そのまま皆でリビングを出て、ぞろぞろと廊下を進む。玄関の三和土に埋もれているたくさんの靴から自分のものを見つけ出して、皆と一緒に外へ出た。子供たちの案内でそのまま建物の裏手に行くと、相楽の言った通り、赤土の露出した大きな空き地が広がっていた。子供たちがサッカーをやるには申し分ない大きさだった。空き地の端と端には向かい合わせでサッカーゴールも置いてある。

「うわあ、すごいなあ。こんな大きなグラウンドがあるなんて。これならいつでもサッカーができる。タケシ君たちが羨ましいよ」

タケシは嬉しそうに微笑むと、ボールを空き地に向けて大きく蹴り出した。

そのボールに向かって子供たちが一斉に走り出す。敵も味方もない。一つのボールを全員で追いかけて、蹴り合う、団子状態のサッカーだった。

終夜は団子から少し離れ、そこからコロコロとこぼれ出たボールを、子供たちに取られぬようキープしたり、誰もいないスペースへ大きく蹴り出したりしていた。子供たちが、嬌声をあげながら一つのボールを追いかける姿を見て、終夜は、サッカーをはじめたばかりのころを思い出していた。当時は、目の前の子供たちと同じように、ボールを追いかけているだけで楽しい気持ちでいられた。もしも、あのときの自分に戻ることができれば、『サッカー愛好会』の生徒たちとも仲よくサッカーができるのかもしれない。

だがすぐにその考えを打ち消した。終夜はもはや、そのようなサッカーで満足することができない体になっていた。辛い練習を耐え抜き、激しい争いの中、レギュラーを勝ち取り、仲間たちと共に、ただ勝利だけを目指して戦い続ける。そのような環境が終夜を大きく変えたのだ。日々の弛まぬ努力、そして少しでも上手くなろうという向上心と勝利への飽くなき執着心、その先にしか終夜を満たしてくれるものは存在しなくなっていた。

子供たちは、相変わらず一つのボールに集まり団子状態になっていたが、一人だけ終夜と同じように団子の外にいる子供がいた。

　タケシだった。

　ボールが終夜の足元へと転がってきた。終夜は試しに、子供たちからボールを取られぬようキープしながら、タケシがどう動くかを観察してみた。他の子供たちは、終夜からボールを奪おうと懸命に取り囲むのだが、タケシだけは違った動きを見せた。

　ボールをキープしながら移動すると、終夜と一定の距離を保ち、まるで衛星のように動くのだ。すぐに分かった。タケシは、取り囲む子供たちのわずかな隙間（すきま）にパスコースを見つけて、そこに顔を出しているのだ。

　意図を理解した終夜は、子供たちが作るわずかな壁の隙間を縫って、パスを出した。グラウンダーのパスは少し強いかなと思ったが、タケシは絶妙なトラップを見せた。特に素晴らしかったのが、トラップした直後の、体とボールの方向がゴールを向いていたことだった。子供たちはタケシからボールを奪おうと追いかける。しかしタケシは小気味よいステップからのフェイントで、一人、二人と難なくかわしてゴールを決めた。

　タケシは嬉しそうに両手を挙げる。なぜだか分からないがタケシに抜かれゴールを決められた子供たちも一緒になって喜んでいた。

「タケシ君、上手いなあ。驚いたよ。タケシ君はサッカー愛好会に入っていなかったのかい？」

　お世辞ではなかった。終夜がタケシに出したグラウンダーのパスは、簡単に処理できるものではなかった。ボールを受けてから一瞬でゴールに向かう体の使い方、そしてサッカー未経験の子供が相手だったとはいえ、二人をフェイントで難なくかわしたそのテクニックには、目を見張るものがあった。

少なくとも『サッカー愛好会』の連中よりは、はるかに高いレベルにあった。

ゴールを決めて無邪気に喜んでいたタケシだったが、なぜか終夜の言葉を聞いた途端、表情を曇らせた。タケシを取り囲んでいた、他の子供たちも急に静かになった。

「実は僕、前はサッカー愛好会に入ってたんだ。でもやめちゃった……」

タケシは終夜の顔を見ずに、下を向いたまま寂しそうに言った。

終夜はその意味に気づき、自分のバカさ加減を呪った。一人、机に向かい、背中を丸めて本を読む相楽の姿が思い出された。終夜は集団の価値観に歩み寄ることができずに疎外された。だが相楽は違う。養護園にいるという理由だけで疎外されているのだ。同じように、養護園に住んでいるタケシが『サッカー愛好会』に入ったらどうなるか。それは火を見るよりもあきらかだった。しかもタケシは彼らよりもサッカーが上手いのだ。その薄い胸が抉れてしまうほどに辛い経験をしたに違いない。

そう考えると一つの疑問が生まれた。それではタケシは、いったいどのようにしてここまでサッカーが上手くなったのだろうか――。

週に一度しか行われない『サッカー愛好会』に通ったところで、これほどまでに上手くなれるはずがない。

「そうか……じゃあどこか他の場所でサッカーを習っていたことがあるのかい？」

終夜がそう言うと、タケシはきょとんとした表情を見せた。

「他の場所って……ここでしかサッカーやったことないよ」

タケシは、なぜそんなあたりまえのことを聞くのか、というふうに言った。

「ここでしか……それは驚きだな……」

タケシの言うことが本当ならば、彼は天賦の才能を持っていることになる。

「ハル兄と一緒にやってたら、嫌でも上手くなるよ」

タケシはまた不思議なことを言う。

「相楽が？　さっきも言ってたけど相楽は本当にサッカーが上手いのかい？」

終夜は訝しげな思いで聞いた。

「うん」

タケシは力強く頷いた。そこには一瞬の逡巡も見えなかった。

終夜は相楽を探した。彼は子供たちのサッカーには参加していなかった。シスターと共に、空き地の隅に立ち、サッカーに興じる子供たちの姿をのんびりと眺めていた。

「相楽！　一緒にサッカーやろうぜ！」

終夜は大声で叫び、相楽に向かって手を振った。それに対して相楽はなぜか戸惑うような表情を見せた。だがシスターに促されたのか、渋々といった様子でこちらへ向かってくる。終夜はタケシからボールを受け取り、相楽へパスを出した。先ほどタケシに出したような球足の速いグラウンダーのボールだ。

驚くことに相楽はそのボールをダイレクトで蹴り返してきた。足の内側を使うインサイドキックで蹴られたボールは寸分たがわず、終夜の足元へと戻ってきた。しかもボールの速さは、終夜の蹴った速度そのままだった。終夜と相楽の距離はまだ三十メートル近くある。芝生のピッチではないのだ。小さな石が無数に埋もれている土の露出する空き地だ。

終夜は相楽から戻されたボールを足の裏で、少し前へ出した。今度は相楽の胸に向け、足の甲を使うインステップキックで、ライナー性の強烈なボールを蹴った。

だが相楽は冷静だった。両手を広げ、胸をそらせてボールをトラップした。胸でバウンドしたボールは、相楽の頭の位置くらいで止まり、あとは引力の法則に従って、地面へ向けて落下してゆく。地面に届く前にボールは急激にその軌道を変えた。相楽が、今度は終夜と同じようにインステップキックを使い、ボールを蹴り返してきたのだ。そのライナー性のボールは凄まじい勢いで終夜の胸元へと向かってきた。なんとか胸に当てることができたが、ボールの勢いに押され、尻餅(しりもち)をついて倒れてしまった。

声が出なかった。

あいつはいったい何者なんだ——。

ボールはタケシの足元にコロコロと転がる。

「ねっ。すごいでしょ」

そう言ってタケシはニコリと笑う。

終夜はあっけにとられたまま言葉を返すことができなかった。

タケシは相楽にパスを出した。

「よし！　皆、ハル兄にかかれ！」

不意に、タケシが、かけ声をあげる。

子供たちが一斉にボールを持っている相楽へと襲いかかった。

そこで信じられない光景を目にした。

相楽を取り囲む子供たちの数は十人以上いるのだ。それなのに子供たちは相楽のキープしているボールに誰一人、触れることができないでいた。相楽は取り囲む子供たちとボールの間に体を入れ、足の裏を上手く使い、ボールをキープし続けていた。

徐々に取り囲む子供たちが疲れた様子を見せはじめると、相楽はゴールへ向かって猛然とドリブルを開始した。目の前にいる子供たちを難なくフェイントでかわしてゆく。そのドリブルは見事なもので、スピードに乗っているにもかかわらず、ボールがまるで足に吸いついているかのようだった。

体が勝手に動いた。終夜は立ち上がると、相楽の右前方に広がるスペースに向かって全速力で走り出した。

「相楽、こっちだ！」

終夜は手を前方に向けて、相楽にパスを要求した。

相楽から終夜へパスが放たれる。ボールは終夜に向かってではなく、前方に広がる大きなスペースへ向かって伸びてゆく。終夜の手の仕草を相楽はきちんと理解していたのだ。手を前方に向けたのは、前方のスペースにボールを出せ、という意味があった。

終夜はボールに追いついた。正面にゴールは見えない。終夜がボールを受けた位置はゴールからは距離のある、右端の、実際にラインが引かれているわけではないが、タッチライン沿いだった。そのまま体の向きを変え、ゴールへ向かおうとするとタケシが立ち塞（ふさ）がった。

「簡単には抜かせないよ」

タケシは射るような視線で、終夜とボールを交互に見た。それは『サッカー愛好会』の人間からは決して受けたことのない獰猛（どうもう）な視線だった。

終夜は理解した。タケシは本当にサッカーが好きで、上手くなりたいと思っているのだ。

タケシは凄まじい勢いで、ショルダータックルを仕掛けてきた。終夜は、それをすんでのところでかわす。タケシはもんどりうって倒れたが、すぐに立ち上がりボールを奪おうと再び襲いかかってくる。その目は闘争心で燃えていた。

タケシに触発され、ひさしぶりに終夜の心にも火が点いた。視線でフェイントを入れて、タケシの逆をついた。そのままゴールへ向かってカットインする。ゴール前に走りこむ相楽の姿が見えた。終夜は相楽めがけてクロスボールを上げる。そのボールに合わせ、相楽は右足を振り抜いた。ノートラップのランニングボレーシュート。ボールは凄まじい勢いでゴールネットに突き刺さった。

忘れかけていた熱い衝動が、体の奥底からわき上がってくるのを感じていた。

終夜はその衝動に突き動かされるように、相楽の元へと向かった。

「相楽……おまえいったい何者だ……?」

相楽の顔がすぐ目の前にある。

終夜は興奮状態にあった。

「何って……?　何者でもないよ……?」

相楽は後ずさりしながら答えた。

「まるでサッカーに興味の無いフリしやがって……実はどっかのクラブチームの下部組織にでも入ってるんだろ?」

あきらかに、サッカーをやったことのない素人の動きではない。体の使い方、トラップ、パス、キックの精度、どれをとっても一級品なのだ。この環境では、現実的にありえないと思ったが、小学校にきちんとしたクラブがないとなれば、どこかのプロクラブの下部組織に属しているという帰結に至るしかない。

「六村君がなんでそんなに興奮しているのか分からないけど、僕は本当にここでしかサッカーをやったことがないんだ……」

相楽は困惑気味に答えた。

信じられない――いや、信じたくなかった――。

才能の無い自分は、血の滲(にじ)むような努力の中でしか、技術を積み上げることができなかった。何の努力もなしに、これほどの技術を手に入れているという現実を受け入れたくなかったのだ。

だがその想いも、相楽の次の一言で脆(もろ)くも崩れ去った。

「でも……やったことはないけど……見たことはあるから……」

「見たこと？　どういうことだ？」

終夜は相楽の発した言葉の意味が分からず聞き返した。

「ワールドカップを見たから……前にも話したことあるけど、夜中じゅう、タケシに無理やり見させられて……でもたくさんの試合を見たからなんとなくサッカーのルールと動き方は理解できた。あとは見よう見まねで……」

相楽は恥ずかしそうに言った。

山(やま)の端(は)に隠れようとする大きな夕日がオレンジ色の光を放ち、柔らかな明かりが相楽を照らし出していた。みすぼらしいジャージを着た、ただの読書好きの少年だった相楽が、今はまるで違う存在に見えた。

相楽は見よう見まねでと言ったのだ。

相楽が言っているワールドカップというのは、以前、二人で話した二〇一〇年に南アフリカで開催されたワールドカップのことを言っていた。

ワールドカップは世界最高峰の選手たちが国を代表して競い合う夢の祭典である。もしも、そこで見たプレーを、そのまま実践できれば、その人間はリオネル・メッシにも、クリスティアーノ・ロナウドにもなれる。だが、現実にはそんなことできるはずがない。終夜はM市にいたころのチームメイトや、全国大会で戦い、苦しめられた相手チームの選手のことを思い出していた。

その中にこれほどの素質を持った選手がいただろうか——。思い浮かばなかった。

「相楽、俺と一緒にサッカーをやってくれないか……？　いや……おまえはどんな事情があってもサッカーをやるべきだ」

「僕がサッカーを……無理だよ……誘ってくれるのは嬉しいけど、子供たちの面倒も見なきゃならないし、シスターを助けてあげなきゃ……」

相楽はやはり及び腰であった。自分がどれほどの才能を持っているのかまるで自覚していないのだ。

「ここの仕事は……俺も手伝う！　そうすれば負担も半分になって時間ができるはずだ！」

終夜は熱を込めて言った。

「どうしてそこまでして……」

相楽は、執拗に誘う終夜の意図を測りかねているようだった。

「おまえが天才だからだよ。俺は前のチームで全国にも行ったし、上手い選手もたくさん見てきた。だけどおまえの才能は、そいつらと比べても突出している。これほどの才能を持っていてサッカーをやっていない方がおかしい。この先ワールドカップでなかなか勝てない日本代表を見ながら、あのとき相楽を誘ってさえいれば、と後悔したくない」

　終夜は半ば本気で言っていた。

「そんな大げさだよ……」

　相楽は苦笑いを浮かべる。

　終夜の言葉をまるで信じていないのだ。

「なあ相楽、おまえ、今は園にお金がないから中学を卒業したらすぐに就職して、ここの手助けをしたいと言ってたよな？」

「うん……」

　相楽は神妙に頷く。

「いまどき中卒の人間にどれだけの仕事があると思う？　なかなか仕事が見つからずにおまえ自身がこの園の負担になってしまうかもしれない。ようやく見つかったとしても過酷な肉体労働の可能性が極めて高い。おまえはそんな仕事を一生の仕事として全うできるのか？　だったらサッカーで活躍すればいい。そうすればサッカーの強い強豪校からお呼びがかかる。サッカーの特待生として学費免除で高校へ進学もできる。大学も同じだ。いや、それだけじゃない。おまえが本気でサッカーに取り組めば必ずプロになれる」

　終夜は諭すように言った。

「僕がプロサッカー選手に？」

　まだ信じている様子はないが、その口調にはわずかな期待がこもっているのを見て取れた。

「ああ、そうだ。必ずプロになれる。今、おまえは俺にパスをくれた。そして俺の出したパスで最高のシュートを決めた。どう感じた？」

「頭の中で……抱いていたイメージがはじめて形になったような気がした……」

暫しの沈黙のあと、相楽は答えた。

「抱いていたイメージ？」

「テレビで試合をたくさん見て、同じ動きができるというイメージが頭の中にはあったんだ。でも子供たちとサッカーをやっていてもイメージ通りに動くことはできなかった。それが、今日、はじめて頭に描いた通りの動きができた……」

やはりこいつは天才だと思った。世界レベルのサッカーを頭の中に保存し、それをそのまま再生できると言っているのだ。

「今日、それができたのはなぜだと思う？」

「六村君がいたから」

相楽は答えた。

「サッカーは一人じゃできない。だけど……だからこそ俺は素晴らしいと思っている。味方同士でゴールまでのイメージを共有できてはじめて最高のプレーが生まれる。俺はおまえとイメージを共有することができる。これは誰とでもできるわけじゃない。ひさしぶりに熱いサッカーができた。滾ったよ。おまえはどうだ？」

「子供たちに囲まれて必死にボールを奪われないようにしていたら、六村君の姿が見えて……体が勝手に動いて、気づいたらゴールに向かって走り出してた……そしたらイメージ通りのパスが来て、シュートをした。僕も体が熱くなった。滾ったよ」

相楽は最後、笑っていた。

「相楽、俺と一緒にサッカーをやろう」

「う、うん……でも……」

相楽はそれでもまだ迷っているようだった。

「ハル兄、サッカーやりなよ」

下から声がした。タケシだった。

「僕たちのことは心配しなくても大丈夫だよ。自分のことは自分でやれる。シスターのお手伝いも皆とちゃんとやるよ。だからサッカーやりなよ」

タケシだけではない。気づくと子供たち全員が、終夜と相楽を取り囲んでいた。皆、口々に相楽に対して想いを伝えていた。それぞれ言葉は違うが、タケシと同じように、相楽にサッカーをやってほしい、という気持ちは共通していた。

「みんな……」

相楽は子供たちの顔を戸惑った様子で見ていた。

「決まりね」

取り囲む子供たちの後ろから声がした。シスターだった。

「シスター……でも……」

「ハル。私を心配してくれるのは嬉しいし、あなたが園のことを手伝ってくれて、すごく助かってるわ。だけどそれ以上に私はあなたのことが心配なの。園の手伝いも、子供たちの面倒も見てくれて、中学校を卒業したら、園のために、すぐに働いてくれると言った。嬉しいわ。

だけどね……あなたは子供なのよ。自分自身を押し殺して生きる必要はないの。そんな生き方、大人になったらいやでもそうなっちゃうんだから……。

嬉しいときは笑って、悲しいときは大声で泣けばいい……。あなたは違うって言うかもしれないけど、私にはあなたがそういう感情をずっと押し殺して生きているように見えるの。いつか潰れてしまうんじゃないかってすごく心配だったのよ……。だから今日、誕生日会に、あなたが六村君を連れてきてくれてすごく嬉しかったわ。こんないい友達ができるんなら、ハルは大丈夫だってそう思った」

皆、シスターの言葉を黙って聞いていた。それは心の中にゆっくり溶け込んでゆくような優しい声音だった。

「六村君、今日は来てくれて本当にありがとう」

シスターが終夜に向かって言った。終夜は咄嗟のことで言葉を返すことができず、なんとか頭だけを大きく下げた。

「ハル、もしもあなたに、サッカーをやりたいっていう気持ちがあるのなら私たちのことを心配する必要はないわ。さっきの誕生日会のお片づけを見たでしょ。みんな、ちゃんと自分のことは自分でできるわ。ねえ、みんな」

シスターの問いかけに子供たちは、声を合わせ、大きな声で、はい、と返事をした。

「シスター……タケシ……みんな、どうもありがとう。六村君、本当に僕なんかでいいのかい……？」

相楽はこの期に及んで不安そうに聞いてきた。

「おまえじゃなきゃ駄目なんだ」

終夜は力強く答えた。

「それと……」

そう言って終夜は横に立つ、背の低い丸坊主の愛らしい顔をした少年を見た。

「タケシ君、君も僕らと一緒にサッカーやらないか？」

「えっ？　僕……？」

タケシは予想もしなかったようで、ひどく驚いた様子だった。

「だけど……僕は……」

そう言って口ごもる。『サッカー愛好会』に入って上手くいかなかったことを気にしているようだった。

「タケシ君、サッカー愛好会の連中と上手くいかなかったことを気にしてるんだろ？　気にするな。それなら俺も同じだ。奴らは週に一度、集まってボールを蹴るだけで満足している。だけど君は違う。君はサッカーが上手くなることを、サッカーで戦うことを望んでいるはずだ。違うかい？」

タケシは、相楽には及ばないが、高いサッカーセンスを備えていた。だが、タケシのことを気に入った理由はそれだけではない。タケシのサッカーに対する姿勢だ。タケシは強い闘争心で、終夜からボールを奪おうとくらいついてきた。勝利への執念。タケシは、その朴訥（ぼくとつ）な外見に似合わず、サッカーをやるのに一番重要なものを備えていた。

「うん。僕もハル兄や、シュウヤ兄ちゃんみたいに、もっともっとサッカーが上手くなりたい」

タケシは終夜の顔をまっすぐに見て言った。

「よし。タケシ君も俺たちと一緒にサッカーやろう」

「うん。僕もやる！　でも……どうするの？　僕とハル兄とシュウヤ兄ちゃんの三人しかいないんじゃサッカーできないよ。ここにいる他のみんなは本格的にサッカーやりたいわけじゃないし……」

タケシは不安そうに言う。

「大丈夫！　俺に任せてくれ」

終夜は力を込めて言った。このときすでに覚悟していた。この養護園に大きな迷惑をかけてまで、終夜は相楽とタケシにサッカーをやらせようとしているのだ。かつて強豪チームにいた、という不必要なプライドは捨てることに決めた。

園からの帰り際、終夜が一人になったタイミングを見計らうかのようにして、シスターが近づいてきた。

「六村君、今日は本当にありがとうね。ハルのことをよろしくお願いします。ハルはサッカーに興味ないって言っていたけど、ずっとサッカーをはじめるきっかけを探していたと思うの」

シスターは妙なことを言った。

「相楽が……でも、あいつ全然サッカーには興味持っていませんでしたよ」

「何か理由があったと思うの……これは私しか知らないのだけど、あの子、皆が寝静まってから、毎晩、一人で、あの空き地でサッカーボールを蹴っていたのよ……」

シスターは近くにいる子供たちを気にしてか、声を潜めて言う。

「相楽が……毎晩……ですか？」

もともと、興味が無く、あれほどサッカーをやることに対して拒絶していた相楽からは、まるで想像もつかない行動だった。

「たぶん……背中を押してもらうのをずっと待っていたと思うの。あの子は園に入る前、ご両親のことですごく辛い経験をしてきてるの……もしかしたらそれが足かせになっていたのかもしれないわ……でも、あなたが今日、あの子を認めてくれたおかげで、ようやくその一歩を踏み出せたんだと思う。本当にありがとう。感謝しているわ。あの子とずっと仲よくしてあげてね」

終夜はM市にいたころのことを思い出していた。母が借金を背負い、大好きなサッカーに集中できない日々が続いた。もしもあの状態が続いていたら自分はサッカーをやめていたかもしれない。そんなときあの男が現れ、終夜は結果的に救われたと思っている。サッカーをするには厳しい環境になったが、借金も無くなり、何不自由なく暮らせているのだ。

相楽が過去に、どれほどつらい経験をしてきたのか知りようもないが、自分の存在が、終夜を救ったあの男と同じように、相楽自身を変えるきっかけになっているのなら、これほど嬉しいことはないと思えたのだ。

終夜はシスターの言葉に大きく頷いた。

4章　新生サッカー愛好会

終夜は、さっそく行動を開始した。同じクラス、そして他の学年の『サッカー愛好会』に所属している生徒一人一人に、頭を下げて回ったのだ。

皆、面食らっていたが、表だって敵意を剝きだしにしてくるような人間はいなかった。同時に、相楽とタケシが入会することも話した。終夜はそのあと『サッカー愛好会』の顧問となる教師の元へ、相楽とタケシを連れていき、同じように二人が入会希望者であることを伝えた。

「ああ……そうですか……。じゃあ入会希望票を提出してください……」

顧問の山下という教師は、蚊の鳴くような小さな声で言った。

山下は、三十代半ばくらいで、痩せぎすで青白い顔をした、いかにも文化系然とした男だった。サッカーの経験はまったくないと聞いている。おそらくこの学校にはサッカーの指導経験者がいないのだろう。押しつけられてしかたなく顧問になった、というのはあきらかに見て取れた。この顧問が、直接、生徒たちに指導する、ということはなかった。

練習のある日は、一応、姿を見せるが、何をするわけでもなく、校庭の隅にぼんやりと佇み、三十分もしないうちに、どこかへ姿を消してしまう。強いチームになれるかどうかは、如何にチームを組織として統率できるかということが大きな一つのカギとなる。それには、どうしても大人の力が必要だった。終夜は相楽に相談した。

サッカーをやると決めてからの相楽は、なぜか昼休みになると、図書室に籠もるようになった。最初は一緒についていったりしていたが、終夜は本に囲まれるとなぜか頭が痛くなる。根っからの体育会系体質が拒否反応を起こしているようだった。そういうこともあり昼休みは、相楽とは別行動を取り、校庭に出てタケシと一緒にボールを蹴っていた。

終夜はその日、しかたなく図書室に出向き、相楽を廊下に呼び出した。

「ハル、おまえ本当にサッカーやる気あるんだろうな？　毎日、図書室に入り浸って、これじゃあ前と全然変わらない」

「終夜君、君には感謝している。僕には命をかけてでも成し遂げなければならない大きな目的がある。園の中で閉じこもって生きようとしていた僕は、その想いも同じように体の奥底に閉じ込めていたんだ」

どうにも話が嚙みあわない。相楽はときおり、このように訳の分からないことを、不意に口走るようになった。相楽は、あのサッカーをやると決めた誕生日会の日を境に、あきらかに変わった。以前は優柔不断で弱気な物言いをしていたのだが、その様子は影を潜め、少なからず終夜に対しては、堂々と言葉を話すようになっていた。

「ハルに相談しに来たんだ。チームを強くするにはどうしても監督の存在が必要だ。でもあの山下先生じゃ無理だ。他に顧問になってくれそうな人はいないかな？」

終夜も話の流れを無視し、自分の話をはじめた。

「他にって……もしそういう先生がいたとして、どうやって顧問になってもらうの？　顧問がいない状態ならまだしも、今は山下先生が顧問なんだから。大人の先生方が決めたことを僕たちの都合で変えるのは難しいように思うけど」

終夜は相楽のもっともな意見に黙りこんでしまった。

「山下先生に頼むのはどうかな……」

相楽は不思議なことを言った。

「山下先生に頼むって……何を頼むんだよ？」

「山下先生にきちんと伝えるんだよ。真剣にサッカーをしたいから、僕らに協力してほしいってことを」

「無理だと思うけどな。俺たちが話にいったときの態度見ただろ。あの先生はあきらかに押しつけられてしかたなく顧問をやっている。そんな人が俺たちの話をまともに聞いてくれるとは思えない……」

「でも頼んでみないと分からないよ……ダメ元でお願いしてみようよ」

終夜は相楽に押し切られるようにして、しかたなく山下のいる職員室へと向かった。

山下は職員室の、一番奥の席に座り本を読んでいた。どこかその寂しそうな姿が、ついこの間までの相楽と重なって見えた。

二人は山下の元へ行き、声をかけた。山下は驚いた様子で顔を上げる。同時に山下が手にしていた文庫本が床に落ちた。終夜がそれを拾う。目にした本のタイトルには何やら古めかしい漢字が並んでいた。終夜が本を差し出すと、山下はそれをひったくるようにして受け取った。山下は、髪はボサボサで、かけているメガネのレンズの片方に小さな黒い汚れがこびりついていた。その奥にある、終夜たちを見る小さな瞳が忙しなく動いている。

「び、びっくりさせないでくれよ……何か用かい？　ああ、入会希望票ならこのまえ受け取ったはずだけど……」

職員室まで生徒が訪ねてくるという経験が、この教師には皆無なのだろう。あきらかに動揺しているのが分かった。三十代半ばで、十年以上の教師としてのキャリアがあるにもかかわらず、山下は担当するクラスを持っていなかった。そしてやりたくもない『サッカー愛好会』の顧問を押しつけられている。

相楽から聞いた話によると、校舎周りの草むしりや、プールの清掃、運動会の前日には、一人遅くまで残って、校庭に白線を引いているのだという。この学校には用務員はいないのか、と相楽に聞くと、いるにはいるが、七十歳近い臨時の用務員で、腰を痛めており、すぐに先生方に助けを求めるらしい。毎回、その餌食になっているのが山下らしかった。教師の中で、つまはじきにされているのだ。

終夜は山下の気持ちが少し分かるような気がして可哀想に思った。

「先生にお願いがあるんです」

終夜は切り出した。遊びの延長ではなく、真剣にサッカーがしたいこと。そのために、週に一度ではなく、もっと練習の日数を増やしたいこと。それには顧問の存在が必要であり、練習をきちんと見てほしいこと。それら要望のすべてを、終夜は山下に向かって必死に話し続けた。山下はその間、無言で終夜の話を聞いていた。

話を終え、山下の言葉を待った。だが山下はしばらく黙ったままだった。

「君たちの言いたいことは理解できる……。だけど無理だ。この学校には、サッカーを強くするための環境が無いんだ」

山下がようやく話をはじめた。案の定、それは否定的な答えだった。

「どういうことですか？」

山下の言いたいことはすぐに理解できたのだが、終夜は反発心から聞き返した。

「一流大学に入るために、一流の高校に入るのが必要なのと同じことだよ。大きな目的を成し遂げるためには環境が大事だということだ。大学受験のための対策授業を行える一流の講師陣、同じ目的のために切磋琢磨できる同級生。サッカーも同じだと思う。この学校にはサッカー経験者の教師が一人もいない。当然、僕もそうだ。だから僕がある意味、しかたなくサッカー愛好会の顧問をやっている。生徒たちは週一回の練習で満足している。それで充分じゃないか」

山下は、驚くほど赤裸々に、自らの思いを語った。

「それは先生の思い込みじゃないでしょうか？　満足してるって言いますけど、生徒に直接、聞いたんですか？　あんなふうに校庭にふらっと現れて、生徒に話しかけるわけでもなく、ただぼんやり皆がボールを追いかける姿を見ているだけで分かるはずがない。彼らの中にも、もっとサッカーが上手くなりたい、もっと高いレベルで練習がしたい、そう考えている生徒がいるかもしれないじゃないですか！」

終夜は感情的になっていた。職員室にいる教師たちが訝しげにこちらを見ている。

「六村君、落ち着いて。とにかくサッカー経験の無い僕では、まともな指導はできない。サッカーをやったことのない人間の指導なんて生徒たちもまともに聞かないだろ。だからといって、サッカー経験者の先生をどこからかすぐに連れてくる、ということなどできるはずもない。そもそもが、ここはそういう場所ではないんだ。あきらめてくれ」

　話はこれで終わりだ、というように、山下は、目を瞑り黙りこんでしまった。終夜は心の中で大きなため息を吐いた。相楽に諭され、来てはみたがこの人はやはり駄目だ。現状に満足し、何かを変えようという志がまるで無いのだ。終夜はすでにあきらめ、何か別の方法はないかと考えはじめていた。

「山下先生……ジョゼ・モウリーニョって人を知ってますか？」

　不意に背後から声が聞こえた。驚き振り返る。終夜の陰に隠れるように立っていた相楽が発した言葉だった。山下も、突然の質問に驚いたのか、瞑っていた目を見開いた。

「ジョゼ……なんだって？」

「ジョゼ・モウリーニョです。ヨーロッパで有名なポルトガル人のサッカー監督です」

　意図が分からないのだろう。動揺する山下に対して相楽は冷静に答えた。

「サッカーのことは分からないって言ったじゃないか。僕がそんな海外のサッカー監督のことなんか知るはずがないだろ……その監督がなんだっていうんだ？」

　山下はあきらかに苛立っていた。

「モウリーニョはヨーロッパの三大リーグと言われている、スペイン、イタリア、イングランド、すべてのリーグで優勝を経験した唯一の監督です。ですがこの人は現役時代、有名なサッカー選手だったわけではありません。それどころか彼はプロ選手にすらなれない、一介のアマチュア選手でしかなかったのです。それでも彼はトップクラブの一流選手たちを掌握し結果を出しました。サッカーのキャリアに関係なく、説得力のある理論に基づいた指導ができれば、選手たちはきちんと言うことを聞くのです。モウリーニョ監督に比べれば、サッカー経験の無い山下先生が、遊びでサッカーをやっている小学生を束ねるのは難しくないことだと思いますが……」

終夜は相楽の言葉に心底驚いた。モウリーニョについては図書室で得た知識なのだろう。

だが、それはまるで以前からサッカーのことを熟知しているかのような、堂々とした物言いだった。

「だ、だけど……そんな簡単にいくとは思えない……」

それでも山下は相楽の言葉を受け入れてはいなかった。だがあきらかに自分のときとは反応が違う。心が揺れ動いているのが分かった。

「先生がすべてを行う必要はないんです。技術的な指導は六村君がやります。先生の仕事はチームの統率をすることです。そして先生には、サッカーを勉強してもらって軍師になってもらいたいんです」

終夜は軍師という言葉を知らず、相楽の言った言葉の意味を理解できないでいた。

「私が軍師……」

山下がまるで何かを確認するかのようにつぶやいた。

「そう。軍師です。豊臣秀吉の名参謀であった竹中半兵衛のような戦略指揮官になってほしいのです。サッカーの経験など必要ありません。確固たる理論と、相手を打ち崩すための戦略を構築できれば、それで充分です」

山下の顔が紅潮している。軍師という言葉に反応し、興奮しているのはあきらかだった。

「そして、もしも週に一度しか活動せず、他校とまともに練習試合もしたことのない、このチームが、サッカーの強豪校に成長したらどうなるでしょうか？　しかもそれが山下先生の手腕によるものだとしたら？」

山下は相楽のとどめの言葉にごくりと唾を呑んだ。

「どうか前向きに検討してみてください。六村君は全国を知っている男です。僕も、六村君も先生を全力でサポートします。どうかよろしくお願いします」

そう言って相楽は深々と頭を下げた。終夜も咄嗟に、一緒になって頭を下げる。

「わ、分かった……考えてみるよ」

山下は興奮した表情のまま、まるで何かに憑りつかれたかのように何度も頷き返した。

「終夜君行こう」

「あ、ああ……」

相楽のまるで人が変わったかのような堂々とした態度に圧倒され、終夜は黙ってついていくしかなかった。相楽は職員室を出ると、その場から逃げるように、足早に歩き、ようやく歩みを止めた。終夜は相楽を追いかけ、背中から抱きついた。

「ハル！　おまえなんて奴だよ！　モウリーニョのことまで知ってるなんて！」

終夜は興奮を抑えられずに言った。

「いやあ……緊張したよ……僕も必死だからね。終夜君のことを信用していないわけじゃないけど、協力してくれる大人の力は絶対に必要だから。もしものことを考えて、山下先生を説き伏せるための作戦を用意しておいてよかったよ……」

相楽の体は熱かった。語尾も微かに震えていた。まるで一流の舞台俳優のような堂々とした振る舞いだったが、緊張していたというのは、嘘ではないようだった。

「そうだ……おまえ軍師とか言ってたな……いったい何なんだあれは？」

「うん……山下先生が歴史好きで、その手の本を読み漁っていたことは知っていたから、何かの役に立てばと思ってね。それで少し勉強したんだ」

相楽はこともなげに言った。

「おまえ……すごいな……」

終夜は正直にそう思った。

「何言ってんだよ。六村君も同じやり方で僕をサッカーに誘ってくれたじゃないか……」

終夜は、最初、相楽が何のことを言っているのか分からなかった。だが、無い頭を捻り、ようやく思い至った。

終夜は相楽に対して、サッカーのプロになって金を稼ぐことができれば、園を経済的に救うことができる。そう言ってサッカーに誘ったのだ。相楽はおそらく、そのことを言っているのだろう。だが、終夜は相楽と違い、計算してその話をしたわけではなかった。相楽の恐ろしいほどのサッカーの才能に触れ、どうしてもこの男とサッカーをしたいという切望から、自然にわき上がった言葉だった。

だが相楽は計算していた。

山下がどういう性格で、どういうものが好きで、どういうものが嫌いで、どのような言葉を投げかければ、心を動かすのか、そのようなシミュレーションを完璧に行ったうえで、あの場に臨んだのだ。

「山下先生、協力してくれるかな……」

それでも相楽は不安そうだった。

「大丈夫。あの様子なら絶対に協力してくれるさ」

終夜は自信を持って言った。

その言葉通り、翌日、山下は、できる限りの協力をする、と申し出てくれた。

終夜はさっそく『サッカー愛好会』の改革に着手した。まず、山下に頼んで、愛好会に所属している生徒全員を教室に集めてもらった。終夜はそこで自分のやりたいことを皆に向かって正直に話した。サッカーがもっと上手くなりたいこと。そのためにはもっと練習しなければならないこと。同時に、このチームをもっと強くしたいこと。週に一度集まって、目的もなくボールを蹴るのではなく、勝利を目指して懸命に戦えるチームに変えたい、皆と一緒にチームを強くして、勝てる喜びを共有したいと訴えた。

終夜の話を聞いた生徒たちの大半は、不安な面持ちをして、教室は静まり返っていた。

その様子を見て山下が話をはじめた。

「僕は今まで、このサッカー愛好会の顧問でありながら、顧問らしいことを何一つやってこなかった。これはすべて僕の責任だ。本当に申し訳なく思っている。たとえ週に一度の集まりであったとしても、そこに何か目的がなければ会を結成した意味がない。ただ単純にボールを蹴りたいだけなら、休み時間に他の生徒たちがやっているサッカーと何ら変わりはない。サッカーも勉強と同じように、一生懸命やってはじめて、学ぶものがあるし、結果がついてくるのだと思う。僕は、皆も、知っていると思うが、サッカーのことをまるで知らない。だけど今、自分なりにサッカーのことを勉強している。少しでも皆の力になれればと日々考えている。

そして、今、勇気を持って話してくれた六村君は前の学校で全国大会に出場している。当面、技術的なことは六村君から皆に教えてもらおうと思っている。今までと違い、厳しい練習になるだろう。だけど、もし真剣にサッカーをやりたい、上手くなりたいと思っている人は、ぜひ一緒にサッカーをやろう。練習は明日の放課後からはじめる。六村君の考えに賛同してくれる人はグラウンドに来てほしい」

山下は熱の溢れる素晴らしい言葉で、終夜の足りない部分を補い、想いを伝えてくれた。終夜は生徒がいなくなったあと、山下に頭を下げて、礼を言った。すると山下は、別に君たちのためじゃない、自分のためだ。そう言葉をかけてくれたのだった。

次の日、終夜はドキドキしながら放課後のグラウンドへ向かった。すると多くの生徒が集まっていた。全会員の三分の二ほどの人数だろうか。これだけの生徒たちが自分の考えに賛同してくれたことは、単純に嬉しかった。

終夜は皆の前で礼を言った。

そしてこの日から新生『サッカー愛好会』がスタートした。

練習メニューは終夜が作成した。以前の、M市にいたときのチームメニューを参考にしたのだ。基礎練習に重点を置き、全体的な負荷を抑えて、それを『サッカー愛好会』用の練習メニューとした。週一回だった練習は、週三回へと増やした。そのときに気をつけたことがあった。終夜は一度、高圧的な態度を取って失敗している。批判や否定、声を荒らげることをやめた。練習中にチームメイトがミスをしても、次はしっかりやっていこう、と声をかけ、少しでもよいプレーをすれば褒めることを徹底した。

すると皆が、終夜の指示を聞き、練習に対して真面目に取り組んでくれるようになった。よくよく観察してみると、何人かが高い素質を持っていることが分かり、チームとしての可能性も感じた。

その中でもやはり相楽の素質はずば抜けていた。相楽、一人がいれば、味方がどうであれ地区予選レベルの相手であれば圧倒できるのではないかと思えるほどだった。相楽は才能だけではなかった。

努力のできる天才だった。

いつの日からか、チームの練習が終わったあと、終夜と相楽、タケシの三人で居残り練習をすることが日課となっていた。

このときの相楽は、より高いレベルの練習を要求した。それに応えるように、終夜はチームの全体練習とは打って変わり、妥協を許さぬ覚悟を示した。相楽がミスをすれば思いきり罵倒（ばとう）し、タケシが少しでも集中を切らすようなことがあれば声を荒らげた。それでも二人はよく練習についてきてくれた。一対一の練習で、タケシに負けることはなかったが、相楽には、まるでかなわないことが分かった。

終夜は最初、それがとても信じられず屈辱にまみれた。

相楽のとてつもない才能は理解しているつもりだった。だが、自分も少し前までは、全国大会出場チームのレギュラーを張っていたのだ。終夜は身体能力が高いわけではなかった。だから他のチームメイトに負けぬよう、基本技術を徹底的に磨いた。トラップの正確性、パスの精度をとことんまで追求した。さらに他人の何倍も走りスタミナをつけた。それにより技術の正確性と試合終盤でも運動量を落とさずに走り続けることができるスタミナを評価されて、ボランチのレギュラーポジションを掴み取ることができたのだ。いくら才能があろうとも、つい先日まで素人の相楽に対して自分の負けを認めたくなかった。

それまでサッカーをやっていて、どんな才能豊かなチームメイトや敵の相手選手であっても、まったく歯が立たないと感じたことは一度もなかった。

だが相楽は、相楽だけは違った。次元が違うという言葉をはじめて身をもって経験することができた。

そうなると自然、相楽を中心としたチーム作りを行うことに考えがシフトする。相楽をワントップのフォワードに置いた。トップ下には、タケシを置いた。タケシには豊富な運動量とゴールへの嗅覚があった。相楽にマークが集中するのは予想できたので、タケシが衛星のように相楽の周りを動き、機を見て前線に飛び出し、こぼれ球をゴールへ押し込むというシャドーストライカー的な役割を期待したのだ。

終夜はボランチのポジションを選んだ。攻めに関しては相楽とタケシの二人に任せている。他の役割のすべてを自分が担うことを覚悟した。かつてのチームでもやっていたポジションだったのでそれなりに自信はあった。

だが長短のパスでゲームを組み立てるだけではなく、経験の浅いディフェンスラインまで戻り、ラインコントロールの指示をすることも必要とされるだろう。ときには体を張って、危険なパスの芽を摘むこともしなければならない。過酷なほどの運動量が必須となる。だが、チームの中軸に据えた終夜を含めた三人のプレーヤーがきちんと機能すれば間違いなく強いチームができる。そう確信できたのだ。

それを証明する機会はすぐに訪れた。

さっそく山下が動いた。近隣の小学校と練習試合を組んでくれたのだ。

終夜たちは徒歩で出向いた。その小学校は県大会までは行けないが、毎年、地区大会のベスト8以上には必ず残る、中堅校だった。そのような学校が、大会にもエントリーしたことのないチームと試合をしてくれるのは、相当、異例と言えた。そこには山下の努力があったのだ。

山下は、練習試合を組むために、多くの学校に電話をし、また足繁く直接学校へ出向き、何度も粘り強く交渉してくれた。その賜物だった。

相手校に着き、グラウンドの傍らで準備をしていると、相手チームの視線が嫌でも気になった。それはいやらしい笑みの浮かぶ、蔑みの視線であることがすぐに分かった。終夜たちは、まだユニフォームを持っていなかった。代わりに、これも山下に、この日のためになんとか用意してもらった、赤色の背番号付きのビブスを着ていた。

一方、相手チームはヨーロッパの強豪クラブチームのデザインを模倣した綺麗な水色のユニフォームを着ていた。その中には、あきらかに相楽とタケシに、侮蔑の視線を向け、コソコソと耳打ちし、笑っている連中もいた。相楽とタケシは、いつものボロボロのジャージを着ていた。もともとアップリケだらけで酷い状況のジャージが、過酷な練習で、さらに色褪せ、傷みを増したのだ。彼らはそれを見て笑っていたのだ。

「ハル……タケシも気にするなよ」

終夜は二人に声をかけた。

「えっ？　何が？」

相楽は相手チームの視線にまるで気づいていない様子だった。一人、リフティングをしながら集中力を高めているのが分かった。その傍らにいるタケシも、相楽同様、気にしている様子はなかった。

「いや。なんでもない。今日の試合頼むぞ」

そう言って終夜は、相楽の、背番号10の背中をポンと叩いた。

終夜たちのキックオフで試合がはじまった。当初の指示通り、タケシが、ボランチの終夜に一度、ボールを預けた。はじめての試合なのだ。緊張をほぐすために、自陣の低い位置でパスを回し、皆に一通りボールを触らせた。相手チームは、終夜たちを完全に舐めているようで前線からプレッシャーをかけてくることはなかった。

一通りボールが回り、また終夜の元へとボールが戻ってきた。相手からのプレッシャーはない。中盤のスペースが大きく空いていた。終夜はその状況を見て、猛然とドリブルでつっかけた。慌てて迫る相手選手を、一人、二人と難なく抜き去る。

前線の相楽とタケシを見た。ここも案の定、相手のディフェンスラインも低いままで、センターバックも相楽を見ている様子はない。終夜はフリーの相楽に向かって、強烈なグラウンダーの縦パスを入れた。相楽は練習通りそのままの、足にボールが吸いつくかのような絶妙なトラップを見せ、素早くターンをして、一瞬で前を向いた。完全に油断していた相手ディフェンダー陣は、相楽を後ろから追う形となる。だがすでに相楽はキーパーと一対一の状況になっている。立ち塞がるキーパーの動きを、最後まで冷静に見て、相楽はボールをゴール右隅へと流し込んだ。相楽は初ゴールに喜びを爆発させた。終夜は真っ先に駆け寄り抱きついた。

「ナイスゴールだ！　どんどんいくぞ！」

終夜の言葉に、相楽は自信に満ちた表情で頷く。選手全員で相楽を取り囲み、初ゴールの喜びを共有した。ベンチを見ると、山下も両手を挙げて喜んでいた。終夜は、山下に向かって大きくガッツポーズをした。相手チームの選手たちは、何が起こったか分からぬように、あっけにとられた表情を浮かべている。

試合前は不安そうにしていたチームメイトの顔が、相楽の一発で大きく変わった。

「おい、みんな！　相手はたいしたことないぞ！　普段の練習を思い出せ！　練習通りにやれば絶対に勝てる！」

終夜はチームメイトを鼓舞した。皆が大きく頷く。その顔は自信に満ち溢れていた。

怒濤の攻撃は続いた。

相手チームの表情が、急に真剣なものに変わったが、終夜たちはものともしなかった。終夜自身、この程度の相手であれば、二、三人に囲まれても、ボールをキープし続ける自信があった。相楽にしても同様だろう。自分たち二人が相手を引きつければ、それだけ他のチームメイトがフリーになる。その状況を利用し、両サイドからの攻撃、そしてタケシの中央突破でゴールを重ねた。相楽も、さらに二つゴールを決めた。結果、相楽の三得点とタケシの二得点を含む、合計八得点を決めることができた。終始攻め続け、失点はゼロだった。

新生『サッカー愛好会』はこれ以上ない最高のスタートを切ることができたのだ。皆と共に勝利を喜び、チームメイトの努力を称え、厳しい練習についてきてくれたことを感謝した。だが、相楽にだけはあえて厳しい言葉を口にした。

「ハル、俺たちはただスタートを切っただけだからな。ここからだぞ」

「分かってるよ。僕はまだ何も手にしちゃいない。今回の試合も反省することばかりだよ」

「反省点？　チームのか？　それともハル個人のことか？」

「チームもあると思うけど、やっぱり僕個人の問題が大きい」

相楽は思い詰めるような表情で言った。

「具体的には？」

「最終ラインの裏を取るための動き出しに問題があった。おそらくこのレベルのチームだから簡単に裏を取れたけど、もっと高いレベルの統率された最終ラインだったら、今日の試合、すべてオフサイドになっていたと思う……」

終夜は相楽の言葉に驚いた。相楽が戦っていたのは目の前の相手だけではなかったのだ。

より高いステージの相手を想定し試合にのぞんでいたのだ。

「それはハルだけの問題じゃない。ハルの動き出しを見て、パスを出す俺の問題でもある。俺はもっと練習して、ハルの動き出しさえよければ絶対にオフサイドにならないパスを出してみせる。俺はおまえをはるか高みまで押し上げてやる」

勝つ喜びを知ったチームは、さらに真剣に練習を重ねた。同時に、山下が学校側に許可を取り、日本サッカー協会へのチーム登録も行ってくれた。これによりチームは大会に参加することが可能となった。大会に参加するにはユニフォームが必要だったが、そのお金は学校側が出してくれることになった。デザインはチームの皆で選んだ。それはイングランドの有名クラブに似た赤色のユニフォームだった。相楽が10番、タケシは9番、終夜は7番をつけた。

終夜たちはそのユニフォームを着て、さっそく大会に参加した。チームはすぐに結果を出した。地域の小さな大会ではあったが、いきなり優勝してしまったのである。皆の努力でチームのレベル自体が向上したというのもあるが、それでも今までチームの形さえ成していなかったのである。普通に考えて、これほどの短い期間で結果を出せるはずがない。

すべては相楽天晴という天才のおかげだった。

相楽はどんな状況であれ、ボールを失うということがほとんどなかった。前線でボールを受けると、華麗なフェイントでディフェンダーを抜き去り、シュートまで持っていくか、マークが厳しく、前を向けない場合でも、味方がフォローに行くまで、ボールを取られることなく必ずキープしてくれるのだ。

　自陣の低い位置でボールを持った場合、まずはボランチの終夜にボールは預けられる。そしてすぐに、終夜は相楽のポジションを確認する。マークにつかれ、多少厳しい状況でも、終夜は相楽にパスを入れた。このパスが攻撃に移るためのスイッチとなっていた。相楽はボールを取られることがない。だからカウンターを恐れることなく、全員のポジションを押し上げることができた。かなりワンマンな戦術となるが、相楽中心のチームを作ることにより、チームは短期間で結果を出すことに成功したのだ。

　相楽は、チームの絶対的な中心でありながら、決しておごることがなかった。出会ったときのひ弱な印象はまるでなくなっていたが、相楽は、誰にでも優しく、謙虚であった。だが自分に対してはとてつもなく厳しかった。強迫的とも思えるほどの厳しい練習を積み重ねていた。相楽の実力はチームの誰もが認めていた。その相楽が誰よりも過酷な練習をしているのだ。その背中を見て、チームの全員が奮起した。かつての終夜のときのようにチーム内で反発が起こることもなかった。

　チームは一つになり、皆、上手くなること、そして勝利を目指して日々練習に励んだ。その時点で新生『サッカー愛好会』として半年ほど経過していたが、すでにM市のチームと同じ、もしくはそれ以上の練習を行っていた。

　そんな中、終夜は約束通り、練習が休みの日は、あの心臓破りの坂を登って、園へ行くようにしていた。相楽がサッカーをはじめてからは、やはりシスターの負担は大きくなっているようだった。大丈夫よ、と微笑むその姿は、最初に見たときよりも少し痩せて見えた。過酷な練習で自らを追い込む相楽の姿が思い浮かんだ。やはり相楽は少しでも早くプロになって養護園を助けたいと本気で考えているのだ。

終夜は相楽とタケシ、子供たちと共に、養護園や礼拝堂の掃除、食事の手伝い、建物の周りの草むしりなどをした。少しでもシスターの手助けに、子供たちのためにと思って動いた。皆が、賛成してくれたとはいえ、相楽を半ば強引にサッカーの道へと引きずりこんだのは自分なのだ。相楽を高みに昇らせる、それができるかどうかはすべて自分の責任であると考えていた。そのためにはもっと分かりやすい結果が必要だと感じていた。

終夜たちは六年生になると、一つの大きな目標を立てた。

それは日本サッカー協会の主催する全国少年サッカー大会の全国大会に出場することだった。そのためには地区予選を勝ち抜き、県大会に出場し、優勝しなければならない。だがその代表のほとんどがJリーグの下部組織のチームや、複数ある小学校の選抜チームだった。単一の小学校で作られているチームが全国大会に出場するというのはほぼ不可能という状況にあった。終夜のかつてのチームも、複数の小学校の選抜チームだった。

それでも終夜たちは全国大会出場を本気で目指した。この半年間の結果が自信になっていた。終夜と相楽は、意図的に、絶対に全国大会に出場すると言い続けた。普通であれば荒唐無稽（こうとうむけい）な目標に思えるだろうが、相楽がいれば、もしかしたら、という可能性を感じることができた。その想いをチーム全員が共有していたのだ。

地区予選はその年の四月からはじまった。

チームは順調に勝ち進み、見事、地区予選は優勝することができた。県大会の切符を手にしたのだ。県大会に出場する全チーム中、単一の小学校のチームは終夜たちだけだった。他はやはりプロチームの下部組織や、地域の選抜チームで占められていた。そんな状況であっても、チームの全国大会出場という目標はブレることがなかった。

県大会の前に強化合宿を行った。祝日を利用した三連休を使って、体育館に各々が家から布団を持ち込み、寝泊まりして、その三日間は朝から晩までサッカー漬けの毎日を送ったのである。やはり学校側と交渉し、強化合宿ができるよう取り計らってくれたのも山下であった。

学校内での山下の立場も変わったようだった。以前は、相楽と同じように、職員室の隅で所在なく座っていた、いわば窓際の立場だったが、今や、大会にすら一度も出たことのなかったチームをたった半年で、県大会へ出場させたその手腕は、学校側からも大きな評価を受けていた。その関係もあってか、この四月から山下は四年生のクラスを担任するようになっていた。教師生活はじめての担任とのことだったが、上手くクラスをまとめていると、山下のクラスで学ぶタケシが言っていた。

実際、山下はサッカーのことを必死に勉強してチームの大きな力になってくれた。

大会が近づくと、ノート片手に、バスに乗り、対戦チームの視察に行くのだ。そのスカウティングの情報は非常に緻密で、詳細なトレーニング内容や、選手の特長、弱点、基本となるフォーメーションなど、相手を把握し、対策を立てるには充分すぎる情報を入手してきてくれた。このように地区予選で優勝し、県大会まで勝ち上がれたのは、相楽一人の力だけではなかったのである。

チームは心身共に充実した最高の状態で県大会に臨むことができた。

相楽の天才性を存分に生かすことを武器としたサッカーは県大会でも充分に通用した。一回戦、二回戦を順調に勝ち上がり、三回戦の準々決勝に駒を進めた。
一、二回戦は複数の小学校の選抜チームだった。だが準々決勝の相手はJリーグの下部組織となるチームだった。
このころになると相楽が危険な選手であるということは、一、二回戦を通じてどのチームにも認識され、徹底マークを受けるようになっていた。

だが、そういう状況においてもボールを通すことさえできれば、相楽はなんとかしてしまう、圧倒的な個の力を持っていた。分かっていても止められないのだ。三回戦の相手も、相楽の徹底マークで来ることは予想できていた。山下がもたらしてくれた情報においても、相手チームは前日練習でレギュラー対サブ組の紅白戦を行っており、その中でサブ組の一人を相楽に見立てて、マンマークのシミュレーションをしていたとのことだった。その話を聞いて、勝機があると思った。たとえ相手がプロチームの下部組織の選手であっても、相楽の技術は充分に通用すると考えていたからだ。

試合当日の直前ミーティングで、終夜は、この考えを皆に伝えてチームを鼓舞した。

敵がどこであれいつも通りのプレーをすれば必ず勝てる、そう言った。

だが相手は思いがけない作戦を仕掛けてきた。

相楽ではなく終夜に徹底マークをつけてきたのだ。

おそらく相手チームは山下がスカウティングしているのを分かっていて、終夜たちを混乱させるために、わざとマンマークの練習をしていたのだろう。終夜たちは県大会に入ってからは、相手チームがすべて格上となるため、相楽一人だけを前線に残し、他は自陣に引いて守るというカウンターサッカーを基本戦術としていた。今まで通りのチームの決めごととして、自陣で相手チームからボールを奪った場合、一度、終夜にボールが預けられ、そこから攻撃を組み立てる約束になっていた。

終夜は攻撃の起点となっていたのだ。

事実、終夜から相楽へのラストパスが多くのチャンスを作っていた。

だが対戦相手はこれまでのチームと違い、受け手の相楽をマークするのではなく、出し手の終夜を潰しにかかったのだ。結果、この作戦でチームの攻撃は完全に封じ込められた。いくら相楽でもボールが無ければ何もできない。

終夜は、自陣で味方からパスを受けた途端、すぐに取り囲まれた。複数の相手選手が一斉に襲いかかってくるのだ。ボールを取ることだけが目的ではない。体を潜り込ませるようにして、レフェリーの見えないところで終夜の腹に肘を入れてきたり、足裏を見せての危険なスライディングタックルを仕掛けてきた。それはあきらかに終夜を潰すことを目的とする行為だった。

味方からボールを受け、相手のプレッシャーに耐えながら、なんとかキープができても、出せるパスは横か後ろに限定された。攻撃のスイッチを入れるための前を向いての縦パスを封じられたのだ。

残念ながら、その時点において、終夜以外、相楽に対して効果的なラストパスを出せる味方の選手はいなかった。

相楽は前線でただ突っ立っているわけではない。ラインを統率する敵のディフェンダーを相手に、細かな駆け引きを常に行っているのだ。終夜は、そのラインの状況、そして相楽の動き出しを見て、パスを出していた。パスを出すタイミングが一瞬でも遅ければオフサイドになるし、早すぎれば、パスカットをされるか、相楽の追いつけないボールを出してしまうことになるのだ。

ボールを取っても攻撃を組み立てることができない。チームの守備は決壊した。前半、立て続けに二点を失った。それでも皆、落胆することなく、必死に守り、ボールを奪うと終夜にパスを出すのだ。皆の想いが乗ったボールをなんとか前線で待つ相楽に届けようと、終夜は必死にボールをキープした。だがどうしても前を向いてのパスができない。足を削られ、終夜はもんどりうってグラウンドに倒れた。

終夜は悔しさにまみれていた。反則覚悟で止めに来る相手選手にたいしての怒りの感情はなかった。このような状況で、それを打開できない自分の力の無さ――あまりにも無力な自分が情けなくてしかたがなかったのだ。

相楽へパスを通すことさえできれば、必ず点を取ってくれるのだ。相楽は、終夜からラストパスが来ることを信じ、前線で動き続けていた。だが現実は甘くなかった。

終夜は相楽に一本もパスを通すことができなかった。

チームは敗れた。

試合終了のホイッスルが鳴ると、不意に体中の力が抜け、グラウンドに膝から崩れ落ちた。両手で顔を覆う。知らず嗚咽が漏れた。この敗北の責任はすべて自分にあった。

楽しいサッカーをチームメイトから取り上げ、厳しい練習を課した。全国へ導く。その言葉を信じて皆がついてきてくれたのに――。山下も自分を信じ協力してくれた。このチームが本格的に稼働してから、彼にまともな休日はなかったのではないだろうか。平日は練習とスカウティングがあり土日はほとんど練習試合に費やしていた。プライベートをなげうってまで付き合ってくれたのに。終夜は、その想いに応えることができなかったのだ。

相楽は紛れもなく天才だった。サッカーをはじめてわずか半年の人間が、県大会の準々決勝まで導いてくれたのである。これまで、そんなサッカー選手を見たことがない。それほどの才能と一緒に戦っている自分には、大きな責任があったのだ。

相楽を高みに昇らせること。

相楽はこれからもっともっと大きな舞台で活躍しなければならない人間なのだ。そのためには、まず全国大会に出場することが最低限、必要だった。なのに――。

皆の気配を感じた。終夜は、グラウンドに蹲ったまま、顔も上げず謝った。

「みんな……申し訳なかった。俺を信じて、今までついてきてくれたのに……俺の、俺のせいでチームが負けてしまった……」

「何、言ってんだよ。そんなふうに思っている人は、一人もいないよ」

その声に終夜は顔を上げた。相楽だった。

「僕たちは君に頼りすぎてしまったんだ。ゲームを組み立てることができるのは君しかいなかった。県大会の準々決勝で、相手はプロの下部組織なんだ。このワンパターンの攻撃が封じ込まれないわけがない。僕たちはもっと攻撃のパターンを用意しておくべきだった……。僕にしても前線に張っているばかりで、もっと中盤に下りてきて、終夜君を助けるという方法もあったのに……」

相楽の思いがけない言葉だった。顔を上げると相楽の悔しそうな顔がそこにあった。

他のチームメイトもいつのまにか終夜の周りに集まっていた。皆、苦渋に満ちた表情で、相楽の言葉に頷いていた。

目の前に相楽の手が差し伸べられた。その手を取り、立ち上がる。

皆の顔が見えた。込み上がる想いがあった。だが言葉にならない。

終夜はそのまま皆に深く頭を下げた。

チームは負け、全国大会に出ることは叶(かな)わず、相楽という天才を全国の舞台にお披露目することはできなかったが、チームとして得たものは大きかったのかもしれない。

そして次の日からまた練習がはじまった。

負けたことにより、皆が今までよりも自発的に練習に取り組むようになった。相楽に依存するだけのサッカーでは勝ちつづけることはできないことに全員が気づいたのだ。

チームはもっともっと強くなれる。日々の練習は辛く厳しいものだったが、それを乗り越えた先のことを考えると楽しくてしかたがなかった。

5章　ワールドカップへの約束

チームは強くなった。だが、ここから先に進むには大きな壁があることも終夜は理解していた。チームの中核を担う、相楽、終夜、タケシの三人と、他のチームメイトとの力の差がなかなか埋まらないのだ。皆、必死に努力してくれている。これ以上は望めないことも理解していた。

それどころかたった半年足らずで、よくぞここまでのレベルに達してくれた、とチームメイトには感謝の言葉しかない。だが、県大会に出場する上位チームとの対戦になると、前回のように、ゲームを組み立てる終夜一人を抑えるだけで、すべてが機能しなくなってしまうのも事実だった。中盤の攻撃的なポジションに、もう一人、力のある選手がいれば、と考えるようになった。

終夜はボランチなので、中盤の低い位置にいる。相楽はその攻撃力を生かすため、前線の高い位置にいた。二人の距離は遠いので、ディフェンスラインの裏を狙うパスを何度も繰り返していると、自分たちよりも強いチームを相手にした場合、パスのタイミングを読まれ、オフサイドになるか、パスカットされてしまうことが多々あった。

もしも、中盤の高い位置でボールを受けられる選手がいれば、分厚い攻撃が可能になる。タケシは残念ながらそういうゲームメイクのできるタイプの選手ではなかった。あの二人は前線にいてこそ生きるのだ。終夜自身が、一列上がり、中盤の攻撃的な位置からゲームメイクすることも考えてはみたが、それではチームのバランスが攻撃に偏り、格好のカウンターの餌食となるのは目に見えていた。そういう状況の中、ここから、さらにまた一段階、チームの力を上げるのは相当難しいように思えた。

そんなとき一人の転校生が現れた。

終夜は、相楽やタケシと違って無神論者だったが、運命について考えた。だが相楽という天才に出会い、プロを目指すためのサッカーをあきらめずに済んだ。それでもまた壁にぶち当たった。これ以上、高みに昇るのは無理か、とあきらめかけたところに、その転校生が現れたのだ。これは、偶然ではなく、運命なのではなかろうか、と考えざるをえなかった。

転校生は女の子だった。

名を愛美（まなみ）といった。

山下が練習前に皆を集め、愛美を紹介した。

サッカー愛好会には、女子は一人も所属していなかった。

皆、騒然としていた。ニヤニヤとあからさまに揶揄するような目で見ているチームメイトもいる。そのような視線に晒される中、愛美は、まるで動じていなかった。

愛美が自己紹介をした。余計なことは言わず、自分の名前と、M市から転校してきたことだけを告げた。

「終夜がいたところと同じだ」

チームメイトの一人が声をあげた。

皆の視線が終夜に向けられる。愛美も終夜を見た。愛美は透き通るような白い肌に、整った顔立ちをしていた。目が合い、愛美がニコリと微笑む。ドキリとした。

練習がはじまり、ランニングの途中、愛美が話しかけてきた。

「たしか六村君だよね。M市のどこのチームだったの？」

終夜は学校が所属していたチーム名を答えた。

「すごい名門じゃない」

愛美は驚いた表情を見せる。

「君は……どこの学校？」

終夜はドキドキしながら聞いた。

「Y小学校よ」

心臓が止まりそうになった。表情に出ていないだろうか。

Y小学校は、前の父親が教師として勤めていた小学校だった。Y小学校にいたのなら、あの不祥事のことを、愛美が知らないはずはない。だが終夜は、M市の別の小学校に通い、名字もすでに変わっている。あの男の子供だということが分かるはずもない。それでも不安は消えない。

「Y小か……あそこも名門だよね。そこでサッカーやってたの？」

大丈夫だ。バレるはずがないと思い、気持ちをどうにか立て直し、愛美に質問をした。

「うん。一応トップ下でレギュラーだったよ」

愛美はさらりと言ってのけた。

「レギュラー？」

先ほどとはまるで別種の驚きがわき上がる。

Ｙ小のチームは、終夜の所属していたチームと、Ｍ市内において実力を二分するほどの強豪校だったのだ。

「何？　女がレギュラーだったらおかしい？」

愛美の冷ややかな視線が突き刺さる。

「い、いや……そういう意味じゃなくて。Ｙ小とは何回か試合したことあるけど、君があのチームにいるの見たことなかったから……」

「六村君、ここに来てどのくらい？」

「えっ……一年くらいかな……」

「じゃあ、私のこと知らなくて当然よ。私、サッカーはじめたのちょうど一年前だもん」

愛美はとんでもないことを平然と言ってのけた。

女子がサッカーをやることに対して偏見を持っているわけではない。だが男子よりもあきらかに体力的なハンディのある女子が、たった一年前にサッカーをはじめて、Ｙ小のレギュラーを獲得した、という事実がとても信じられなかったのだ。

一年前といえば、相楽が本格的にサッカーをはじめた時期と、ほぼ重なる。そんな天才ばかりが、この名もないチームに集まるはずがない。偶然にもほどがある。必死に努力を重ね、ようやくここまでたどり着いた終夜にとっては、はいそうですか、と受け入れられる話ではなかった。だが、その後の練習で紅白戦が行われ、すぐに分かった。

愛美もまた、相楽と同じように天才だったのだ。

愛美は紅白戦で、終夜の、相手チームのトップ下に入り、ボランチである終夜と対峙する形となった。

愛美は必要以上にボールを持たない。

パスを受けても、ドリブルはほとんどせずに、ワンタッチかツータッチで、周りのチームメイトにボールを出していた。そしてトラップを受けてから、パスを出すまでの動作が恐ろしく速かった。しかも出されたパスは寸分の狂いもなく味方の足元へと収まるのだ。まるで味方からパスが来る瞬間に、次にボールを出す味方の位置が完全に見えているかのような動きだった。

そして愛美はとにかく動き回っていた。どこにでも顔を出し、パスを受けて、すぐに叩き、また走る。だからなかなか捕らえることができなかった。動き回ることによって、リズムが生まれ、ディフェンスが前に引き出された。

するとラインの裏にスペースが生まれる。そこを突かれて、再三、再四、チャンスを作られた。攻撃のスイッチが入ったときのボールを受けるポジショニングも素晴らしかった。ディフェンスが密集する狭いエリアにおいてもボランチとセンターバックの中間、どちらも譲り合ってしまうような、絶妙な位置で、愛美はボールを呼び込むのだ。

結果、愛美は、同じチームに入っていたタケシを上手く使い、終夜のチームから三点を奪った。三点のうち、二点が、愛美のスルーパスから生まれたタケシのゴール。残り一点は、タケシとのワンツーで最終ラインの裏へ抜け出し、愛美、自らが決めたゴールだった。

相楽は終夜と同じチームだった。相楽は二点取ったが、結果、3対2で終夜のチームが負けた。今まで、終夜と相楽が同じチームで、紅白戦の相手チームに負けたことはない。

皆、驚きの表情で愛美を見ていた。

「すごいな……これならY小でトップ下のレギュラーを張っていたのも頷ける。球離れを速くしているのは……」

「体格だと男子に負けちゃうからね。でも接触しなければ関係なくなるから。あとは動き回って、そのときのベストなポジションでボールを受けることを心がけてるだけ」

愛美は終夜の言葉を受けて言った。

それは簡単なことではなかった。フリーでボールを受けるためには、常に戦況を見つめ、スペースを探し続けなければならない。それを可能にする鋭い嗅覚を、たった一年で得るためにどれほどの努力を重ねたのか。さらに休みなく走り続けられる無尽蔵のスタミナである。これは常日頃から走り込みをしていなければ決して得ることはできない。

「相楽といい、君といい、なんでこの学校にはすごい奴ばっかり集まってくるんだ……」

そう言って相楽を見ると、グラウンドの隅で、一人リフティングをしている。

「あなたも、あのタケシって子も、相当すごいけど、相楽君……あの子は別次元ね……。あんな選手、今まで見たことないわ……」

愛美も、終夜の視線を追いかけるようにして相楽を見た。

「チームを起ち上げて一年足らずで県大会の準々決勝まで行けたのも、すべてあいつのおかげだよ」

「噂には聞いていたけど想像以上だわ。これなら……」

「これなら……？」

愛美が妙なことを言ったので、終夜は思わず聞き返した。

終始冷静な愛美の表情に、一瞬、動揺の色が浮かんだように見えた。

「これなら……県大会の準々決勝まで勝ち上がるのも頷けるなってことよ」

そう返してきた愛美の表情は、元の冷静なものに戻っていた。

このようにしてチームは、奇跡的ともいえる展開で、強力なトップ下の選手を手に入れたのだった。

愛美が加入したことによる効果はすぐに現れた。

県内の強豪六チームだけが集まり、総当たりのリーグ戦を行う大会が開かれ『サッカー愛好会』にも参加資格を与えられた。その大会でなんと全勝し、優勝という結果を手にしたのだった。

参加チームには、先の県大会で敗れたJリーグの下部組織や、県大会を制した全国大会出場チームも名を連ねていた。愛美がトップ下に入ることによって、終夜の負担が減り、攻撃のバリエーションも増えた。終夜はボールを受けると、相楽だけではなく、愛美の姿も探すようになった。パスの選択肢が増えたことにより、対戦する相手チームも的を絞れなくなり、多彩な攻撃が可能となった。

愛美は中盤で素早くボールを回し、相手を攪乱（かくらん）した。そこから正確なサイドチェンジもできたし、相楽へラストパスを出すこともできた。それまで終夜は、相楽を前線に張らせていた関係もあり、たくさんの役割を一人で担っていた。ディフェンスラインの調整、低い位置からのゲームの組み立て、チャンスと見ればボランチの位置から中盤の高い位置まで上がり、前線の終夜やタケシにラストパスを送ったりもするのだ。

相手チームが自分たちよりも弱いチームであれば、このやり方で押し切ることができたのだが、全国大会に出場するような強豪チームを相手にした場合、終夜が中盤の高い位置に上がったタイミングでボールを奪われ、カウンターの餌食となり、点を失う、というケースが何度もあった。だが愛美がトップ下に入ってくれたおかげで、終夜は中盤の底を留守にして、闇雲に攻め上がる必要がなくなった。攻守のバランスを取ることに専念できるようになり、失点も減った。

試合の回数を重ねるたびに、中軸となる終夜たち四人のコンビネーションは高まりを見せた。四人が連動し、お互いにポジションチェンジを繰り返しながら相手チームに襲いかかるのだ。ゴールへのアイデアを四人全員が共有していた。ゴールへの道筋が見えるのだ。

それは得も言われぬ快感だった。四人の存在は、県内に知れ渡り、いつのころからか『ファンタスティック4』などと呼ばれるようになっていた。

「『ファンタスティック4』なんかじゃなくて、本当は『ミラクル1とエトセトラ3』なのにね」

愛美は冗談めかして言うのだった。それを聞いて、終夜は苦笑いするしかなかった。

それは終夜も愛美も、タケシもはっきりと理解していた。

相楽は次元が違うのだ。

終夜たち三人と一括り(ひとくく)にできる存在ではない。四人の攻撃が得点という結果に結びついているのは、相楽の圧倒的な個人技と、決定力のおかげだった。そのような状況になっても、相楽は、自分の実力に自惚れる(うぬぼ)ことなく、過酷な練習を毎日続けていた。あるときから全体練習が終わったあとの、三人でやっていた居残り練習に愛美も加わりたいと言ってきた。終夜とタケシは歓迎したのだが、相楽は、好きにすればいい、と愛美に対して、なぜか素気ない態度を取るのだった。

愛美が転校してきてからずっと、相楽は愛美に対して、あきらかに冷たい態度を取っていた。

これは不思議なことだった。相楽は、人当たりがよく、話し好きで、基本、誰にでも同じように接する人間だったからだ。

終夜は、それとなく愛美への態度に対して、あらためるようやんわりと諭した。

だが、相楽は聞く耳を持たないのだ。

「終夜君、僕は彼女に対して、冷たく当たっているつもりはないよ」

そう、にべもなく返されるのだった。そのとき、終夜に向けられた相楽の視線は、今まで見たこともないほどに鋭く冷たいものだった。その目の奥には、暗い翳りがあるように感じた。

ときおり、相楽に冷たくあしらわれたのか、一人、寂しそうにしている愛美の姿を見た。

「私、相楽君に嫌われてるのかな……」

そうぽつりとつぶやく愛美に対して、終夜は、その理由が分からないこともあり、何の根拠もない、お決まりの慰めの言葉をかけてやることしかできなかった。

だが練習中は例外だった。

相楽も、愛美も、少しでもコンビネーションを高めるために積極的に会話を繰り返していた。相楽にとって愛美は、無視したい存在ではあるのだが、それよりも自分の技術が向上すること、チームが強くなることを、優先しての行動だったのだろう。普段は、愛美を寄せつけようとしない相楽だったが、一緒に練習していて、この二人が似ていると思えるところがあった。

それはサッカーが上手くなるということに対する狂気的とも思えるモチベーションの高さだった。

終夜もプロを目指していたから、その点については自信があった。

だが根本的に違うのだ。二人はまるで死地に赴く兵士のように、その命を削り、サッカーと向き合っているようにさえ見えた。相楽は、そもそもサッカーに興味はなく、終夜が誘い、それでも迷った末にようやくサッカーをはじめたのだ。早くプロになってシスターや園の子供たちの力になりたい、という気持ちは強くあると思うのだが、自発的にはじめたわけではないものに対し、ここまで打ち込めるものだろうか、と不思議に思った。

愛美に関してはもっと分からない。

サッカーをはじめたきっかけを聞いて驚いた。

愛美曰く、運動不足だったからなんとなくはじめた、と言うのだ。愛美の所属していたM市のチームは全国大会にも出場したことのある強豪校だった。しかも男子ばかりの中、チームに女子がたった一人なのだ。入部するだけでも相当な勇気が必要だったに違いない。

愛美はそこで熾烈な争いを勝ち抜き、レギュラーの座を手にした。突如として現れた天才サッカー少女への、チームメイトからの嫉妬の目もあっただろう。さして理由もなく、なんとなくはじめたものに対し、そこまでの困難を乗り越え、努力ができるのか、と思うと、これもやはり疑問がわくのだった。

日々、自らに妥協することなく、ひたむきに練習に取り組む、愛美の姿を見ていると、そこに、人生をかけるほどの大きな使命がある。そう言われても不思議ではないように思えた。たかが運動不足解消のために、これほどまでに打ち込めるはずがない。

愛美には両親がいなかった。

父親は、愛美が幼いころに蒸発し、母親は、その直後、ショックで精神に変調をきたした。同時に不慮の事故で目の光を失い、どこかの病院に入院したのち、亡くなった、といつもの平然とした口調で教えてくれた。

愛美は祖父と一緒に暮らしていた。愛美の祖父は今でも現役で、全国各地で様々な事業を展開している実業家であるらしく、経済的に困っている様子は無さそうだった。練習が遅くなると、黒塗りの高級車で、その祖父が愛美を迎えに来た。

愛美の祖父は、でっぷりと太った人のよさそうな初老の男だった。

愛美は、両親のいない悲壮感を見せることはなかった。

そして祖父のことが大好きだとよく言っていた。

だが、このような複雑な家庭環境が、愛美のサッカーに対する高いモチベーションにつながっているのかもしれない。そう思ったりもしたが、それ以上、踏み込める話でないことくらいは、小学生の終夜にも理解できた。

やはり二人は自分とは根本的に違うのだと考えていたが、一つ思い出されることがあった。

終夜がＭ市にいたころ――。

あの男に声をかけられ、借金を背負う母親を助けるために、今になっても理由の分からない、男の提示した依頼に取り組んでいたあのとき――。

当時の終夜は、通常の精神状態ではなかったのだ。母親を助けたい一心だった。

だから嵐の中、イキタン浜から荒れ狂う海に向かってボールを蹴り、波に呑み込まれることまでして、今の両親を近づけようとした。

もしかしたら二人は、あのときの自分と同じような精神状態にあるのではなかろうか――。特別な事情があり、それをサッカーで成し遂げようとしているのだ。

そこまで考えて終夜は首を振った。あのような特殊な状況が、自分以外の人間に、そうそう起こるはずがない。才能の無い自分は、単純に二人に対し嫉妬しているのだ。

あのころの自分には戻れない。

今はそう思っていた。新しい父親が現れ、金に不自由のない幸せな暮らしを送れているのだ。かつて持っていた、母親を助け、貧困から抜け出そうとするための、焦燥感にまみれた高いモチベーションは確実に失われている。

だがサッカーは好きだった。誰よりも上手くなりたいという想いは、二人にも負けてはいない、という自負がある。その想いを胸に、地道に努力するしかない。終夜は、そう結論づけたのだった。

県内の強豪校を集めて行われたリーグ戦に優勝した、そのおよそ一ヵ月後にチームに朗報がもたらされた。

相楽、終夜、タケシの三人が県選抜の一員として選ばれたのだ。

だが愛美は選ばれなかった。

「しかたないよ。私は女だもん。県内じゃ通用しても、全国の相手と戦ったら、接触プレーは避けられない」

終夜の慰めの言葉に対し、愛美はいつも通り、気にしているふうもなく、サバサバとした口調で返した。そんなことはない。愛美は全国でも通用する。選ばれない理由は、やはり愛美が女であるということ以外にはないのだ。

「終夜……頼みがあるの。県選抜で必ず結果を出して。これが小学校で、ハルを高みに昇らせるための最後のチャンスになると思うから……」

愛美は終夜の目を見つめて真剣に言うのだった。終夜も同じ気持ちだった。シスターや園の子供たちに迷惑がかかるのを分かっていながら、相楽をこの世界に引き込んだ。おまえは必ずプロになれると言って誘ったのだ。そこに大きな責任が生じていることはきちんと理解していた。だが相楽は、愛美のことを、練習以外の場では、いまだに避け続けていた。そのような相手に対して、なぜ愛美はそこまでの気持ちになれるのか、終夜には理解できなかった。

そのときに気づいた。

終夜は相楽に嫉妬していたのだ。

愛美はいつも相楽を見ていた。

練習後、たとえ無視されることが分かっていても、相楽に笑顔で声をかけるのだ。相楽は言葉を返さないが、愛美はそれが独り言だったかのように話を続ける。終夜は、その様子をみかねて、何度となく、相楽に理由を尋ねたが、このことに関してだけは、人が変わったような冷徹な表情を浮かべ、何も話すことはないよ、とただただ首を振るだけだった。

「任せとけ……俺も気持ちは愛美と同じだ。このチャンスを絶対に生かしてみせる」

終夜は、想いを押し殺し、笑顔で答えた。すると愛美も微笑んだ。

また相楽への、嫉妬の炎が燃え上がりそうになったが、なんとか消しとどめた。

終夜たちが選ばれた県選抜チームは【U12チャレンジカップ】という十二歳以下の国内の強豪チームと、海外からのジュニアチームを招待して行われる競技大会へ、参加する予定になっていた。

正直、愛美が愛好会に加入してチームが快進撃を続けてからは、どこかのタイミングで相楽が県選抜に選出されることは予想していた。だが、県選抜では注目度が低い。やはり全国大会に出場して、そこで活躍しないとプロチームのスカウトの目には留まらないと思っていたのだ。

だが状況が変わった。この大会に出て活躍できれば一気に注目されるのは間違いなかった。愛美の言った、最後のチャンスというのはこのことを指していたのだ。

大会は終夜たちの県で開催された。そこで、県内にあるＪ１クラブチームの下部組織の他に、育成招待枠として県選抜チームが出場することになったのだ。

そして県選抜チームが集められ【Ｕ12チャレンジカップ】へ向けての練習がはじまった。だが、県選抜チームのモチベーションは酷いものだった。

誰も勝てるとは、思っていないのだ。

チームの監督やコーチですら、今回は力のある選手のプレーを勉強させてもらおう、などと言い、その口からは勝利という言葉が一度も出ることはなかった。

「この状況をどう思う?」

終夜は相楽に聞いた。

「終夜君、僕たちが県大会で負けたあの日、君が終了と同時に真っ先に倒れたのが見えてしまったから、駆け寄るしかなかったけど、僕は誰よりも……あのときの君よりも負けたことが悔しかった。僕をサッカーの世界に引き入れ、ここまで引き上げてくれた君の気持ちに応えられなかったことが情けなくてしかたなかったんだ。ここからは止まらずに行くよ。誰が相手だろうと絶対に負けない。負けるわけにはいかないんだ」

相楽は、勝利することがまるで当然であるかのように、そう言い切った。

「この状況はサッカー愛好会のはじまりのときと同じだよな。俺たちは何もないところからチームを起ち上げて、一年で県大会まで行った。それと同じことをここでもやればいいんだ。世界を驚かせてやろうぜ!」

このときは気持ちを奮い立たせるために何気なく発した言葉だったが、それが現実のものになろうとは、そのときの終夜は知る由もなかった。

大会開催の一ヵ月前に、海外から招待されるチームが発表された。

それはなんとスペインの強豪『ＦＣバルセロナ』のジュニアチームだったのである。

『ＦＣバルセロナ』のトップチームはスペインリーグにおいても、そしてヨーロッパナンバーワンを決める、ヨーロッパチャンピオンズリーグでも、幾度となく優勝したことのある世界最高峰のクラブチームであった。

当時は、レアルマドリードのクリスティアーノ・ロナウドと並び、世界最高のストライカーと呼ばれたリオネル・メッシが所属しており、大きな活躍を見せていた。

終夜はそれを聞いて胸を躍らせた。ジュニアといえどもバルセロナと戦えるかもしれないのだ。

それは自分自身の喜びでもあったが、やはりそれ以上に相楽のことが頭にあった。

まだ相楽の能力の底が見えていなかった。今まで戦った相手に対しても、相楽の技術が通用しない、という状況が一度もなかった。事実、相楽は、この県選抜においても、抜きん出た実力を見せつけ、ワントップのレギュラーの座を勝ち取っていた。

県選抜の指導者もチームメイトたちも相楽の実力は認めていた。だが、それがどこまで通用するものなのか、自分を含めて誰も把握できていなかったのだ。

はたして相楽の実力は世界に通用するのか。それを確かめる絶好の機会が用意されたのだ。

大会は、Ｊ１、Ｊ２に所属するプロチームのジュニアチームと終夜たちの県選抜、そして『ＦＣバルセロナ』の合計十六チームで行われた。まずは全十六チームを四グループに分けてリーグ戦が行われる。そこでの上位二チームが決勝トーナメントに進出し、そのトーナメントで優勝チームを決めるという大会方式になっていた。

そして終夜たちの県選抜チームは抽選の結果『ＦＣバルセロナ』と同じグループリーグに入った。終夜はこの幸運を神様に感謝した。

初戦は関東のＪクラブのジュニアチームだった。相楽はワントップ、そして終夜は、相楽との連携を評価されたのか、いつものボランチよりひとつ前のトップ下でのスタメン出場となった。もし愛美がいたら、終夜の出番はなかったかもしれない。タケシは県選抜でも実力を見せていたが、今回はスタメンから外れた。

相手チームは、初戦が県選抜ということで完全に油断している様子だった。反対に県選抜チームは、終夜と相楽を除いて、皆、完全に委縮（いしゅく）していた。

終夜たちのキックオフで試合がはじまった。

センターサークル内でキックオフ直前に終夜は相楽に耳打ちをした。

「相手は完全に俺たちのことを舐めてる。最初からぶちかますぞ」

相楽は前を向いたまま頷いた。その視線の先にはゴールがあった。

ホイッスルが鳴った。

終夜は、一度、ディフェンスラインまでボールを戻した。低い位置でボールを回すが、相手チームが前線からプレッシャーをかけてくる様子はない。前線にいる相楽を見た。相手チームの最終ラインは中途半端な位置にある。相楽の動きに注意している様子もない。終夜は中盤の低い位置でパスを受けた。相手チームは前線と最終ラインまでの距離が長く、中盤が間延びしている状態にあった。プレッシャーもない。前を向き、ドリブルするためのスペースは充分にある。

終夜は、ドリブルで中央突破を図った。一気に敵選手、二人をかわした。不意をつかれた様子で慌てて、敵のボランチがプレッシャーをかけようと、前へ出てきた。終夜はその瞬間を見逃さず、すかさず相楽にパスを送った。ボランチが前へ出たことにより作られた、最終ラインとボランチの間にある空間、いわゆるバイタルエリアで相楽はボールを受け、そのまま反転し、前を向いた。

残っているのはセンターバックの二人だけだ。一人が不用意に飛び込んでくる。相楽は体を引き、いなすようにして簡単に相手を抜き去った。もう一人は飛び込んでこない。少しでも時間を稼ごうと一定の距離を保ったまま、シュートコースを潰している。

終夜は相楽をサポートしようと全力で前線へ向かって走る。その足元にボールが来た。

相楽はこちらを一瞥もすることなくヒールキックでパスを送ってきたのだ。

同時に、相楽は敵選手を振り払うように、ゴールへ向かってスプリントした。終夜は反射的に、縦へボールを出す。ワンツーリターンだ。オフサイドはない。敵選手の背後に出されたそのボールに相楽が追いつく。

相楽は出てきたキーパーの動きを見ながら冷静に右足を振り抜いた。ボールはキーパーの股間（こかん）を抜け、ゴールネットに突き刺さる。開始わずか二分の先制点となった。

終夜たちが喜びを爆発させている横で、敵チームは唖然（あぜん）とした表情をしていた。

その中の一人が終夜に近づき声をかけてきた。

「おまえら……いったい何者だ？　特にあのフォワード……なんで県の選抜チームなんかにいるんだ？」

「何者でもないよ……俺たちはサッカー愛好会の人間さ」

「サ、サッカー愛好会……？」

まるで想像していない言葉だったのか、その選手は、ぽかんと驚きの表情を浮かべていた。

開始直後の得点は、敵チームの表情をガラリと変えた。トップチームはＪ１で活躍しているのだ。

奇襲ではなく、対等に向かい合ってしまうと、個々の実力の違いは如実に表れた。

カサにかかった攻撃で押し込まれ一気に二点を失った。皆、肩で息をして、早くもあきらめの表情を見せている味方選手もいる。だが終夜は、あきらめてなどいなかった。相手チームの個々の技術は高い。だが、今回も、相楽なら充分通用すると確信できたのである。だから押し込まれた展開の中、一つでも二つでも、相楽にパスを通すことができれば、勝機は必ずある。そう考えることができた。

自陣においては、ある程度自由にボールを回せた。それでもやはり相楽には、なかなかパスが通せない。タイミングが合わずオフサイドになったり、通っても、サポートがなく、完全に孤立している状態にあり、かつ複数のディフェンダーが背中にいる状況では、如何に相楽であっても前を向けず、潰されてしまうのだった。

そのまま時間が過ぎ、なんとか追加点を許さずにこらえてきたが、すでに後半ロスタイムに入っていた。さすがの終夜も、ほぼ勝利することをあきらめかけていた。

そのとき驚くべきことが起きた。中盤の低い位置でボールをキープしていた終夜の目の前に、相楽が現れたのだ。相楽が前線に張り続けることは、監督からの指示だった。

それを無視して相楽は中盤までボールをもらいに下りてきたのだ。

「ハ、ハル、おまえなんで……？」

「終夜、ボールをよこせ！」

相楽の声が、終夜の言葉を打ち消す。

終夜はその迫力に気圧されるように、気づけば相楽にパスを出していた。

相楽がここまで下がってくれれば、ディフェンスも一緒についてくることはない。相楽は完全にフリーの状態でボールを受け、前を向ける。だが、ゴールまでは相当な距離がある。

相楽は猛然とドリブルを開始した。立ち塞がる相手を細かなボールタッチと体重移動のフェイントで華麗にかわす。二人を抜いた。相楽のドリブルはスピードを増す。

終夜は相楽をサポートするために、その背中を必死で追いかけた。相楽に立ち塞がるディフェンダーは二人いる。二対二の状況になった。終夜は相楽を追い抜き、片方のディフェンダーを引きつけた。

相楽の前には大柄なセンターバックが立ち塞がっている。

センターバックは足の裏を見せる危険なスライディングタックルを仕掛けてきた。抜かれればキーパーと一対一になる。ファウル覚悟で止めにきたのだ。すると相楽はピタリと動きを止めた。それはまるで慣性の法則を無視するかのような急ブレーキだった。直後、右の足の裏でボールを引いてタックルをかわした。そのまま今度は左足にボールを持ち換え、それを支点とするように、クルリと体を一回転させた。

驚いた。マルセイユ・ルーレットだ。

かつてのフランスの英雄、ジネディーヌ・ジダンが得意としていたフェイントだった。驚いたのは終夜だけではなかった。ピッチ上にいる全員が、一瞬、息を呑むのが分かった。観客からも驚きの声があがる。このような大技を試合本番で、しかも勝負のかかったこの時間帯に、まるで何気ない簡単なフェイントのようにできてしまうのが相楽なのだ。

技術的にも非常に難易度が高い。猛スピードで走る体に急ブレーキをかけてもブレない体幹の強さの上に、繊細なボールタッチができて、はじめて可能となる技なのである。

相楽はキーパーと一対一になった。キーパーはゴールマウスを大きく空けて、前へ出ていた。相楽はそれを見逃さず、キーパーの頭を越えるループシュートを放った。ボールは綺麗な放物線を描き、ゴールへと吸い込まれた。ゴールを認めるホイッスルが鳴った。同時に、試合終了を告げるホイッスルが重ねて鳴らされる。2対2の同点で、試合を終えた。県の選抜チームがプロ傘下のチームに負けなかったのである。とてつもない快挙だった。相手チームはショックで打ちひしがれていた。それはそうだろう。厳しいセレクションを勝ち抜き選ばれた選手たちが、たった一人の無名選手にやられたのだ。

相楽は、と見ると、喜ぶチームメイトの輪から一人離れて、ピッチに佇んでいた。

「終夜君、すまなかった……」

相楽は終夜に気づくとなぜかそう言った。

「すまなかった？　何がだ……？」

「何度もパスをくれたのに、前を向くことができなかった。だから前を向くために、チームの決まりごとを破って中盤に下りてきてしまった。同点にするのが精一杯だった。前線でのチャンスを一つでも、モノにできていたら勝てたのに……」

相楽は、同点という結果に満足していなかったのだ。勝てなかったことを悔やんでいた。

終夜は、正直、この結果に、他のチームメイトと同様、喜び、満足していた。

相楽と喜びを分かち合おうとしていた自分が、急に情けなくなった。

相楽は相手がどこであっても勝利しか考えていないのだ。

「いや……俺たちも押し込まれていたとはいえ、相楽を孤立させすぎていた。きちんとサポートできていれば、もっとチャンスを作れたと思う……」

終夜は反省を口にした。

「修正して次は必ず勝とう」

相楽の言葉に、終夜は大きく頷いた。だがすぐに気づいた。

次の対戦相手は『FCバルセロナ』だった。

相楽と二人、ピッチを出てロッカールームに引き上げようと歩いていたら感じるものがあった。対戦相手の選手や監督、客席の観客たちが、皆、相楽を見ているような気がしたのだ。相楽はまるで満足していなかったが、このときのプレーで、あきらかに大きな注目を集めていた。試合会場全体が、あの選手はいったい何者なのだ、とざわめいているのだ。終夜は、相楽の言葉に頷きはしたが、バルセロナを相手にして、本気で勝てるなどとは思っていなかった。だが、そんな中でも、相楽がいればもしかしたら、と期待してしまうのだ。

試合の日がやってきた。

バルセロナはトップチームと同じ、青とえんじの縦縞(たてじま)のユニフォームを着ていた。彼らは初戦、対戦相手のJリーグのジュニアチームを8対0という大差で下していた。

ジュニアといえどもバルセロナが見られるということで、一試合目とは比べ物にならないほどの観客で会場は埋め尽くされていた。チームメイトは皆、この異様な雰囲気に呑まれ、顔を強張(こわば)らせている。

バルセロナは試合直前のウォーミングアップをしていた。その様子を見るだけで、一試合目の相手とはまるで違うことが分かる。技術的なことだけではない。彼らの表情が真剣そのものだったからである。初戦の相手チームのように、終夜たちを舐めている様子が少しでもあれば、もしかしたらつけ入る隙を見つけられたのかもしれない。だが、そんな雰囲気は微塵も感じられなかった。終夜たち県選抜を全力で叩き潰そうとしているのだ。そんな中、相楽だけはいつもと変わらぬ様子で、自らのウォーミングアップに集中していた。

「相楽、相手はバルセロナだぞ。おまえ緊張してないのか?」

終夜は不思議に思い聞いた。相楽はサッカーをはじめてから、サッカーに関する多くの知識を得ている。バルセロナがどういうチームかを理解していないわけがないのだ。

「緊張してないことは無いけど、相手は僕の知っているバルセロナじゃないから。目の前にメッシやイニエスタやシャビがいたら、また違ってくると思うけど、相手は僕らと同い年の子供だから全然、かなわない相手だとは思っていないよ」

相楽は、こともなげにそう言った。返す言葉が見つからなかった。

いよいよ試合がはじまった。

対峙するとバルセロナの威圧感は恐ろしいものがあった。

緊張のためか、ピッチがグニャグニャと柔らかく感じ、膝の震えが止まらない。終夜は、これほどまでに自分をコントロールできない緊張感に襲われるのは、はじめての経験だった。チームメイトも同じようなもので、表情が酷く強張っていた。

このままではまずい、と思いながら、気がつくと笛が鳴らされていた。終夜たちのキックオフだった。ガタガタと震えが止まらない足でチョコン、とボールを押し出し、相楽に渡した。

すると相楽は、大きく右足を後方へ引いた。驚くべきことに、相楽はその場でシュートモーションに入ったのだ。右足の振りが速い。気がつくと、相楽の右足から放たれたボールは唸りをあげながら、バルセロナゴールへと向かってゆく。誰もが虚を突かれた。相手キーパーはそれでも襲いくるボールに向かって大きく手を伸ばす。だが届かない。入る、と思った瞬間、ギリギリのところでクロスバーに阻まれた。客席からどよめきが起こった。ベンチを含め、バルセロナの選手全員が相楽を見ているのが分かった。

相楽はその視線にまるで気づかぬようにして、自陣を振り返り、そして叫んだ。

「相手はバルセロナかもしれないが、所詮、俺たちと同じ子供だ！　勝機は必ずある！　気合いれていくぞ！」

強烈な目覚めの一発だった。皆、相楽に呼応し、声をあげた。終夜もあらん限りの声をあげていた。足の震えが止まっている。地面も固い。きちんと地に足がついている感覚があった。相楽は、皆の過度の緊張を解きほぐそうと、あえてキックオフシュートを狙ったのだ。

だがその直後、気合だけではどうにもならない世界との差をまざまざと見せつけられることとなった。

バルセロナの選手は、まるでシュートのように強く、かつ、恐ろしいほどに正確なパスを出した。判断が恐ろしく速い。おそらく、仲間からパスを出された時点で、彼らには三手、四手先の展開が見えているに違いない。いったい、何が起こっているのか分からぬまま、気がつくと二点を失っていた。相楽のキックオフシュートで一時は立て直した心も、すでに折れかかっていた。チームメイトも終夜と同じような心境であるのは、顔を見ればすぐに分かった。

それでも相楽だけは、今までの試合と変わらず、前線からボールを追いまわし、味方からパスが出るのを信じて、最終ラインの裏をとるべく動き回っていた。

終夜はその姿を見て、チームメイトに指示を出した。

「ボールを取ったら、余計な中盤でのパス回しはやめよう。すぐに相楽に当ててくれ」

皆、一様に力ない表情だったが、しっかりと頷いた。このような状況の中、可能性を見出せるとしたら相楽しかいないのは、全員が理解していた。

だが自陣でなんとかボールを取り、相楽にパスを出すのだが、やはり前線までは距離が遠い。出したボールが少しでもずれればパスカットされてしまう。たとえボールが届いても、相楽は体を投げ出し、ボールを収めるのが精一杯で簡単に潰されてしまうのだ。

一度、試合が切れたタイミングで、相楽が終夜の元へ来た。

「浮き球じゃだめだ。足元に強くて速い、正確なボールがほしい」

相楽は、それだけ言うと、前線に戻った。

強くて速い、正確なボール——。

それは非常に難しい要求だった。低い位置でボールを取れたとしても前線の相楽までは距離がある。その長い距離を、バルセロナのディフェンダー陣の合間を縫って、グラウンダーで強く正確なパスを出すことなど不可能だ。

では、どうすればいい——。

できるだけ相楽から近い位置、少なくとも自陣の高い場所でボールを取らなければならない。相手のボールに触ることすらできないこの状況で、それがはたして可能だろうか——。だけど何か手を打たなければ、バルセロナの一戦目の相手と同じように大差で負けるのは目に見えていた。

前半終了のホイッスルが鳴った。何もできなかった。

三点取られたが、点差以上の、圧倒的な力の差を終夜は感じていた。チームメイトもおそらく同じだろう。このままでは、後半も、ずるずると前半以上の失点を重ねてしまいそうだった。それでもハーフタイム中、監督から送られた指示の中に、反撃するための言葉は何一つなかった。もっと声をかけ合え。前半でやっていたことを地道にやり続けろ。気持ちで負けるな。そんなものばかりなのだ。やはりこのチームの監督やコーチは、バルセロナ相手に勝てるはずがない、と最初からあきらめているのがはっきりと分かった。

反撃の糸口さえ摑めぬまま、ハーフタイムが終わってしまった。重い足取りでピッチに戻ろうとすると、傍らから、突然、終夜を呼ぶ声がした。

見ると愛美がそこにいたのだ。小さく手招きをしている。

早く戻らなければと思ったが、愛美があまりに真剣な表情をしていたため、しかたなく足早に近づいた。

「愛美……こんなときに呼ぶなよ。もう後半がはじまっちゃうよ」

「少しなら大丈夫よ。まだバルセロナはピッチに出てないわ」

愛美の言う通りで、バルセロナの選手たちは輪になって、ミーティングを続けていた。

「違いはこういうところよね。圧倒的な力を見せつけたチームの方が、時間ギリギリまでミーティングをして、手も足も出なかったチームはさっさと切り上げて貴重な時間を無駄にしているのよ」

愛美は辛辣だった。イラついているようにも見える。

「このままだと後半は、前半以上に点を取られてしまうわ。終夜、何か考えはないの？」

「ミーティングでも、このまま前半でやっていたことをやり続けろって……」

終夜はため息交じりに答えた。

「一つ方法があるの」

愛美はそう言うと、終夜の耳元に口を近づけた。

吐息がかかるほどに、愛美の顔が近い。ドキリとしたが、表情には出ぬよう耐える。

愛美のそれは、点を取るための作戦だった。

「前半を見ていて気づいたわ。バルセロナは選手一人一人が高い技術を備えているから、どのポジションからでもゲームを組み立てることができるの。通常、センターバックがボールを持ったら、一度、中盤や、サイドバックにボールを預けてそこからゲームを組み立てるものよ。だけどバルセロナは違う。センターバックがボールを持つと、他の選手全員が前へ上がるの。センターバック自らが、攻撃のスイッチとなる鋭い縦パスを、中盤や前線に供給して、自陣の深い位置からでもゲームを組み立てることのできるサッカーをしている。だから、その縦パスを狙うのよ。深い位置から前線へ向けての縦パスは、通されれば大ピンチになるけど、もしもインターセプトできれば、絶好のチャンスを作ることができるわ。いくらバルセロナの速いパスでも、長い距離の縦パスなら、狙いを定めれば何本かに一つはインターセプトして、カウンターにつなげられると思うの」

悪くない作戦だと思った。

リスクはある。だが、歴然とした実力の違いがあるのだ。リスクを冒（おか）さずして、バルセロナから点を奪うことなどできない。

「愛美……すごいな。前半だけで、よくこの作戦を思いついたな」

終夜が言うと、愛美は嬉しそうな表情を見せた。だがすぐに首を振って、後ろを指し示す。少し離れた場所に、愛美の祖父の姿があった。いつも通り、でっぷりと太った図体（ずうたい）をしており、顔にはにこやかな笑みを浮かべている。

「お祖父（じい）ちゃんが考えてアドバイスしてくれたのよ。この作戦を終夜に伝えたらどうかって」

終夜は驚いた。見た目に似合わず、愛美の祖父はサッカー経験者だったのだろうか。

そう言われれば、愛美の祖父は、可愛い孫娘のためとも思うが、試合のある日は、ほとんど欠かさず観戦に来ていた。そこでは声援を送るでもなく、戦況を見つめるかのように、腕を組み、黙って、静かに佇んでいる姿が印象的だった。

ふと自分の両親のことが頭に浮かんだ。

M市にいたころは、二人揃って試合を見に来てくれていたのだが、S市に来てから、最初は夫婦でよく試合を見に来てくれていたものの、いつのころからか姿を見せなくなった。何があったというわけではない。終夜もかつてと違い、六年生にもなり、両親に見に来てほしい、という気持ちは薄れていたので何も言わなかった。

気づくとバルセロナの選手もピッチに戻り、後半がはじまろうとしていた。

「もう。戻らなきゃ。愛美ありがとう。愛美のお祖父さんにも礼を言っといて。この作戦、使わせてもらうよ。そして必ず点を奪う」

終夜がそう言うと、愛美は、期待に満ちた表情を見せて大きく頷いた。

ピッチに急いで戻る。すでにチームメイトは輪になっていた。相楽が話しかけてきた。

「どうしたの？　愛美と話していたみたいだけど」

「いや、なんでもない。監督が言っていたことと同じような話を聞かされただけだよ。それより、点を取るための作戦を思いついた」

そう言って終夜は、愛美から伝え聞いた作戦をチームメイトに話した。皆、突然のことに虚を突かれ、驚いた様子だった。

「このまま監督の指示通り、前半と同じことをやっていても、流れを変えることなんかできないのは、みんな分かっているはずだ。リスクを冒してでも行動を起こさなきゃ何も変わらない。相楽が言っていた通り、相手は同い年の子供なんだ。ビビらないで俺たちの力を見せてやろうぜ。せっかくバルセロナと戦えているんだ。俺はこのまま何もせずに終わりたくない。一点だ。まずは一点取ろう」

終夜は熱を持って話した。それでもチームメイトは複雑な表情をしている。当然だろう。終夜は監督の指示を無視して、勝手にチームを動かそうとしているのだ。

「みんな、やってみようよ。バルセロナは僕たち相手に、手を抜かず全力で戦っている。対して僕らはどうだろう？　力の差がありすぎるから、と何もせずにあきらめているんじゃないだろうか。勝つために全力を尽くす。それがバルセロナに対する最低限の礼儀だと思う。終夜君の作戦が上手くいけば必ずチャンスは作れる。僕は必ず点を決める。だから、みんな、力を貸してほしい」

同調してくれたのは相楽だった。相楽の言葉でチームメイトの顔つきが変わった。皆、大きく頷き、口々に、よしやってやろう、と声を出している選手もいる。相楽の言葉がチームメイトの心を動かしたのだった。結局、満場一致で作戦は決行されることになった。

後半がはじまった。やはり前半と同じような展開が続いた。ボールはほとんどの時間帯、バルセロナに支配されていた。

それでも一点。必ず一点をバルセロナから奪う。その想いでチームは動いていた。

バルセロナの中盤の選手がボールを持つと、終夜たちは死に物狂いでプレッシャーをかけて、最終ラインまでボールを戻させることに注力した。同時に、相手フォワードへのマークを緩(ゆる)め、中盤を経由せず、最終ラインからフォワードへと長いパスを出させるように誘導する。

それはバルセロナ相手に恐ろしく危険な賭(か)けでもあった。それでも繰り返し、中盤でプレッシャーをかけ続け、最終ラインまでボールを下げさせることに成功した。ほぼマンマークで、中盤へのパスの出しどころは潰している。思惑(おもわく)通り、最終ラインのセンターバックから、前線へと鋭い縦パスが入った。そのボールに向けて必死に足を伸ばす。だが届かない。味方選手の何人かの体を掠(かす)めて、フォワードへとボールが通ってしまった。フォワードはフリーだ。簡単に前を向かれ、追加点を取られた。

愕然(がくぜん)とした。パスが来るのが分かっていても止められないのだ。

それでも終夜はなんとか気持ちを奮い立たせて、手を叩き、味方選手を鼓舞(こぶ)した。

だが、何度もできる作戦ではない。バルセロナのフォワードにフリーでボールを持たせてしまえば、確実にゴールを決めてくる。このままでは、ただ単純にビッグチャンスを献上しているだけになってしまう。次こそは必ず止める。

そしてまた同じようにセンターバックから前線へ向けて縦パスが出された。恐ろしいほどに速く正確なパスだったが、試合の中で徐々に慣れてきているような感覚があった。それを信じ、先ほどよりもワンテンポ速くパスコースに足を出した。伸ばした足先にボールのぶつかる感覚があった。やった。インターセプトに成功したのだ。そこは自陣ではあるが充分に高い位置だった。だがボールを取って終わりではない。すぐに相楽を見た。

相楽はディフェンダーを背負ったまま、パスが来るのを待っている。相楽が、自分の手のひらを足元へ向けているのが見えた。グラウンダーのパスを要求しているのだ。

強く正確なパスを——。足元へ——。

終夜は心の中でその言葉を何度も反芻していた。

その瞬間、『サッカー愛好会』の、県大会で敗れた試合を思い出していた。あのときの終夜は、相楽に対して、一本もまともなパスを通すことができず、結果、チームが負けたのだった。あんな思いは二度としたくない。絶対にパスを通す。このとき終夜は極限まで集中していた。目の前のピッチが消え、味方選手も敵の姿も消えた。ただ漆黒に覆われた世界に、相楽一人だけが見えた。

闇の中の、ただ一筋の希望の光のように、相楽だけがそこに存在していたのだ。

目の前にはボールがある。そのボールを相楽めがけて、インサイドキックで蹴った。

強く速く、相楽の足元へと一直線に向かう正確なパスだ。チーム全員の想いを乗せたボールだった。

幾人ものバルセロナディフェンダー陣の間を縫うようにして、ボールは相楽の足元へと収まった。相楽が一瞬、ニヤリと笑ったように見えた。ボールを止めた直後、ヒールキックでボールを後ろに流した。相楽の背負っていたディフェンダーの股間をボールが通る。同時にくるりと反転して、背負っていたディフェンダーを一瞬にして抜き去った。

バルセロナはセンターバックの二人を残して、全員、上がっている状況にあった。もう一人のセンターバックが必死に相楽へと追いすがる。だがあきらかに出遅れていた。センターバックはレッドカードを覚悟しての行動か、手を伸ばして、相楽のユニフォームを摑みにかかった。危ない、そう思った瞬間、センターバックの手は虚空を摑んでいた。相楽は、ドリブルに急ブレーキをかけて、その手をかわしたのだった。センターバックはバランスを崩し、もんどりうって倒れた。それを尻目に、相楽はゴールへ向けてドリブルを開始した。

終夜は、その10番の背中を追いかけた。

相楽のサポートをするためでは、正直なかった。

相楽天晴という天才と同じピッチにいられるこの瞬間を――あの背番号10を追いかけ、少しでも近くで、その姿を目に焼きつけておきたかったのだ。

終夜はこの時点で確信していた。相楽は間違いなく日本を代表し、世界の舞台でも活躍する一流の選手になることを――。

相楽はゴールへ向かって疾走していた。立ちはだかる選手はゴールキーパーだけだ。

相楽はキーパーの動きを冷静に見ながら、強烈なシュートを放った。

両手両足を広げ、シュートコースを消そうとするキーパーの右手を掠めて、ボールはゴールネットを揺らした。

相楽は大きく飛び上がり、渾身（こんしん）のガッツポーズを見せた。だがそれも束の間（つかのま）、相楽はすぐにボールを拾うと全速力で自陣へ戻り、センターサークル内に置いた。

「ナイストラップ！　ナイスドリブル！　ナイスシュート！　よく決めてくれた！」

終夜は興奮を抑えられぬまま、相楽に声をかけた。

「ナイスインターセプト！　ナイスパスだ！　ゴールを決められたのは終夜のおかげだ。まだ逆転のチャンスは充分ある。一点ずつしっかり積み上げていこう！」

相楽の辞書には、やはりあきらめるという文字はなかった。試合を投げている様子もまるでない。勝とうとさえしている。

客席を見ると、祖父の巨体に抱きつき喜んでいる愛美の姿が見えた。ほっぺたにキスまでしている。終夜は二人に向けて大きく拳を掲げてみせた。すると二人とも両手を挙げて応えてくれた。

だが、これがまともに作れた最初で最後の、チャンスとなった。

センターバックからの縦パスを狙っていることを見破られ、バルセロナはすぐに戦い方を変えてきた。それにチームは対応することができず、後半でも三点を取られ、最終的には6対1というスコアで惨敗した。

試合後、相楽のその背中は、小刻みに震えているのが分かった。

「ハル……バルセロナ相手によくやったよ……一点決めただけでもすごいよ……おまえはやっぱりとんでもない奴だ……」

終夜は相楽の震える背中に手を置き、言った。

「終夜君……僕は勝たなければならなかった……敵がどこであっても関係ない……せっかく君が素晴らしい作戦を考えてくれたのに……」

相楽は最後、絞り出すように言葉を吐いた。かけるべき言葉が見つからなかった。

今さら、あの作戦は愛美の祖父がアドバイスしてくれた、などとはとても言えない。

三戦目は一戦目と同じようにJリーグの下部組織との対戦だった。この試合は、相楽が一点を決め、1対1の同点で試合終了となった。リーグ戦は一敗二分けという成績に終わり、結果、県選抜チームはグループリーグを突破することができなかった。

最終的にこの大会、バルセロナジュニアが優勝した。そして、大会中、バルセロナが許した唯一の失点が、相楽によって生み出されたものだった。

相楽にとっての、はじめての世界との戦いはこうして幕を閉じた。

県選抜は解散し、『サッカー愛好会』に戻ってからも、世界との差を思い知らされた終夜たちは、これまで以上の、厳しい練習を自分たちに課していた。

そんなある日、山下から、予想だにしない吉報がチームの元へ届けられた。

それは『FCバルセロナ』から相楽に宛てられたもので、バルセロナの下部組織である、カンテラへの入団セレクションをぜひ、受けに来てほしい、という招待状だったのだ。

相楽は、本当に世界に認められたのだ。

「ハル！　バルセロナだぞ！　このまえのプレーが認められたんだ。すごい！　本当にすごいよ……」

涙がこぼれそうになった。それを必死にこらえた。相楽はサッカーをはじめてたった一年でバルセロナに認められたのだ。それを可能にしたのは、与えられた天賦の才能によるものだけではない。相楽は人の何倍も努力のできる天才であったからこそ、この奇跡を可能にしたのだった。だが、終夜の興奮をよそに相楽は意外に冷静であった。

「ハル！　どうした⁉　嬉しくないのか？」

「嬉しいよ。本当に嬉しい。でも……セレクションを受けることができるというだけで入団ができると決まったわけじゃないし……もしも入団できたとしてもバルセロナは遠すぎる……。シスターや子供たちと離れて暮らさなきゃいけない……」

声は弱まり、相楽はそのまま押し黙ってしまった。

終夜はそれ以上、言葉をかけることができなかった。

終夜は、相楽に過度の期待をかけすぎて、彼を追い込んでしまっているのではないか、とふと思ったのだ。相楽のことを天才だと確信し、絶対にプロになれると言って、サッカーの世界へと導いた。だが、これほどまでに速く、大きな決断の日がやってくるとは夢にも思わなかった。小学六年生、十二歳――まだまだ子供なのだ。もしも自分ならば、親許(おやもと)を離れて遠いスペインの地で、一人暮らせるだろうか――。相楽がセレクションに通り、バルセロナに入れたとしても、その中で勝ち抜ける、という保証はどこにもない。相楽は間違いなく天才だ。だがバルセロナのカンテラに所属する少年たちは、世界各国から集められた選(え)りすぐりの天才たちなのだ。もしも駄目で日本に帰ってきた場合、すんなりと日常に戻れるだろうか――。それであれば、このまま日本に留まり、日本のJリーグのジュニアユースに入り、そこからプロを目指すという道筋の方が間違いないように思えた。

山下は、相楽に、一週間以内に返答してほしい、と言った。

山下は、終夜以上に、状況を理解していた。

「人生は長いんだ。焦らなくてもいいと思う。よく考えて答えを出してくれ」

山下は、相楽の肩をポンと叩き、それだけ言い、去っていった。

その一週間、終夜はいつものように過ごした。日々の厳しい練習を集中して行い、休みの日は園に行って、シスターや相楽を手伝い、子供たちと遊んだ。その間、バルセロナの話題は二人とも一切、口にしなかった。

そんな中、珍しい光景を目にした。

校庭の隅の目立たない場所で、相楽と愛美が二人きりで話している姿を偶然見かけたのだ。何を話しているかは分からない。だが二人の間には、和やかな雰囲気など微塵もないことがすぐに分かった。二人は真剣な表情で対峙し、睨み合っているように見えたのだ。

その後、しばらくすると、まるでそれが永遠の別れであるかのように、互いに背中を向け合い、別々の方向へ、二人とも立ち去っていった。

相楽はおそらく、愛美のことを以前から知っていたのだ。そうでなければ、転校してきたばかりの愛美に対し、あのような冷たい態度を取り続けるはずがない。最初のうちは、二人の仲を少しでも円滑にしようと、終夜もいろいろ動いていたのだが、相楽は頑(かたく)なで、愛美に対し、まるで歩み寄ろうとしなかった。だから途中であきらめた。そう言えば聞こえはよいが、本当の理由は違った。終夜の愛美に対する恋心は膨れ上がっており、本心を言えば、二人に仲よくなってほしくなかったのだ。

七日目の朝が来た。

「終夜君、僕、セレクション受けてみるよ」

教室で会うなり、相楽は、終夜にそう言った。

「えっ！　本当か？」

相楽の突然の言葉に驚く。

「うん……合格できるかどうか分からないけど、こんなチャンス二度とないと思うし、トライしてみるよ」

「そうか……でも、いいのか……？　合格したらシスターや園の皆と離れて暮らすことになるんだぞ……」

「大丈夫。シスターとも皆とも相談したんだ。シスターは……園のことは気にしなくていいって……。人生は一度しかないから、自分が本当にやりたいこと、なりたいことを最優先に考えなさいって……言ってくれたんだ。僕が自分で決めたことであれば精一杯応援するからって……」

「そうか……俺、正直、責任を感じてたんだ……」

「責任……？」

相楽は不思議そうな顔で聞いてきた。

「ああ。相楽をサッカーに誘ったのは俺だから……。これほどに大きな決断をさせることになって、俺があのとき誘っていなかったら、こんなふうに悩ませることもなかったかもなって……」

終夜は秘めていた思いを吐露した。

「何、言ってるんだよ。今まで面と向かって言ったことは無かったけど、僕は君のことを恩人だと思っている。園の先生も子供たちも、僕にとってかけがえのない大切な家族だ。でも、一生、あの場所で生きてゆけるわけじゃない。僕はずっと園に引きこもっていたかったんだ。でもそれはまるで真っ暗な繭の中にいるような気分だった。学校にも行きたくなかった。学校に僕の居場所はなかったから……」

わずか一年前の相楽の姿がやはり思い出された。みすぼらしいジャージを着て、まるで自分の存在を押し隠すように、背中を小さく丸めて文庫本を読んでいたあの姿だ。

「だけど、君が話しかけてくれた……それがどんなに嬉しかったか分かるかい……？

そしてサッカーを教えてくれた。君に出会えて本当によかった。君に出会えていなければ、僕は今ごろ、まったく学校にも行かなくなり、園の中にずっと引きこもっていたかもしれない……。サッカーをはじめたのも、君の話を聞いて、プロになってたくさんのお金を稼いで、先生や園の皆を助けたい、というのが大きな理由だったけど、今はそれだけじゃない。純粋にサッカーが好きなんだ。だから、今よりも、もっともっと上手くなりたい。バルセロナと戦って衝撃を受けた……。負けたことが悔しくて……手も足も出なかったことが悔しくてしかたがなかった……。そしてこうも思ったんだ。どんな練習をしたら、あんなふうに上手くなれるんだろうって……。そしてこういう想像もした。彼らの中に入り、鎬を削りながら練習できれば、もっと上手くなれるかもしれないって……。だから僕は純粋にサッカーが上手くなりたいからバルセロナに行く……ただそれだけなんだ……」

相楽の目に滲むものが見えた。

「ハル……おまえなら絶対バルサに入れる。今まで俺と一緒にサッカーをやってくれて本当にありがとう。精一杯頑張ってくれよ」

相楽は頬を濡らす涙を拭うこともせず、終夜の言葉に笑顔で頷いた。

相楽の想いは嬉しかった。

相楽に出会えて本当によかったと思った。

だが、同時に、正体不明の違和感が体の奥底からムクムクとわき上がるのを抑えきれなかった。何の根拠もないが、相楽の言葉は、終夜になどは窺い知れぬ、悲痛な思いを押し隠すための、嘘のように思えたのだ。

だが、そんなことを相楽に言えるはずもなかった。

相楽はセレクションを受けるために、スペインへ飛び立った。

帰国して数日後にその結果が届いた。合格だった。

知らせを聞き、終夜は声をあげて喜んだ。頭にもたげていた違和感のことは忘れていた。相楽も嬉しそうだった。園に皆が集まりお祝いをした。相楽の誕生日会のときは、シスターと園の子供たちを除くと、終夜だけしかいなかったが、今回は違った。クラスメイトやサッカー愛好会のチームメイトなど、大勢の人たちが集まったのだ。人数が多すぎて、室内に入り切れず、当初の予定を変更して、外でバーベキューをした。皆で相楽の快挙を称えた。お祝いは大いに盛り上がり、皆の笑顔の中、幕を閉じた。皆が帰ったあとも、終夜は残り、園の子供たちと一緒に、片づけを手伝った。その中には愛美の姿もあった。愛美は子供たちに懐かれていて、園の女の子たちと仲よく皿洗いをしている。いつものように相楽が皆に指示を出し、子供たちはその指示通り、きびきびと動いていた。当然、愛美に対しては何も言わない。

園の子供たちは、いつもと変わらぬ様子を見せていた。だが相楽がいなくなるのだ。ずっと一緒に過ごしてきた子供たちが、悲しいと思わないはずがない。皆、我慢しているのだ。

後片づけが終わると、終夜は相楽を園の空き地へと誘った。相楽のことを考え、愛美には声をかけなかった。子供たちと部屋の中で遊んでいてくれと頼んだ。愛美は素直に頷いた。サッカーボールを持って空き地へ向かった。陽は大きく傾いているが、まだ日没までには時間があった。しばらく、二人、無言のままパス交換を繰り返した。ボールを蹴る音だけが空き地に響いていた。

はじめて相楽とサッカーをしたこの場所——あのときよりも相楽のパスは速く、かつ正確に、終夜の足元へ届けられる。

「これが最後になるかもな……」

終夜は小さくつぶやくように言った。

「何が……？」

ボールの音で掻き消されたと思っていたが、相楽は意外に耳ざとく、終夜の発した声は、聞こえていたようだった。

「いや……こういうふうに、ハルとボールを蹴るのもこれが最後になるのかなって思ってさ……」

言うまいと思っていたが、夕闇が心を沈ませ、感情が言葉となって現れた。

終夜にとって、相楽に出会ってからの一年半は、まさに奇跡の連続だった。相楽という天才の成長を間近に見ることができて幸せだった。相楽がバルセロナに行くことも本当に嬉しく思う。だが本心を言えば、相楽と、もっともっと一緒にサッカーをやりたかった。背番号10に向けて、もっとパスを送りたかった。その想いに今さらながら気づいたのだ。

「終夜君……二人で約束しないか？」

ボールを蹴る音に重なって、相楽の声が届く。夕闇はさらに濃くなり、表情は見えない。

「約束……？」

「うん……何年後になるか分からないけど、また味方同士になって一緒にサッカーをやろう」

「一緒にって……おまえと同じチームに入るのは俺じゃあ無理だよ」

終夜は大きくかぶりを振った。

「違うよ。チームは違っても同じチームで試合はできる。君も僕も日本人なんだから」

ようやく相楽の言いたいことが理解できた。

「まさか……日本代表か……？」

「そう。僕も日本代表を目指して頑張る。終夜君にも代表を目指してほしい。僕は終夜君と一緒に、ワールドカップの舞台で戦いたいんだ」

あまりにも壮大な約束に、終夜はすぐに言葉を返すことができなかった。

相楽はバルセロナからスカウトが来るほどの逸材だ。このまま順調にいけば、相楽が日本代表に選ばれることは充分に考えられる。終夜もプロを目指している。だが日本代表に選ばれワールドカップに出るという目標は、正直、現実感がわかなかった。

「ハル……ありがたいけど俺には……」

「僕は終夜君からのパスじゃなきゃ駄目なんだ」

相楽は終夜の言葉を打ち消すかのように強い口調で言った。

「セレクションを受けられたのも……僕があの試合でバルセロナ相手に点を取ったからだ。その僕へのパスを出してくれたのは君なんだ。君が必死に考え、チームを動かし、リスクを顧みず、センターバックからのインターセプトを狙った。その結果、僕は点を取ることができた。すべては終夜君がパスを出してくれたおかげだ。僕はまだまだ終夜君と一緒にサッカーがしたい。ワールドカップの舞台で、君が僕にラストパスを出して、僕がゴールを決める。それを大きな目標の一つとして僕はこれからも頑張るよ。だから終夜君も頑張ってほしい……」

作戦を考えついたのは終夜ではなく、愛美の祖父だ。だが今さら、そのことを話せるはずもない。

相楽は、終夜に対してエールを送ってくれているのだ。今までは相楽という才能が、物凄い速さで花開いてゆく姿を見るのが、ただただ楽しかった。

だが、もう相楽はいない。これからは自分自身に眼差しを向けて、サッカーに取り組まなければならない。

やってみようと思った。相楽と同じ目標を共有し、努力できる。それだけでも幸せに思えたのだ。相楽はサッカーの世界で王となれる存在なのかもしれない。その王の姿を、これからもできるだけ近くで見ていたい。

このときの相楽の言葉には、以前のような違和感はなかった。

「分かった。俺も日本で頑張るよ。プロになって日本代表に選ばれて、またハルと同じピッチに立つことを目標にする」

終夜は弱気の虫を振り払うように大きな声を出して言った。

「よし！　じゃあシュートで締めくくろう！」

相楽は叫び、終夜にパスを出すと、ゴール前へ向けて走り出した。

終夜は、その動きに呼応するようにして右サイドをドリブルで駆け上がり、ゴール前で待つ相楽へクロスボールを上げた。そのボールはまるで吸い寄せられるように、相楽の元へと向かってゆく。相楽は一瞬、体を沈み込ませ、そのまま膝のバネを利用して、大きく頭上へと飛び上がった。空中で、顎(あご)を引き、上半身を反らし、反らした頭をそのまま、飛んできたボールに叩きつけた。ボールはワンバウンドしてゴールへと吸い込まれる。

「ナイスシュート！」

終夜は叫んだ。

「ナイスクロスだ！」

相楽はそれに応えるように親指を立てた。

気づけば、とっくに陽は沈んでいた。だがなぜかまだボールが見えるのだ。

「月だ」

相楽が夜空を見上げて言った。そこには大きな満月が浮かんでいた。

「俺たちのこと知っていて、お月様が気を利かせてくれたのかもしれないな……」

終夜は冗談交じりに言った。

「よし、じゃあもう一丁やろう！」

相楽はおどけた様子でボールを拾う。

二人は、その夜、月明かりの下、いつまでもボールを蹴り続けた。

6章　新時代のエース

相楽がスペインに旅立ってから五年の月日が流れた。

終夜は高校二年生、十七歳になっていた。

相楽と約束した目標を叶えるため、相変わらずサッカー中心の生活を送っていたが、なかなかに厳しい現実を突きつけられていた。

終夜は中学に入ると県内にあるJリーグクラブのジュニアユースのセレクションに合格し、そのチームで日々、練習に励んでいた。そこでの当面の目標は中学卒業時にユースチームに昇格することであった。だが毎年、ジュニアユースからユースに昇格できるのは二人ないし三人程度なのだ。中学三年時のジュニアユースのチームメイトは二十五人いた。それはとてつもなく狭き門だった。結果、終夜はユースに昇格することができなかった。これによってクラブチームからのプロ入りはあきらめざるをえない状況になった。終夜は別の方法、高校サッカーから、プロに入ることを目指したのだった。

運よく、県内の強豪校から推薦(すいせん)入学の話をもらうことができた。終夜はその高校で一年生からレギュラーを勝ち取り、チームメイトと共に、日々、練習に明け暮れていた。プロの目に留まるには最低限、全国大会に出場しなければならない。チームは五年前を最後に、あと一歩というところで、全国の切符を摑めていなかった。必ず全国へ行く。その想いだけで、必死に練習をする毎日であった。

一方、相楽の方はというと、正直、いくら相楽でも、世界最高峰のクラブチームであるバルセロナで突出した存在になるのは、簡単ではないと思っていた。

だが相楽はスペインに渡ってからも結果を出し続けた。

相楽は小学校卒業と同時にスペインへ渡り、バルセロナの下部組織であるカンテラに所属した。そこで二年連続リーグ戦での得点王を記録し、わずか十四歳で、年齢制限なしの、トップチームのサブチームにあたるバルセロナBに昇格したのである。バルセロナBにおいても相楽の活躍は止まらず、さらに一年後の弱冠十五歳で、バルセロナのトップチームへの昇格という快挙を成し遂げたのであった。

しかもそれだけに留まらず、同年、トップチームでリーグ戦に初出場を果たした。そして同時に、史上最年少で日本のA代表に招集されたのだ。相楽は、それ以降もコンスタントに日本代表に選ばれ続けた。代表の試合では、最初のうち、後半からの起用が多かったが、相楽はその限られた時間の中で、得点を決め、結果を出し続けた。すると徐々に先発起用が増えていったのである。十代半ばの、この少年が日本代表の中軸となりつつあるのは誰が見てもあきらかだった。

たった五年である。たった五年で相楽はもはや追いかけることも叶わない、別世界の住人となった。階段を五段飛ばしぐらいで、駆け上がり続ける相楽の超人的な活躍の、あまりの凄さに、これは本当にあの相楽なのだろうか、と本気で疑問を抱くほどだった。

五年前まで一緒にサッカーをしていたこと。そして、もしもあのとき相楽をサッカーの世界に誘わなければ、日本サッカー界の歴史を次々と塗り替えてゆく、この少年の存在がなかったかもしれないことを思うと、終夜はすごく不思議な気分になるのだった。

そして愛美の存在である。愛美はそのときすでに日本にはいなかった。相楽がバルセロナへ旅立ってから、そのおよそ二年後、驚くべきことに、愛美は相楽を追いかけて、自身もスペインへ渡ったのである。

当時、終夜も愛美も中学二年生だった。愛美は小学校を卒業すると同時に、サッカーをやめていた。終夜はひどく驚いた。愛美も相楽と同様、サッカーの天才だったからだ。もしもそのまま続けていれば、間違いなく女子サッカー界を担う存在になっていただろう。その才能はあまりにも惜しいと思い、やめるなと説得したが、愛美は聞く耳を持たなかった。やめなければいけない理由を幾度となく聞いたが、いつも適当にはぐらかされ、本当の理由は分からないままだった。

結局、気まぐれではじめたという愛美のサッカー人生は、たった二年間で終焉(しゅうえん)を迎えた。そして愛美がスペインへ行くという話を聞いたのだ。終夜は愛美の無謀(むぼう)な行為を必死で止めた。

「考え直した方がいい。言葉も通じない、文化も違うヨーロッパに行くんだぞ。隣町に会いに行くのとはわけが違うんだ。ハルも毎日戦っている。正直、愛美が移り住んできたとしてもかまっている暇はない」

終夜は愛美を相楽の元へ行かせたくなかった。その想いもあり、言葉は自然、きつくなった。

「大丈夫よ。一人で行くわけじゃないの。お祖父ちゃんも一緒に行ってくれるから。たまたま海外を拠点にした事業を展開しようとしていたから、いいタイミングだって言ってくれたわ」

嘘だと思った。そんな偶然があるわけない。人のよさそうな爺さんだと思っていたが、孫が言い出した途方もない我が儘(わがまま)を止めようともせず、嘘を吐いてまで、叶えようとする神経がまったく理解できなかった。

「私はすぐにでも追いかけたかったのよ。でも、お祖父ちゃんが事業の準備に二年は必要だって言うから、しかたなく待っていたのよ。そしてようやく二年が経ったわ。もう待ちきれないわ」

愛美の想いは止まらない。

「愛美、はっきり言うけど、おまえがハルのところへ行っても、あいつはおまえを受け入れない。あいつはおまえのことをずっと避け続けていた。おまえも分かっているはずだ」

感情が高ぶり、言葉はより辛辣なものとなる。それでも愛美はその言葉にまったく動じることもなく、あなたは何も分かっていない、というようにゆっくりと首を振る。

「大丈夫。相楽天晴は必ず私を受け入れるわ。これはもう運命なの」

「どうしてそこまで……。俺じゃ……ダメなのか……？」

悔しさで、想いが口から出た。

「終夜の気持ちは嬉しいわ。私もあなたのことが好きよ。でもダメなの。相楽天晴じゃなきゃダメなの。運命でいうならば、あなたと私は結ばれるべきではない。悲しむ人がいるわ」

愛美はそうはっきりと言った。終夜は振られたのだ。運命ではないと言うのだ。さらに悲しむ人がいるなどと意味不明なことまで言われた。もはや返す言葉もなかった。

こうして愛美は、祖父と共にスペインへと旅立ったのだった。

結局、相楽は、愛美の言う通り、彼女を受け入れた。二人は付き合っているようだった。さらに嘘だと思っていたのだが、愛美の祖父は本当にスペインで事業を起こしたのだった。それはプロスポーツ選手の代理人業で、スペインに渡ると同時に、個人事務所を起ち上げ、相楽はその事務所に所属したのだ。

相楽は日本代表でのキャリアを順調に重ね、二〇一八年にロシアで開催されたワールドカップ日本代表に選ばれた。このとき相楽は十七歳だった。

相楽は日本代表に選ばれるようになってからも、ときおり、終夜に連絡をくれた。二人で交わした、日本代表でチームメイトになりワールドカップの舞台で共に戦う、という約束を相楽はずっと憶えてくれていた。

相楽は、僕はずっと待っているから、とことあるごとに言葉をかけてくれた。その想いに対し、終夜には、嫉妬や反発心など一切なく、ただそこにあったのは気をつかわせて申し訳ない、という罪悪感にも似た感情だけだった。

相楽はワールドカップ日本代表の中心選手、一方、終夜は、全国大会出場を目標としている平凡な一高校生でしかないのだ。相楽との約束をあきらめたわけではなかった。日々、努力をして、いつかは、という想いは常にあった。だがその時点で二人の差は、あまりにも開きすぎていた。何光年も先の、夜空に煌めく星々のように、果てしなく遠い場所に相楽はいた。

ときおり電話の中で、終夜が愛美の様子を聞くと、少しの沈黙のあと、元気にやってるよ、と言葉少なに教えてくれるのだった。

終夜から愛美に連絡をとることはなかった。

愛美からも、日本を離れて以来、一度も連絡はない。

ロシアワールドカップは日本で見た。相楽はロシアに招待する、と言ってくれたのだが断った。学校の部活と授業を理由にした。本当は同じ場所にいながら、選手と観客という立場で、相楽と一緒にワールドカップを迎えたくなかったのである。そして、相楽と一緒にいる愛美の姿も見たくなかった。

愛美が日本を離れて三年経ったが、終夜は、いまだ彼女への想いが消えていないことに気づいていた。

終夜は日本代表の試合があるその日、ひさしぶりに園に向かった。

シスターやタケシや子供たちと一緒にテレビ観戦する約束をしていたのだ。相楽はすでに園に対して多額の寄付を行っており、そのお金で礼拝堂の斑だった外壁は綺麗な白色に塗りなおされ、子供たちの暮らす施設も、木造の平屋から、鉄筋三階建ての立派なものに建て替えられていた。

子供の面倒を見る先生も新たに二人雇われ、シスターの負担は大きく軽減されたようであった。

小ホールのような場所に集まり、皆で大型の液晶テレビを取り囲んだ。ひさしぶりにシスターに会ったが、やはり少し余裕ができたのだろう。以前よりも元気そうに見えた。

タケシの姿もあった。タケシは十五歳で中学三年になっていた。タケシもサッカーを続けていて、今は県外の中学に通っていた。その場所にはＪ１で戦うプロクラブのジュニアユースチームがあり、すでに園を出て、そのチーム所有の寮で一人暮らしをしていた。

タケシも以前の終夜と同じように、ユース昇格のために、毎日必死で戦っているのだ。人懐こい笑顔は以前と変わらなかったが、こけた頬と、ときおり見せる真剣な眼差しが、タケシの住む世界の厳しさを匂わせた。

そしていよいよワールドカップロシア大会の、日本代表の試合がはじまった。

当然、相楽は先発だった。ブルーの日本代表のユニフォームを纏い、ＦＩＦＡのアンセムと共に入場してくる相楽の姿を見た途端、とめどなく涙が溢れてきた。シスターやタケシも泣いていた。相楽は引き締まったよい表情をしていた。堂々とした素晴らしい入場だった。両親を失い、小さな世界だけで自分の人生を全うしようとしていた少年が、勇気を出して一歩を踏み出し、死に物狂いの努力の末に勝ち取ったワールドカップの晴れ舞台だった。

相楽はこの大会で大活躍した。

十七歳のこの少年は、日本代表の中で、誰よりも走り、ときには凄まじい表情でチームメイトを怒(ど)鳴(な)っていた。あきらかに、相楽は日本代表の中心となっていたのだ。

この大会、日本代表は相楽の活躍もあり、史上初のベスト8という結果を残した。最後に敗れた日本代表の対戦相手は、奇(く)しくも相楽の所属する、バルセロナの選手が多くを占めるスペイン代表だった。

相楽はこの敗れた試合においても、一得点一アシストと大きな活躍を見せた。だが最後は、スペインに地力の差を見せつけられた。巧(たく)みなパスと個人技からディフェンスを崩されて三点を失い、結果3対2で敗れたのだった。それでも日本サッカー史上初となるワールドカップのベスト8である。試合後の日本代表の選手たちの顔には、悔しさの見えるその表情の中にも、やり切ったという満足感が滲み出ていた。

だが相楽は違った。

相楽は一人、ピッチに土下座するような姿で顔を突っ伏し泣いていたのだ。世界に衝撃を与えた十七歳の、その少年の背中は小刻みに震えていた。

相楽は、相楽だけは、本気で優勝を目指していたのだ。

そのとき終夜は、バルセロナのジュニアチームと戦ったときのことを思い出していた。あのときも相楽は、終夜を含め、誰もが勝つことをあきらめていた中で、唯一人、勝利を信じ、負けたことを本気で悔しがっていたのだ。

そのときから相楽はまったく変わっていなかった。相楽にとっては、スペイン代表という強豪に惜敗しての、史上初のベスト8という結果も意味のないものだった。相手がどこだろうと、負けることが悔しくてしかたがないのだ。どれほどの高い目標と、強い信念を持てば、十七歳でワールドカップの日本代表に選ばれ、史上初のベスト8という結果を残したにもかかわらず、悔しくて涙を流すという感情にたどり着くのだろうか――。

終夜には到底、理解できなかった。

さらに四年の月日が流れた。

終夜は二十一歳になっていた。全国大会に出場することを目標としていた高校時代、三年生のときに、なんとか全国の切符を手にすることができた。だが、一回戦で涙を呑むこととなった。目立った活躍ができなかった終夜にはJリーグからのオファーが来ることはなかった。

やはり去来するのは相楽との約束だった。かたやヨーロッパのビッグクラブで活躍する日本代表のスーパースター、一方、終夜はというとプロにすらなれていないのだ。大きく落ち込んだ。相楽に申し訳ないと思ったが、一度はサッカーをやめようとも考えた。

そんなとき、ある一つのオファーが届けられた。

それは残念ながらプロのクラブではなく、とある大学からで、スポーツ特待生としてのオファーだった。

終夜は、いろいろ、迷った末、大学に入り、サッカーを続けることにした。プロで活躍する選手の中には、高校時代に目立った活躍ができず、Jリーグからオファーがなかった選手も、大学サッカーで活躍して、そこで認められプロになるという潮流が少なからずあった。

終夜は大学サッカーを最後のチャンスと考え、その可能性に賭けてみようと思ったのだ。終夜は必死に努力した。結果、一年生からレギュラーを勝ち取り、三年生になるとキャプテンを任された。同時に、Ｊクラブのスカウトマンらしき人間も、試合会場にポツポツと現れはじめ、その中の数人から、卒業後の進路を聞かれるようにもなっていた。また、三年生ということもあり、正式オファーではなかったが、翌年のキャンプに参加してほしい、というような打診もあり、高校時代とは違い、プロへの道筋が見えはじめていた。

この年、二〇二二年の六月に中東のカタールでワールドカップが開催された。

一時期、同大会は十二月開催と発表されたが、ヨーロッパや南米の各国クラブチームからの猛反発があり、結局、当初の予定通り六月開催に落ち着いたのだ。

十二月といえば、各国の主要リーグは、リーグ戦の真っ只中にある。どこのクラブチームも選手を出したいと思うはずがない。

中東のこの国は、六月でも常に平均気温が三十度を上回る。最高気温は四十度を超え、とてもサッカーのできる環境ではないと、開催前から批判的な声が相次いでいた。それでもカタールサッカー協会は、良好なコンディションでサッカーができる、と強く語るのだった。その理由が最新鋭の空調設備を搭載した、屋根開閉型スタジアムの建設であった。ドームの屋根を閉じ、エアコンの機能を使えば、常にドーム内の温度を二十度前半に保つことができるというのだ。

カタールでは七都市十二会場で試合が行われる。そのうち八会場においてエアコン機能を搭載したドームスタジアムを新規で建設し、既存の四会場においても、すべて屋根開閉型のエアコンドームに改築する、という計画を発表した。さらに選手や観客の移動の負担を軽減するために、各会場を全長三百五十㎞の鉄道で結ぶというのだった。

実際、カタールはそれを実現させた。他の国では考えられない莫大なオイルマネーを絶対的な武器として、一部、FIFA首脳陣への賄賂の問題も取り沙汰されたが、結局、ワールドカップの自国開催を成し遂げたのだった。

そしてロシア大会でベスト8という大きな結果を残した日本代表は、この大会ではそれ以上の、史上初となるベスト4を目指し大会にのぞんでいた。

相楽はこの四年間においても、終夜などとは次元の違う超人的な躍進を続け、カタール大会は、相楽の大会になるのでは、という声が世界中からあがるほどだった。

それもそのはずで、二十一歳になった相楽は日本代表だけではなく、所属するFCバルセロナにおいても、自他共に認める絶対的エースとして君臨していた。

ワールドカップ直前の二〇二一〜二二シーズン、バルセロナはスペイン一部リーグで優勝を飾った。そして相楽はリオネル・メッシから受け継いだ背番号10を背負い、リーガ・エスパニョーラで日本人初となる得点王に輝いたのだ。

そういう状況になり、相楽はもはや、サッカーをやっている人間にとっては生きる伝説のような存在になっていた。

相楽は愛美と、この三年前、二人が、十八歳のときに結婚していた。あれほど拒絶していた相楽だったが、スペインまで追いかけてくる愛美の執念に負けたのだろう。

愛美は語学を必死に勉強し、愛美の祖父が起ち上げた個人事務所に入り、相楽の代理人兼専属マネージャーとして働いているようだった。若き日本代表のエースの妻としてたびたびメディアにも取り上げられていた。

　カタールワールドカップの一ヵ月ほど前にも、スペイン国王主催の晩餐会があり、相楽に寄り添う、煌びやかな衣装でドレスアップされた愛美の姿が、テレビ画面に映し出されていた。愛美の祖父が起ち上げた事業に関しても、すでに祖父は一線を退き、愛美が実質の運営を任されているとのことだった。

　もはや愛美も、相楽と共に、手の届かぬ遠い場所へ行ってしまったため、愛美への恋心は、あきらめの感情によって掻き消されていた。

　相楽はこれほどのスーパースターになっても変わらず連絡をくれた。終夜も、愛美への想いに折り合いがついたことにより、相楽に対して、昔と同じように接することができるようになっていた。

　オフシーズンに入ると、相楽は帰国し、ほんの少しの時間だが会うことができた。そのときは愛美も必ず一緒に現れた。愛美は気品溢れる美しい女性へと変貌していた。三人で会い、愛美とも話をするのだが、どうにもぎこちないものとなってしまうのだ。

　愛美はいつもあからさまに時間を気にしていた。日本に戻ってきてからも、会食やイベントやらで、予定がいっぱいに詰まっているとのことだった。

　時間が来ると、別れ際、相楽は名残惜しそうに、もう少しだけなら大丈夫だろう、と愛美に訴えるのだが、愛美は決してそれを許さなかった。相楽は去り際に、終夜を見るのだ。その視線は、終夜に何かを訴えようとしている、なぜかそんなふうに思えたのだった。

　このころになると、二人の、共に描いた目標のことを、相楽からも話すようなことはなくなっていた。今回も、カタールへ招待すると言ってくれたが、前回と同様に断った。言葉にすることはなくなっていたが、終夜はサッカーを続けている以上、その目標をどうしてもあきらめたくなかったのだ。終夜はまだ実家で暮らしていた。大学へもそこから通っていた。

園のシスターやタケシはカタールへと向かった。相楽は、シスターを含め、園に住む、すべての子供たちをカタールに招待したのだ。

そういうこともあり今回は、一人で自宅観戦となった。

カタール大会の予選グループにおいて日本代表は、ブラジル、チェコ、ナイジェリアと同グループに入った。簡単なグループではなかったが、日本代表は、かつてと違う、その大きな成長を見せつけた。

初戦の相手はチェコ代表だった。グループリーグでは初戦が最も重要な試合だと言われている。データ上でも初戦に勝利したチームのおよそ八割がグループリーグを突破していた。逆に初戦に敗れてグループリーグを突破したチームはワールドカップがはじまってからの歴史をたどってもわずか十チームほどしか存在しない。だから初戦は、どのような強豪国においても慎重な戦い方になった。

だが日本は驚くべき試合を見せた。

試合序盤、チェコがディフェンスラインでボールを回しはじめると、日本は前線から多くの人数をかけてボールを取りに行ったのだ。それに呼応するかのように、日本はディフェンスラインを高く保った。前線とディフェンスラインをコンパクトにして、選手間の距離も近い位置に保ち、細かいパスを回し、素早くポジションチェンジを繰り返しながら各選手が連動しゴールを狙う。それが日本のスタイルだった。

しかしこの作戦は大きなリスクを伴った。ディフェンスラインの背後に大きなスペースができてしまうため、相手選手に裏を取られないよう、守備の選手には繊細かつ大胆なラインコントロールが要求されるのだ。

しかも全員が高い位置にいるため、日本代表がボールを保持して、前がかりになり、攻めているタイミングでボールを相手に取られた場合、すぐに取り返せればよいが、そうでないと格好のカウンターの餌食となってしまう。日本代表はそのリスクを理解しつつ、それでも高い位置からボールを追いまわし、ディフェンスラインを高く保つ戦い方を選択したのだった。その日本の戦術を見て、チェコはいち早く自陣に引いて守り、カウンター狙いのサッカーに切り替えた。

一昔前の日本代表であれば引いた相手に対して、崩すことができず、結局、カウンターの餌食となり敗れてしまう、という悪いパターンが伝統的に存在していた。だがそのときの日本代表は違っていた。強固な組織力と連動性、それに加え、突出した『個』の力を持ち合わせるチームへと変貌を遂げていたのだ。

その『個』の力を体現しているのが相楽だった。

相楽はいつも相手チームに警戒されていた。常に、マンツーマンのマークで相手から見張られ、ボールを持てば、三人、ないし四人の相手選手が相楽一人を一斉に囲い込む。

しかし、その状況においても相楽は簡単にボールを取られない。相楽は複数の相手に囲まれていたとしても、味方が、相楽の要求する場所にきちんとボールを出しさえすれば、完璧なファーストタッチで前を向き、一瞬のスピードの緩急で相手を置き去りにできるのだった。一人の選手にこれだけ敵の選手を引きつけることができれば、他の選手のマークは手薄になる。そして引かれている状況においても、スペースを作り出すことができるのだ。そのスペースを利用して、相楽は味方選手にパスを出し、日本代表は前半で二得点を奪うことに成功した。

後半、二点をリードした日本は戦い方を変えた。

相楽、一人を前線に残し、他の選手全員で守備を固めたのだ。二点を取られたチェコは攻守のバランスを崩してでも攻めに出なければならない。それに対して日本はしっかり守備ブロックを作り、前半とは反対に、今度は自分たちがカウンターを狙うサッカーへと戦術を変えたのだ。日本は組織的な守りで得点を許さなかった。チェコには突出した『個』を持った選手はいない。だから攻め方にアクセントをつけられず、単調な攻撃に終始した。

後半四十分。チェコの力ないシュートを日本のゴールキーパーがキャッチすると、前線に一人残る、相楽に向かってボールを大きくフィードした。精度の高いそのパスは相楽の足元へと一直線に飛んでゆく。相楽はそれを完璧に足元へと収めた。背後には相楽に覆いかぶさるようにしてチェコの選手が、ボールを奪い取ろうとしている。だが相楽は相手選手とボールの間に、巧みに体を入れてボールを奪われない。

簡単には前を向けない状況で、ボールをキープすることにより味方選手の押し上げる時間を作ったのだ。後方から、日本の中盤の選手が相楽の元へと近づいてくる。相楽はその選手へボールを預け、自らは素早く振り返り、斜め前へと走り出した。そのまま縦に走ると、オフサイドになってしまうのだ。

ボールを受けた味方選手は、ディフェンスラインを突き破るかのように、縦へと速いボールを蹴り出した。その瞬間、相手選手と相楽が一直線上に並ぶ。ラインズマンの旗は上がらない。直後、相楽とマーカーの間を突っ切るようにしてボールが縦へと抜けた。

　相楽はその縦へと伸びるボールを追う。体を反転させなければならないチェコのマーカーはすでに振り切っていた。ゴールキーパーと一対一の状況になる。ゴールキーパーは前へ飛び出し、体を横に投げ出すようにしてシュートコースを塞いだ。だが相楽は冷静だった。キーパーよりも早くボールに追いつくと同時に、深く体を沈み込ませた。次の瞬間、相楽はボールと共に、横に大きく体を投げ出したキーパーを飛び越えたのだ。そして無人のゴールへシュート。

　日本代表は結局、初戦を3対0で勝利し、最高のスタートを切った。

　グループリーグ二戦目のナイジェリア戦。日本代表は初戦の好調をキープしつつ、よい流れで試合に入った。序盤、アフリカ選手特有の身体能力の高さに手を焼いたが、一戦目と同様、献身的なプレスでボールを奪い、徐々に自分たちのペースにしていった。前半はスコアレスドローのまま終わり、そして後半十七分、日本代表が均衡を破った。

　その起点となったのはやはり相楽だった。

　相楽はいつもより低い位置でボールを受けると、そこから猛然とドリブルに入った。中央突破を図り、一人、二人と抜いていく。それでも止められず、ナイジェリアのサイドバックが中央に絞って相楽を止めにかかる。そこを相楽は見逃さなかった。

　サイドバックが中央に絞ったことでサイドに大きなスペースが生まれた。そこへ向かって相楽はパスを送った。日本代表の左サイドバックはそのスペースへ走りこみ、トラップ、そしてちらりと中央を見ると、間髪入れずにセンタリングを上げた。

　大きく弧を描いたそのボールの先には、ヨーロッパのビッグクラブで活躍する身長百九十センチのフォワードが待ち受けていた。フォワードは大きくジャンプをしてヘディングでボールを叩きつけた。マークにつかれてはいたが、長身を利用しての彼のジャンプは頭一つ抜けていた。必死で飛びつくキーパーの手を掠めて、ボールはゴールネットを揺らした。

日本代表はその一点を守り切り、グループリーグ二連勝を飾った。日本は一試合を残して決勝トーナメント進出を決めたのだった。

グループリーグ最終戦はブラジルとの対戦だった。

この試合、日本は相楽他、主力選手を温存した。日本はグループリーグ突破を目標としているわけではなかった。その先の決勝トーナメントのことを見据えていたのだ。対するブラジル代表は、なかなかチームのコンディションが上がらず、ここまで一勝一分けと、日本に引き分け以上の結果を残さないと予選グループ敗退という追いつめられた状況だった。

日本は引いて守ることを選択した。

前線に長身のフォワード一人だけを残し、残りの十人は守りに徹した。怒濤のように個人技を駆使してブラジルは攻め込んでくる。だがブラジルといえども、守備に徹する日本を崩すのは容易ではない。

序盤、ブラジルは長短織り交ぜたパスと、個人技で攻撃を仕掛けてきた。日本は組織的な守備を見せ、サイドから放り込まれるクロスを弾き返し、ブラジルの中心選手がボールを持つと、素早く、二人ないし三人で囲い込み、自由にさせないディフェンスで、ブラジルになかなか決定機を与えない。

前半は無得点のまま、スコアレスドロー。そのまま後半に入った。ただ後半の二十分を過ぎたあたりから、ブラジルは無理をして攻め込むことはなく、ディフェンスラインでボールを回すようになる。

ブラジルは同点以上で、決勝トーナメントに進むことができるのだ。無理をして点を取りに行けば、カウンターの餌食となる可能性があった。この時間帯での失点は致命的である。そのリスクを考え、ブラジルは同点でもやむなしと結論づけているようだった。

残り時間は十分を切り、それはより色濃いものとなった。パスやドリブルで突破しようとするポーズを見せるが、すぐ後ろを向いて、低い位置でボール回しを続ける。危険な縦パスを入れることはなく、ペナルティエリアより前に行くこともなく、無難な横パスを繰り返していた。このまま同点で終わるのだろうな、という空気はテレビを通じてもはっきりと分かるものだった。

だが日本の選手交代がその空気を変えた。

温存していた相楽が出てきたのだ。

相楽はトップ下の位置に入る。前回のロシア大会においては、相楽はフォワードのポジションに入っていた。だが相楽の非凡なパスセンスを生かそうと考えたのか、今回の日本代表の監督は、戦術によってはフォワードに入れることもあったが、基本的にはトップ下のポジションに置くことを選択した。

相楽は守備には入らず、長身フォワードと一緒に、最終ラインでボールを回し続けるブラジルの選手を前線から追いかけた。

残り時間は三分。するとそのプレッシャーがブラジルのパスミスを誘発した。日本の自陣、ペナルティエリア前の低い位置ではあったが、日本のボランチの選手がインターセプトをすると、そのまま大きく前線へ蹴り出した。この試合、こういう流れが何度かあったが、前線で残るのは長身フォワードただ一人であり、自陣から押し上げてサポートをする選手がいなかったため、ボールを受けても、孤立してしまい、すぐ潰されていたのだ。

その長身フォワードは、ポストプレーは得意ではあったが、自分一人で突破できるタイプの選手ではなかった。

だがこのときは違った。相楽がいるのだ。

長身フォワードは、落ちてくるボールの落下点に体を入れて、ジャンプした。マークはついているが、やはり頭一つ抜けていた。ヘディングでボールを後ろに落とす。そこには凄まじいスピードで駆け上がってくる相楽の姿があった。

相楽はいつも通り自分のスピードを殺さない最高のファーストタッチを披露した。

ハーフウェーライン付近でボールを受けると、そのまま一直線にゴールめがけてドリブルを開始する。ブラジルのディフェンス陣は日本の長身フォワードだけに気を取られ、相楽につき切れていなかった。あきらかに遅れを取り、後ろから追いかける形となった。ブラジルはここで点を決められたら、グループステージ敗退が決まる。ブラジルのセンターバックが相楽の背後から、一発レッドを覚悟するような極めて危険なスライディングタックルを仕掛けた。

終夜はテレビの前で目を覆った。

そのとき驚くべきことが起きた。相楽はそのタックルを真上にジャンプすることで、ひらりとかわしたのだ。全速力でドリブルする中で、死角から飛び込んでくるタックルを避けることなどできるはずがない。だが、相楽はまるで背後に目がついているかのように危険を察知し、華麗に舞い上がったのだった。

そしてついに、ゴールキーパーと一対一になった。

ゴールキーパーは出足が遅れていた。相楽はそれを見逃さず、コースを消される前に右足を振り抜いた。インステップキックで蹴られた強烈なシュートは必死に伸ばすキーパーの手を掠め、そのままサイドネットに突き刺さった。

ゴールを認めるホイッスルの直後、試合は終了した。

日本は史上初のグループリーグ三連勝で首位通過。同時にこの勝利はブラジルを地獄の底へ叩き落とした。ブラジルは一九七〇年に開催されたメキシコワールドカップ以降、十三大会連続でグループリーグを突破していたのだ。その連続記録はそこで潰（つい）えた。相楽の右足がブラジル代表の歴史を変えたのだった。

決勝トーナメントに入っても日本の勢いは止まらなかった。一回戦の相手はコロンビア代表だった。二〇一四年に行われたブラジル大会において、日本代表はコロンビア代表と同グループになり、最終戦で戦った。そのときは4対1で敗れていた。

コロンビア代表は、強固に守備陣形を整え、ポゼッションを高めながら、速攻のカウンターを狙い、最後は、個人能力の高いフォワードがゴールを仕留める、というスタイルを武器としていた。試合は序盤から両チーム共に、積極的に仕掛けに出た。お互いに激しいプレスをかけ合い、中盤を奪い合う、体力勝負の様相を呈していた。

ここでコンディションの違いが出た。日本はグループリーグ二戦で決勝トーナメント進出をいち早く決めていた。そのため第三戦はほとんどの主力選手を休ませることができた。相楽は、後半に出場したがわずか十分程度だった。反対にコロンビアはグループリーグ二位通過、第三戦で勝利し、なんとか決勝トーナメント進出を決めたのだった。当然、全試合、主力を休ませることなどできるはずもなく、全員が疲弊していた。

さらに日本はコンディション調整の利もあった。今回のカタールワールドカップにおいてはスタジアムのある十二会場のうち半分の六会場がカタールの首都ドーハに建設された。その情報をいち早く入手した日本サッカー協会はすぐに動いた。

前回大会ベスト8まで勝ち上がった結果を受けて、このカタール大会は本気で、ベスト4以上を狙っていたのだ。開催会場の多い、ドーハ郊外の土地を買い取り、そこに日本代表専用の宿泊施設とグラウンドを一から建設し、キャンプ地としたのだった。さらにその敷地内に実際に試合が行われるスタジアムの三分の一ほどの大きさのドームを建設した。いくら試合会場自体がサッカーの試合をするうえで適温に保たれていたとしても、ドームの外は最高気温四十度の、異常に湿度の高い灼熱（しゃくねつ）の世界なのだ。

普段、そのような環境で練習をしていて、急に、環境の異なる、実際の競技場で試合をしたら、大きな温度差と湿度の変化に、体が変調をきたすのはあきらかである。だから、その擬似的な環境を事前につくり上げ、環境の変化に慣れさせる準備をしてきたのだ。

日本代表は大会が開かれるおよそ一ヵ月前にカタールのキャンプ地に入った。通常の練習は外で行われ、その流れで最後に必ずドームの中で汗を流すことを徹底した。ミニチュアドームの中にハーフコートほどの大きさのグラウンドを作り、そこに敷き詰められた人工芝も、日本サッカー協会が徹底した調査を行い、実際の試合会場と同じ質の芝生を敷くことに成功していた。

練習をするにも充分な広さであった。ここでみっちり一ヵ月かけて日本代表の選手全員が、この過酷な環境に、体を順応させたのであった。

激しいプレスのかけ合いは続く。だが前半の三十分を回るころ、あきらかに、両チームに違いが出てきた。コロンビアの選手の中に、足の止まる選手が見えはじめたのだ。

日本代表は一人の相手に対して、一人、二人と、連動してプレスをかける中、コロンビア代表は、一人が行っても、近くにいる味方選手は棒立ちで見ている。プレスの出足も、球際の粘りについても、日本代表が一歩勝っているのはあきらかだった。ボールの支配率も日本がリードしていた。

すると日本の中盤でボールが回りはじめる。

日本代表はポジションをめまぐるしく変えながらコロンビアゴールへと襲いかかった。このときの相楽は必要以上にボールを持つことをしなかった。相手のマンマークでついてくる、コロンビアの選手を翻弄（ほんろう）するかのように、左右にポジションを変え、ときにはボランチや最終ラインの位置まで下りてきて、ほとんどキープすることなく、シンプルにボールをはたいていた。

前半四十分にチャンスが訪れる。

最終ラインを高く保ち、ボールを回していた日本代表のセンターバックが、左の高い位置にポジションを取っていた相楽に対して素早く縦パスを送った。それを相楽はキープすることなく、ダイレクトのヒールパスで味方に落とした。翻弄されるコロンビアディフェンダー陣は足が止まっていた。相楽からのヒールパスを受け取った中盤の選手はそのまま、ぽっかりと空いた左サイドのスペースに低く鋭いボールを蹴り出した。

センターバックから縦パスが入る時点で、ボールが来ることをすでに感じていた左サイドバックの選手は、俗に言う、三人目の動きで、スペースへ向かって走り出していた。

コロンビアディフェンダー陣は背後をつかれる。左サイドバックの選手はトラップをするとそのままゴールラインギリギリまでボールを運び、鋭いセンタリングを上げた。遠いゴールポストの方、ファーポストに向かって鋭いボールが飛ぶ。そこには日本の長身フォワードが待ち受けている。だがキーパーもタイミングよく出ている。フォワードとキーパーの競り合いになった。キーパーの拳が先に届いた。だがそれは不充分なもので、ボールを大きく弾き返すことができず、ボールはライナー性の低い弾道で、ペナルティエリアのラインぎりぎりの場所へと飛んだ。

そしてそこには、相楽がいた。

相楽は、そのボールをトラップすることなく右足で躊躇なく振り抜いた。

ダイレクトボレーシュート。

ゴール左隅に突き刺さった。一瞬の静寂。直後、スタジアムを揺るがすような大歓声が鳴り響く。雄叫びを上げながらベンチへ向かって走る相楽。そこへ喜びの感情を爆発させたチームメイトが追いつき、相楽をもみくちゃにした。皆の下敷きになった相楽は、それでも、もう一度立ち上がり、ベンチのチームメイトの輪の中に飛び込む。

終夜はこのとき、目を疑った。キーパーがパンチングで弾き返したボールは山なりのボールではない。低い弾道のライナー性のボールだったのだ。それを相楽はまるで最初からそこにボールが来ることを分かっているかのようにノーモーションで蹴り返したのだ。しかもそのボールは完璧なコントロールでコロンビアディフェンダー陣の間を縫うようにして、ゴール左隅に突き刺さったのである。

ゴールを決めるにはあのタイミングしかなかった。相楽のすぐ背後に、マンマークを執拗に続けるコロンビアのディフェンダーが張りついていたのだ。トラップをしていたら相手選手がカード覚悟で、確実に潰しに来ていたはずだ。

あのゴールは間違いなく、相楽天晴だからこそ成しえたスーパーゴールだった。

相楽のすごいところは、その恐ろしいほどの勝負強さだった。

かつての日本代表は大舞台に弱かった。ワールドカップにおいてもイージーなパスミスやシュートミスを犯し、大きなチャンスをモノにすることができず、涙を呑む日本代表の姿を何度も見てきた。

だが、相楽は違った。ここぞ、というときに必ず決めてくれるのだ。その勝負強さはスペインの地でさらに磨きがかかり、このワールドカップのベスト8のかかった重要な試合においても発揮された。

その後も日本が終始押し気味に試合を進めた。だが追加点を取るまでには至らなかった。このまま1対0で試合終了となり、日本代表は前回大会に引き続き、見事ベスト8に進出したのであった。

ベスト8の対戦相手は奇しくも、前回のロシア大会と同じスペイン代表だった。前回大会の雪辱戦となった。この試合に勝てば史上初のベスト4である。

このとき日本中が異様な熱気に包まれていた。マスコミもここぞとばかりに煽（あお）りに煽った。スペイン代表の半数が相楽の所属するFCバルセロナの選手であった。それを元ネタとして、確証などないはずなのに『相楽、スペイン代表を丸裸に！』『相楽激白！　スペイン代表の弱点はすでに把握済み！』などの無責任な文字が日本中のメディアに躍ったのだった。もしもベスト4に進出したら今回の立て役者である相楽に国民栄誉賞を、などという時期尚早な話も出ていた。

そして運命の一戦の、その日を迎えた。

試合開始のホイッスルが鳴らされる。

日本サッカー界史上初のワールドカップベスト4をかけて戦う相手はスペイン代表だった。スペイン代表は前回のロシア大会ではグループリーグを突破し、ベスト8で日本を破り、惜しくもドイツに敗れたがベスト4まで上りつめた。今回こそは、と三大会ぶりの優勝を狙っていた。

試合の序盤、両チームとも中盤をコンパクトに保ち、激しいプレスのかけ合いとなった。

コロンビア戦と同様に、ボールの落ち着かない、中盤の奪い合いとなっていた。だが日本のサッカーはスペインに対しても通用していた。どんな対戦相手に対しても圧倒的なボールポゼッションを保っていたスペインであったが、この日の試合の、ここまでのボールの占有率はほぼ互角の状況だった。

しかし、前半の二十分を越えたあたりから、日本は徐々にスペインにペースを奪われはじめた。キックオフ直後から、激しいプレスをかけ続けたせいで、両チームとも足が止まったのだ。

そこから両チームの技術の差が出た。プレスが弱まった中でのスペインのパス回しは圧倒的なものだった。受け手が要求する場所に速く、正確なパスを出せれば、決してボールを取られることはない。いわばサッカーの理想を具現化したのがスペインのサッカーだった。そしてスペイン代表であればプレッシャーがある中でも、それを可能にする。残念ながら日本代表は、まだそのレベルに達していなかった。

スペイン代表の大半はスペインリーグ優勝チームであり、相楽も所属するFCバルセロナと、この前年のヨーロッパチャンピオンズリーグを制したレアルマドリードのどちらかに所属していた。そういう意味でまさにスペイン代表のサッカーは、世界最高峰であった。

時間と共に、日本はスペインに、中盤を支配されはじめた。日本は引かざるをえない状況となった。日本代表の全員が自陣へと戻り、反対に、スペイン代表は、キーパーを除く全選手が敵陣へと侵入し、ハーフコートサッカーの様相を呈していた。

日本は戦術を切り替えたようだった。

引いて守り、カウンターを狙う作戦に変更したのだ。両サイドバックも自陣の低い位置まで戻り、強固な守備ブロックを形成し、スペインの攻撃に備える陣形を取っていた。

日本は必死に守った。

スペインに危ないところまで侵入されるが、最後の最後で、自由にさせない。ぎりぎりのところで得点を許さなかった。そのまま0対0のスコアレスドローで前半が終了した。だがあまりにも押し込まれすぎていた。このままスペインの攻撃が続けば、どこかで点を取られてしまう。そういう内容のゲームなのはあきらかだった。日本のカウンターも機能していなかった。敵からボールを奪取しても、それを攻撃につなげられないのだ。

その原因は相楽にあるように見えた。

あきらかにこれまでの相楽とは様子が違った。

この試合、相楽の動きが悪いのは誰が見てもあきらかだった。相楽は、マンツーマンでマークされていた。マークしていたのは、FCバルセロナのチームメイトの選手だった。いつもの相楽であれば、たとえどんなに厳しいマークにあっても、ひとたびボールを与えられれば、ボールを失うことなく、キープし続け、それにより守備から攻撃へと移る時間を稼ぎ、カウンターのチャンスを作っていた。

日本の選手は相手チームからボールを取ると、まず、相楽がどこにいるのかを見ていた。状況にもよるが、相楽にボールを預けて、そこから攻撃へと移るというのが日本の決めごとに見えた。だがその日の相楽は、日本の選手がなんとかボールを奪い、相楽に預けても、珍しく単純なトラップミスをしてボールを失い、マークを背負ったまま、前を向くことができずに、簡単に後ろにボールを戻してしまうなどして、なかなか攻撃の起点になれないのだ。相楽も人間だ。ここまでの連戦の疲れが動きを鈍らせているのかもしれない。

終夜は、後半、相楽が立ち直ることを祈っていた。

後半がはじまった。

そして後半立ち上がり直後、終夜の想いも虚しく、日本代表の守備はとうとう決壊した。右サイドから、ゴールエリアまでの侵入を許し、素早いマイナスのクロスを入れられた。その低いクロスに対して、ゴールエリア内に走りこんできたスペイン代表のミッドフィルダーはダイレクトで右足を振り抜き、ゴール右隅にボールを叩き込んだ。

点を取られた日本代表はこれで点を取りに行かなければならない状況になった。

それまでゴールエリア付近まで下げていたディフェンスラインを押し上げ、また前線からのプレスを再開し、攻撃態勢に入った。だが上手く機能しないのだ。

やはり相楽が原因である、と認めざるをえなかった。

相楽の不調は後半になっても続いていた。ボールを受けても前を向けず、ドリブルをしてもマーカーに簡単に潰される。こういう状況になり、このときの日本代表が、全体のレベルが上がったとはいえ、如何に相楽一人に依存しているチームであるのかが浮き彫りとなった。日本の攻撃はすべて相楽ありきなのだ。

相楽がドリブルで相手選手を、二人、三人と引きつけることができるからこそ、スペースが生まれ、他の選手がフリーとなりゴールを奪えるのだ。

だが相楽が何もできない状況になれば、ベスト8に勝ち残る世界レベルの対戦国から見たら日本代表の攻撃など、何の特長もない、凡庸なチームとしか見られていないように思えた。

後半三十分を回った。もう時間がない。ベンチから指示が出たのだろうか、相楽を経由せずに攻撃に移ろうとしているようだった。そうなると日本代表の攻撃はアクセントのない単調な攻めに終始し、簡単に攻撃の芽を摘まれ、高い位置を保っていた最終ラインの裏を取られて、二点目を許してしまった。結局、そのまま終始、スペインのペースで試合は進み、日本は何もすることができずに試合終了のホイッスルが吹かれた。

日本代表は前回大会と同様にベスト8という結果に終わった。

相楽は試合終了と同時にピッチ上に崩れ落ちた。

前回のロシア大会のときの姿と重なって見えた。あのときと同じように顔をピッチに埋めていた。だが背中は震えてはいなかった。相楽はずいぶん長い時間そうしていたが、チームメイトが駆け寄り、その手を借りてようやく立ち上がった。

そのときの相楽の表情は決して忘れることができない。

相楽は無表情だった。

その顔には悔しさや悲しみもなく、無力な自分に対して、何かをあきらめ、まるで何かを悟ったような茫洋とした目をしていた。

敗れたスペイン戦、相楽のコンディションが万全であれば、という話はやはり持ち上がり、かといってここまで勝ち進めたのは、相楽の貢献によるものというのはあきらかなので、彼を戦犯扱いするようなことにはならなかった。それよりも、この試合によって如何に相楽頼みの日本代表であったかを再認識することとなり、そこから脱却するにはどうしたらよいか、という議論に取って代わったのである。

ベスト4に進出できなかったとはいえ、ワールドカップ二大会連続ベスト8という結果は日本サッカー界にとっても充分すぎるものであった。相楽の評価もそれまで積み上げてきたものがある。たった一試合で揺らぐようなものではなかった。

終夜は相楽が心配だった。

敗戦後に見せた、あの茫洋とした表情である。

普段は、気をつかって、終夜から連絡することはないのだが、スペイン戦後に、何度か電話をかけた。だが電話はなぜか一度もつながらなかった。

ふと、カタールにはシスターとタケシが行っていることを思い出し、すぐに連絡をした。こちらはすぐにつながったが、試合後、相楽に会えていない、というのだ。

あきらかにおかしい。わざわざカタールまで応援に来てくれた、シスターやタケシ、そして園の子供たちに、試合後、会うこともなく、相楽が皆を、日本に帰すはずがない。

そして不安は現実のものとなった。

相楽はスペイン戦を最後に、その姿を忽然と消したのだった。

第3部

7章　最期の願い

相楽天晴は幼いころ愛美のことが好きだった。

当時、相楽はS市の父親が働く会社の社宅で、両親と一緒に暮らしていた。三階建てのアパートだった。その社宅には愛美も住んでいた。相楽と同じように、両親との三人暮らしだった。愛美の父親は誠実そうな人で、母親は若く綺麗だった。

相楽と愛美は仲が良く、毎日、幼稚園へ手をつないで一緒に通った。愛美は、相楽にとって太陽のような存在だった。愛美が笑えば、相楽も嬉しくなり、愛美が悲しそうな顔をしていれば、相楽も同じように悲しい気持ちになった。愛美が悲しい顔をしているとき、どうにかして、笑顔に変えたいと思うのだった。

そんなときよく使ったのがサッカーボールだった。相楽も愛美もサッカーが好きだった。

二人でボールを蹴り合っているだけで、楽しい気持ちになれた。愛美が沈んだ顔をしていると、よくリフティングをやってみせた。足の甲、膝、頭を使って一定のリズムでボールを操る。すると愛美は、ポン、ポンというボールの音に誘われるように顔を上げ、笑顔になるのだった。

愛美も、相楽が驚くほどにサッカーが上手かった。幼稚園でもサッカーをやるのだが、相楽がボールを持ち、ドリブルをすると誰も止めることができなかった。だが、唯一の例外が愛美だった。愛美にだけはボールを取られてしまうのだ。それを取り返そうとするのだが、愛美はボールコントロールも上手く、簡単に奪うことができなかった。そういうところも、相楽が愛美に惹かれている理由だった。

そんな愛美に、突如として不幸が襲いかかった。

愛美の父親が突然、姿を消したのだ。理由は分からなかった。愛美の家族は仲が良いように見えたし、父親が姿を消す数日前にも、家族三人で市内にある八木山（やぎやま）動物園に遊びに行っていたことを相楽は知っていた。愛美が嬉しそうに教えてくれたのだ。

だが、同じ会社で働く、相楽の父親は、愛美の父親の様子が最近おかしく、何かに悩んでいたことは薄々感づいていたようだった。

愛美の父親が姿を消したことにより、社宅に住んでいた、愛美と、その母親はそこを出なければならなくなった。

愛美が遠くへ行ってしまうと相楽は悲しんだが、なぜかそうはならなかった。

不思議なことに二人は、社宅の、すぐ隣の家に移り住んだのだ。

それは古びた瓦葺きの屋根を持った平屋だった。そこには井上（いのうえ）という腰の曲がった老人が一人で住んでいた。愛美は、井上に懐いていて、ときどき相楽も一緒に遊びに行くのだが、正直、相楽は井上のことが好きではなかった。ぬめぬめとした話し方をして、ヒヒヒと笑い、愛美を見る目がどうにもいやらしいものに感じたからだ。その井上老人と、愛美と、愛美の母親が、一緒に暮らしはじめたというのだ。これは相楽も、相楽の両親も、彼らを知る近隣の人々も、皆、不思議に思っていたようだった。一緒に住みはじめた二人と、井上老人が親戚（しんせき）関係であることなど、今まで一度も聞いたことがなかったからだ。

彼らがどういうつながりなのかは、誰も知らなかった。

このことがあってから愛美も、愛美の母親も変わってしまった。

愛美は幼稚園に来なくなった。

井上の家にずっといるようだった。愛美の母親も、ときおり、外で見かけたがまるで別人のようになっていた。瘦せ細り、かつては相楽を見ると必ず優しい笑顔を向けてくれていたのが、挨拶をしても、能面のような顔のまま、何も言わず、すっと立ち去ってしまうのだった。

愛美は元気なのだろうか——。

相楽は心配になり、井上の家の庭に忍び込み、中の様子を窺った。すると、ぼんやりと暗い顔で、窓から庭を眺めている愛美の姿があった。愛美は相楽に気づくと、はっ、とした表情を見せた。相楽は物音をたてぬよう、ゆっくりと愛美の元へと近づく。すると窓を小さく開けてくれたのだ。幼い相楽は、いったい何があったのか、と愛美に聞く。なぜ幼稚園に来ないのかも重ねて聞いた。だが、愛美は泣きながら首を振るばかりで、分かることは何もなかった。

「ここにはテレビもゲームも絵本もないの……。一日中、窓から庭を眺めて、迷い込んで来る猫や、ときどき飛んできて、枝葉をついばむ鳥の姿を眺めているの……外には出られないし、楽しいことなんて一つもない……」

そう泣きながら、えずくようにして、愛美は教えてくれた。

なぜ突然、愛美の父親がいなくなり、そして井上のじいさんと一緒に住んでいるのかを聞いてはみたが、この肝心な質問に愛美は答えてくれなかった。本人もなぜそうなったのかを理解できていないようだった。

そのとき突然、家のどこかで物音がした。

愛美の表情が変わる。

「おじいさんが帰ってきた。見つかったらこっぴどく叱られるわ。逃げて」

そう言われ、相楽は井上の家を離れるしかなかった。愛美が可哀想に思えてしかたがなかった。愛美はもともと外で遊ぶのが好きな活発な女の子なのだ。その愛美が、一日中、家の中に閉じ込められている。唯一の楽しみは、庭を眺めることだというのだ。

愛美のことをなんとか楽しませることはできないだろうか。泣いてばかりいるであろう、愛美の表情を笑顔に変えたかった。愛美が好きなのは二人でよく遊んでいたサッカーだ。

サッカーで、愛美を少しでも楽しい気分にできないだろうか。相楽は考えた。

井上は昼過ぎになると決まってどこかへ出かけることを相楽は知っていた。それを確認すると相楽はサッカーボールを持って、庭に忍び込んだ。愛美の姿は、窓際に見えない。ゆっくりと家に近づき、相楽はコンコンと窓を叩く。すると相楽が来たことに気づいたようで、家の奥から愛美が現れた。愛美は、サッカーボールを抱えた相楽を不思議そうに見ていた。相楽は庭の中央に立つと、その場でリフティングをはじめた。すると愛美の表情がパッと明るくなった。手を叩いて喜んでいる。相楽は愛美に、リフティングを見せて楽しませようとしたのだ。それはひさしぶりに見た愛美の笑顔だった。

相楽は愛美の笑顔を見ることができて本当に嬉しかった。

それから毎日、相楽は愛美を楽しませようと井上の家の庭に忍び込んだ。

だが、最初は喜んでいた愛美だったが、同じようなリフティングに飽きてしまったのか、数日たつと、その表情からは笑顔が消え、相楽がリフティングをしている最中にもかかわらず、ぷいと姿を消してしまうのだった。

相楽は愛美を飽きさせずに楽しませるにはどうしたらよいかを考えた。すると両親が若いころにやっていたというテニスのラケットと小さなテニスボールを家で見つけた。

相楽はテニスボールでリフティングができるように練習をはじめた。

サッカーボールとはまるで大きさが違う。リフティングは簡単に途切れてしまう。だが、相楽は、愛美の笑顔が見たい一心で、テニスボールでリフティングができるように、来る日も来る日も練習を重ねた。そしてとうとうテニスボールでリフティングができるようになった。

それを愛美に見せにいった。愛美は飛び跳ねて喜んだ。

それでも、また数日たつとテニスボールのリフティングにも飽きてしまったようで、愛美からは笑顔が消えた。こうなればいったい愛美は、何を見せれば喜んでくれるのか。相楽が思い悩みながら井上の家の庭に忍び込む。すると窓越しに愛美は言うのだった。今はもう、窓をうっすらとも開けてくれない。

「かっこいいシュートが見たい」

そう言われて相楽は困った。

庭には、サッカーゴールも無いし、的になるような塀も無かったからだ。

「ここじゃ、無理だよ……」

そう言って相楽は首を振った。

「この家の壁にシュートしてよ」

愛美はなかなかあきらめてくれない。さらに、あっちの壁に当ててよ、と指差すのだった。そこには別の部屋の、磨りガラスの窓があり、その横の狭い灰色をした壁部分にシュートしてくれと愛美は言っているのだ。

「だけど……」

相楽は躊躇した。窓は大きく、反対に、標的となる壁は狭い。下手をすると窓ガラスに当たってしまう。相楽の様子を見て、愛美は無表情のまま、踵を返し、家の奥へと消えようとしていた。それに気づき、相楽は窓をどんどんと叩く。

「待って！　やるよ。シュートするよ！」

「ほんと⁉」

愛美は、相楽が叫ぶと、すぐに振り返り、無邪気に喜んだ。

相楽は深呼吸をして慎重にボールを蹴った。狙い通り、壁に当たった。ボンボンと壁にボールが当たって弾む。だが、愛美の顔に笑みはなかった。

「そんなゆっくりなシュートなんか見たくない。そんな遅いシュートなら私でもできるよ。もっともっと強いシュートが見たいの！」

どうしてそこまで、と不思議に思ったが、愛美を喜ばせたいという気持ちが不安に勝った。相楽は、愛美の言う通り、思いきり壁に向かってボールを蹴った。

不安は的中した。ボールは壁をそれて窓に当たった。ガチャンと派手な音がして、窓ガラスが粉々に割れた。

同時に悲鳴が響き渡った。

甲高い女性の悲鳴。

何が起きたか理解できず、相楽の頭の中は真っ白になった。

バタバタと床を踏み鳴らすような音がした。悲鳴の主は、泣き叫びながら家の中を走り回っているようだった。引き戸の開く音がした。なぜかそのまま家の外に出ていったようだ。叫び声は、より一層大きくなった。相楽はふらふらと庭を出て、信じられない思いで、声のする方へと向かう。

そこには顔中血だらけの女が目を押さえて地面を転げ回っていた。

「目が！　目が……目が！」

そう叫ぶ声は、まるで近所じゅうに言いふらすかのような大声だった。

やはりその声を聞きつけ、近所の人々が何事かと集まってきた。相楽の母親も出てきた。

そして、この時間は、いつも外出しているはずの井上の姿もあったのだ。

目を押さえて狂ったように叫んでいるのは愛美の母親だった。井上は、血相を変え、愛美の母親に覆いかぶさるようにして、大丈夫か、大丈夫か、と泣き叫んでいた。

呆然とそれを見る相楽。すると井上は、皆の前で相楽を指差した。

「こいつだ。こいつがワシの家の庭に忍び込んで、ボールを蹴って窓ガラスを割ったんだ。そのせいで……」

近所の人が集まる中で、突きつけられた言葉だった。

どこからかサイレンが聞こえ、徐々にこちらへ近づいてくる。ほどなくして狭い坂道を上り来る、救急車の姿が見えた。救急車は井上の家の前で止まった。すると救急隊員が中から素早く出てきて、地面で転げ回る愛美の母親をキャスターつきの担架に乗せて、救急車の中に運び入れた。最後に井上が乗った。そしてまたサイレンを鳴らして走り去っていった。井上は救急車に乗る直前、相楽を凄まじい形相で睨みつけたのだった。

　いったい何が起こったのか――。

　現実感がわかず、地面がぐにゃぐにゃと曲がっているような心地だった。だが、地面に飛び散っている、愛美の母親の、血の飛沫、これが現実であることを相楽に突きつけた。

　数日後、井上が、目に包帯を巻いた愛美の母親を連れて相楽の家に現れた。愛美の姿はなかった。相楽は、あの日を最後に、愛美に会いにいくことをやめていた。

　井上は、相楽と、相楽の両親の前で言い放った。

　ガラスの破片が目に刺さって、愛美の母親は、運悪く両目とも失明したというのだった。

　相楽は愕然とした。相楽の両親も、ワナワナと震えながら膝から崩れ落ちた。

　その日から地獄がはじまった。

　井上は、頻繁に、愛美の母親を連れて相楽の社宅に現れた。毎回、多額の慰謝料を請求しているようだった。それまで腰の曲がった、ただの爺さんだと思っていたが、このことがあって豹変した。井上の脅しはまるでヤクザのような凄みがあった。その慰謝料は常軌を逸した金額のようだったが、迫力のある井上の脅しと、一言も話さず、両目に包帯を巻いたまま、そこに無表情で立っているだけの愛美の母親が不気味で、相楽の両親は、毎回屈していたのだ。

　井上は、相楽の両親から全財産を奪い、それでも足りないと平気で言い放ち、両親は、親戚や消費者金融からも金を借りて、井上に支払ったのだった。相楽の家族は、井上に弱みを握られたことで、とことんまで追い込まれた。井上と、愛美の母親は、相楽の父親の会社にまで現れた。そこで、他の社員のいる前で、声を荒らげて、父親を脅すことまでしたのだ。

当然、それまで円満だった、相楽の両親の夫婦仲は急激に悪くなった。

優しかった両親は変わってしまった。

相楽に対して父親は暴力を振るうまでになった。

ほどなくして両親は離婚した。相楽は母親に引き取られた。

だが生活は苦しく、母親は酒に溺れ、結果、酔っぱらった勢いで道路に飛び出し、車に轢かれて即死した。母親は死んだ。だが父親は相楽を引き取ることを拒絶した。

父親は、自分のことを憎んでいるのだ。相楽はそう思った。当然だろう。自分が、井上の家の庭に忍び込み、窓ガラスを割りさえしなければ、二人は離婚することもなく、今でも、家族仲よく過ごせていたに違いないのだ。父親は自分のことを、妻を殺した仇くらいに思っているのかもしれない。相楽を引き取ってくれるような親戚もいなかった。

結果、相楽は養護園で生活することになった。

相楽は考える。なぜ、自分はこのようなことになってしまったのか——。

愛美のことが好きだった。愛美の母親のことも好きだった。

愛美を喜ばせようとして、自分はとんでもないことをしてしまった。

不思議と愛美を憎む気持ちはなかった。請われたとはいえ、できると判断してボールを蹴ったのは自分なのだ。そして、愛美の母親の目の光を奪ってしまった。それは人生を奪ってしまったのと同じだ。まだ幼かった相楽も、その意味くらいは理解できていた。

それによってたくさんの人に迷惑をかけた。優しかった父親と母親はもういない。

彼らの人生も奪ってしまった。その親戚の人々にも自分のせいで金銭的負担をかけてしまった。自分はたくさんの人を不幸にしている。生きている価値など無い。

それでも相楽は養護園で生活する場を与えられている。

養護園にいる子供たちは、辛い現実を乗り越え、その場所にいる。それでも希望を持って生きている。自分は希望を持つ資格すらない。生きているだけでたくさんの人に迷惑をかけているのだ。

死ぬことを決めた。

だが死ぬ前に、迷惑をかけた人々に、詫(わ)びてから死のうと思った。

シスターには、親戚の家へ行くと、適当な理由をつけて、ひさしぶりに井上老人の住む平屋へと向かった。平屋はもぬけの空だった。人のいる気配はない。空き家になっていたのだ。

彼らはどこへ行ったのだろう。知るすべなどない。それでもただ一つだけ、思い当たる場所があった。少ない可能性ではあったが、相楽は行ってみることにした。それは町外れにある小さな病院だった。失明した愛美の母親は、かつて、その病院に入院していたのだ。離婚する前の両親と、何度か見舞いに行ったことがあった。

すると驚くべきことに、愛美の母親は、まだ、その病院に入院していた。以前のまま、二階の隅にある、陽の当たらぬ狭い病室にいたのだ。包帯は取れていた。上半身だけ起こし、ベッドの上に座っていた。顔を見てすぐに、その目はやはり光を失っているのだと分かった。

自分がやったのだ。

胸が抉れるほどに痛んだ。

「洋子(ようこ)さん。相楽君ていう男の子が、お見舞いに来られたわよ」

年配の女性看護師が、病室まで案内し、愛美の母親である洋子に声をかけてくれた。

「相楽……男の子……」

洋子は何かを思い出そうとするかのように、看護師の言葉を反芻する。ひさしぶりに声を発したのだろうか。その声は酷く掠れていた。

「愛美ちゃんのお母さん……おひさしぶりです……相楽です……相楽天晴です」

おずおずと相楽はベッドの傍らまで進み、声をかけた。

「ああ……ひさしぶりね……どうしたの……」

意外に普通の反応だったので驚いた。井上と一緒に暮らすようになってからの洋子は、無表情で、まともに言葉を発するところを見たことがなかったからだ。このときは、かつて社宅で幸せに暮らしていたときの洋子に戻ったかのように思えた。

「謝りに……謝りにきたんです……」

相楽は胸の奥から絞り出すような思いで声を発した。

「謝りにって……今さらどうしたのよ……あなたは充分謝ってくれたじゃない……」

死ぬことを決意して、謝りに回っているなどと言えるはずがなかった。それよりも相楽の言葉が洋子に届いていたことが嬉しかった。以前の洋子は、謝罪を重ねる相楽たちの言葉に、何の反応も示さず、常に無表情なままだった。洋子は、自分のことを死ぬほど憎んでいるのだと決めつけていた。今でも憎んでいないはずがない。だが、こうして相楽の言葉に反応してくれる。その普通のやりとりができるだけで、本当に嬉しかった。

「あの……井上のお爺さんと愛美ちゃんは……」

そう言った途端、洋子の表情が変わった。

「あの二人は……私を捨ててどこかへ行ったわ……」

「捨てた……」

予想もしない言葉に相楽は驚く。

「捨てたって……おばさんは目が見えなくなってしまったのに……捨てたって……どういうことですか…」

「言葉の通りよ。二人にとって私は利用価値が無くなったってこと。だから捨てられたのよ」

洋子は、まるでそれが世間一般の常識であるかのように話すのだ。

「おかしいですよ……利用価値が無くなったら捨てるとか……家族なんですよね……家族ならどんなことがあっても一緒にいてくれるはずですよ……」

言いながら、相楽は本当にそうだろうか、と自問していた。自分は両親に捨てられたのではないだろうか――。いや違う。両親が自分を捨てたのではない。自分が両親を捨てたのだ。あの浅はかな行為は、幸せも、両親も、すべてを放棄することそのものだった。

「私は……家族から……親からも愛情を受けたことは一度もなかったわ……」

そう言って、洋子は一度、言葉を切った。

「ごめんなさいね……せっかくひさしぶりにお見舞いに来てくれたのにこんな話をして……」

洋子は恥じらうように言った。その表情はやはりかつての洋子のものだった。まだ社宅にいて、いなくなってしまった夫と娘の愛美と、三人で幸せそうに暮らしていた、あのころの表情だ。

「いえ……僕なんかでよかったらなんでも話してください……」

洋子は孤独なのだ。話し相手もおらず、声が掠れてしまうほどに。

自分が話を聞くことで、それが少しでも紛れるのなら、と相楽は思ったのだ。

「ありがとう……じゃあ、ちょっと長くなるけど私の身の上話を聞いてくれるかしら……」

相楽は神妙に頷いた。

相楽は言葉を発していない。だが、洋子はまるでそれが見えているかのように、微笑んだ。そして、語りはじめた洋子の過去は、想像を絶するほど凄惨(せいさん)なものだった。


洋子が生まれたとき、洋子を産んだ母親は、刑務所の中にいた。

洋子の母親の一家は、かつて木材工場を営んでいた。だがある男に騙されて父親が多額の借金を背負ってしまったのだ。結果、首が回らなくなり、一家は心中を図った。その中で唯一、生き残ったのが、洋子の母親だった。死のうとしたが死にきれなかったのだ。洋子の母親と夫の間には二人の子供がいた。二人いた子供を殺したのは、洋子の父親だった。だが洋子の母親も共犯とみなされ、四年の実刑判決が下された。そのとき洋子はすでに母親のお腹(なか)の中にいた。しかも一人ではなかった。二卵性双生児の双子だった。洋子はもう一人の双子の男の子、兄と共にこの世に生を受けた。獄中出産だった。

母親が出所するまでのおよそ三年間、二人は児童養護施設で育てられた。その三年間が、これまでの人生の中で一番幸せな時間だったのかもしれない、と洋子は語るのだ。

血のつながった存在は兄しかいなかったが、同じような境遇の子供たちがたくさんいて、職員も皆、愛情をもって二人に接してくれていたという。だが母親が迎えにきて、世界が大きく変わった。自分たちが、どうしてこの世に生を受けたのかを、幼くして、まざまざと突きつけられたのだ。

洋子の母親は、二人の子供を愛してなどいなかった。

二人の顔を見るたび、親の仇のように睨みつけるのだ。

『おまえらを生かしているのは、ある男への復讐のためだ。おまえらは復讐のための道具でしかない。そして道具は二つもいらない。いらない方は殺す』

母親は二人に、そうはっきりと言った。すぐに本気であることが分かった。母親の目は怒りに燃えていたのだ。洋子と兄は震え上がった。児童養護施設の子供たちの多くは、迎えに来てくれる親などいない。皆、引き取ってくれる養子縁組みを待っているのだ。

だが、洋子たちは、自分たちを迎えに来る母親がいることを知っていた。ずっと心待ちにしていた。施設の職員たちは優しかったが、面倒を見なければならない子供は、職員の数の十倍以上もいるのだ。特定の子供にかかりきりになるわけにはいかない。愛情を独占できないのだ。だが、母親が迎えに来てくれれば、二人だけに絶え間ない愛を降り注いでくれるはずだ。そう信じていた。現実は違った。母親から二人に注がれるのは、絶え間ない憎しみの感情だけだった。

三人は、M市のイキタン浜からほど近い、ボロボロの四階建てのアパートの一室に住みはじめた。同じようなアパートがひしめき合っている陰鬱な場所だった。窓は小さく陽当たりも悪い。部屋の中は、昼間であっても、夜のように暗かった。

幼い洋子と兄は、その暗がりの中、二人寄り添い、母の存在に恐怖しながら生きていた。母親は夕方になると出かけて、朝方、帰ってくる。母親は常に酒臭かった。そして機嫌が悪いと二人に暴力を振るうのだ。そのような生活の中でも、二人はなんとか生き抜き、六歳になり、小学校へ通えることとなった。小学校では多くの友達ができた。兄もサッカーをはじめて楽しそうだった。不思議なことに母の暴力は、そのころ鳴りを潜めていた。

そのかわり、学校での出来事を事細かに聞いてくるのだった。

洋子は、どんな友達とどのような話をしたかを聞かれ、兄に至っては、友人関係と合わせて、サッカー部でどのような練習をしたか、そして今後の予定までも聞いてくるのだ。何の意図があるのかは、まるで分からなかったが、二人は嬉しかった。はじめて母親と、親子らしい会話ができたのだ。もしかしたら、母親は、自分たちのことを好きになってくれたのかもしれない。暴力を振るわれ、どれほどに口汚く罵られても、二人は母親から愛されることを望んでいたのだ。

だが、そんなはずもなかった。

この母親の行動は、二人を『復讐の道具』と化すための、計略のはじまりだったのだ。

当時、洋子には親友と言える存在がいた。弥生という名の可愛い女の子だった。弥生は、海を見渡せる高台の上の、お城のような大きな家で、両親と弟の四人で暮らしていた。弥生の家は金持ちだったが、それを鼻にもかけず、弥生は誰にでも優しく、クラスのアイドル的存在だった。洋子は弥生といると常に明るく楽しい気持ちになれた。みすぼらしいアパートに帰ると訪れる、つらい時間を、弥生と一緒にいるときだけは忘れることができたのだ。

そんなとき学校で、ある一つの事件が起きた。

その日は、給食費の提出日だった。担任の男性教師は、給食費の入った茶封筒をクラス全員から回収した。それを大きめの巾着袋に入れ、教壇の抽斗に、一時、仕舞ったのだ。

直後、五分間の休み時間がはじまり、それが終わって、担任が抽斗を確認すると巾着袋が無くなっていた。教壇の抽斗に巾着袋を仕舞ったのはわずか五分前。そして、巾着袋の中に、給食費の入った茶封筒を入れているところを見ているのは、教室の中の人間しかいない。その状況を踏まえ、犯人は教室の中にいた生徒の誰かである、と教師は決めつけ、犯人探しがはじまった。

皆が座り、重々しい空気の中、この中に犯人がいるのなら自分から名乗り出なさい、と教師は鬼の形相で生徒たちを睨みつけた。だが、生徒たちの大半は、俯いたままで、教師がしばらく待っても名乗り出るものなどいなかった。するとコソコソと、教室のそこかしこで囁(ささや)く声が聞こえはじめた。洋子はすぐに気づいた。皆、囁きながら自分を盗み見ているのだ。洋子が片親で貧乏であることは周知の事実だった。洋子が住んでいたアパートは一部の人々から貧民アパートと呼ばれ、事実、生活保護を受けている人や、病気で働くことのできない人々が数多く住んでいた。

『盗んだの洋子なんじゃない⁉　貧乏人だからさ！』

心無い男子生徒の一人が声を張り上げて言った。教室中がざわめく。ざわめきの中には、多くの嘲笑(ちょうしょう)が入り混じっていた。

『いい加減にしてよ！　何の証拠があって洋子が犯人だって言ってるのよ！』

立ち上がり叫んだのは弥生だった。

皆、驚き不意にざわめきが消える。

『先生、今から全員の持ち物検査をしてください。それではっきりします』

弥生は教師に提案した。

『分かりました。先生も皆を疑っているわけじゃないが、このままにするわけにもいきません。弥生さんの意見を採用して、一人一人の持ち物検査を行います』

担任はすぐに弥生の意見を受け入れた。おそらく担任も、全員の持ち物検査を考えていたのだろう。だが、誰からも出てこなかった場合のことを考えて、自分からは踏み切れなかったのだ。弥生の意見は渡りに船だったに違いない。

結果、洋子の持ち物から巾着袋は出てこなかった。

出てきたのは弥生の持ち物からだった。

弥生の、可愛いピンク色のランドセルから巾着袋が出てきたとき、弥生は、信じられないという顔で呆然としていた。

教壇の抽斗からこっそり巾着袋を取り出し、弥生のランドセルの中にそれを忍ばせたのは洋子だった。

その日を境に、クラスのアイドルは一転していじめの対象となった。男子は弥生に暴力を振るい、女子は弥生のことを徹底的に無視した。

『弥生ちゃん……私は……私だけは信じているから……』

洋子は弥生に言った。弥生は力ない笑顔で頷いた。そこにはかつて生気に満ち溢れていた弥生の面影はまるでなくなっていた。青白い顔をして痩せ細り、まるで病人のように見えた。洋子は罪悪感に苛まれていた。だが、絶望に伏す弥生の姿を見ていると、体の奥底で仄かに、快感にも似た感情がわき上がっていることにも気づいていた。

すべては母親の指示だった。

あの日、洋子はいつも通り学校での出来事を報告していた。もうそのときは学校での出来事というよりも、弥生と何をしたか、という報告が大半を占めていた。

すると不意に、母親は洋子の首を両手で摑んだ。洋子は驚いて、ひっ、と声をあげた。

両手に力は込められていないが充分苦しかった。母親の手はひんやりと冷たい。

『その仲良しの弥生ちゃんを陥れなさい』

母は、その手のひらよりも冷たい声音で言った。

『ど、どうして……？』

不意の行動だった。母親が何を言っているのかまったく理解ができなかった。

『あら、言ったはずよ。あなたたち二人は、復讐のための道具だって。これはいわば、復讐の道具になるための訓練なのよ』

『い、いや……や、弥生ちゃんは私の大切な友達なの……』

そう洋子が反発した途端、首に凄まじい力が加えられた。母親が恐ろしい形相で首を絞めてきたのだ。

『ぐ……ぐえ……』

喉が押し潰されてカエルの鳴き声のような音が漏れ出た。

『や、やめろ！』

洋子の様子に気づいた兄が叫びながら、母の腕にしがみついた。それでも母の腕の力はまったく弱まる様子はなかった。

『わ…わがっだ……や、やめで…ゆぶごどぎぐがらやめで……』

洋子は殺されると思い、ひり出すようにしてなんとか言葉を発した。そうするとようやく喉を圧迫し続けていた腕の力が弱まる。洋子は母の手を振りほどき、体を丸めて何度も激しい咳を繰り返した。

『勘違いするなよ。おまえらの命は私が握ってるんだ。おまえらが思い通りのモノにならなければ、すぐさま殺す。それを覚悟しておけ』

　母は目を剝き、凄まじい形相で言うのだった。

　洋子は涙を流し、ごぼごぼと咳をしながら、何度も頷いた。兄は何もできず呆然とした様子で母親を見ていた。母親は、その三日後に、給食費が集金されることを知っていた。それを利用しろと洋子に言うのだった。洋子には、もはや従うことしかできなかった。そして母の言う通り、洋子は、弥生を陥れることに成功した。洋子はそのことを母に報告した。

『はじめてにしては上出来じゃないか……洋子、おまえには才能があるかもねえ……いいかい、人から信頼を得て、それを平気で裏切れる人間になるんだよ。それが復讐を成功させるための絶対に必要な条件になるからね』

　洋子の話を聞いて、母はそう満足そうに言うのだった。

　そして母は、同じことを兄にも要求した。

　兄は当時、サッカーに打ち込んでいた。日々、懸命に練習をしていた。サッカーボールを蹴っているときの兄は、本当に幸せそうだった。母がいないときなどは、洋子は、兄のパス練習の相手をした。兄は、将来プロのサッカー選手になって、あのバカな母親と、さよならして、洋子を救い出してやる、ことあるごとにそう言ってくれるのだった。世界一のサッカー選手になる。それが俺の目標なんだ。兄は大真面目に言うのだ。

　だが、母の兄に対する要求は、兄のサッカーに対する真摯（しんし）な想いを蹂躙（じゅうりん）するようなものだった。母は、次の試合で、わざとミスをして負けろと言った。母は洋子にしたのと同じように、兄の首に手をかけて脅した。だが兄は最後まで首を縦に振らなかったのだ。

　兄は、どうするつもりなのだろう。兄も自分と同じ小学生なのだ。あんな親であったとしても、その庇護を外れたところで生きられるはずがない。

　その数日後、低学年だけでチームを構成しての練習試合が行われた。兄はその試合に出場した。洋子と、そして母親もその試合を見に行った。

　そこで洋子は驚くべき光景を目にした。そこにはチームの誰よりも走り、チームを鼓舞して、全力で戦う、兄の姿を見たのだ。その表情から、兄が、わざとミスをして負けようなどとは、微塵も考えていないことがすぐに分かった。結局兄は、その試合、自身で三得点、ハットトリックを決めてチームの勝利に貢献した。

　母を見ると、彼女は無表情だった。だが洋子には、母が怒りに打ち震えているのがすぐに分かった。

　その三日後、兄は突然姿を消した。

　そしてイキタン浜の、潮の渦巻く岩場近くの海岸で、兄の変わり果てた姿が発見された。岩場には崖山がそびえ立ち、その上空には、いつも二羽のカラスがぐるぐる舞っている、不気味な場所だった。兄は、その崖山の頂上から落下したとのことだった。

　警察によって現場検証が行われたが、事件性はなく事故として処理された。崖山で一人、遊んでいたところ、足を滑らせて、崖下に誤って落下してしまった、というのが警察の判断であった。

　そんなはずはない。

　兄があんなところに一人で行くはずがないのだ。

　兄は殺された。

母が――あの女が――兄を殺したのだ。

女の言葉は嘘ではなかった。あの女に歯向かった兄は殺されてしまった。兄は、共に努力を重ねたチームメイトを、サッカーに対する想いを、裏切らなかった。だから死んだ。一方、洋子は、親友である弥生を裏切って生き残った。

洋子は死にたくないと思った。死ぬのが恐ろしかった。優しかった兄がいなくなってしまったのは、心底悲しかったが、どこかでほっとしている自分がいることに気づいていた。

母の言葉は脅しではなく本気だったのだ。

『復讐の道具は二つもいらない』

母は私たち二人のどちらが復讐の道具としてふさわしいのかを決めるために、競わそうとしていたのだ。だが兄は早々に脱落した。兄は頭がよかった。もしも兄が信念を捨て、本気で生き残ろうとしていたのなら、死んでいたのは自分だったに違いない。競い合う相手はいなくなった。あとは、母親の言うことを従順に聞けば、自分は生き残ることができる。

洋子はそう悟った。そしてその瞬間、洋子は自分であることを捨てた。母の意思を受け入れ、復讐の道具として生きてゆくことを決めたのだった。

それからというもの洋子は、他者と信頼関係を築いたあと、平気でそれを打ち崩すことのできる人間になれるよう努力した。簡単なことではなかった。深い信頼を得るためには、自らの、相手に対する想いが、本物であると認識させなければならない。裏切り前提の浅はかな想いでは、如何にそれらしく演技したとしても見透かされてしまうのだ。たとえば恋人と愛情を育む場合、その過程で、迷いや葛藤が生じるものである。それらの心の機微をお互いが共有することによって、より深い関係性を構築できるのだ。だが、そこまで感情移入してしまうと、なかなか簡単に人を裏切ることはできなくなる。

　そこで洋子は試行錯誤しながら自分なりの方法を考えたのだった。

　それは自分の肉体を中身のない器だと思うことだった。精神は肉体から離脱し、頭上から自らを俯瞰（ふかん）しているのだ。見える自分の体はがらんどうの器でしかない。その器を動かして演技をさせる。器は役者だ。他者を愛し、心は揺れ動いているが、それは役を演じているからに過ぎない。その方法で、洋子は、他者と深い信頼関係で結ばれたあとも、罪悪感に苛まれることなく人を裏切れるようになった。

　洋子は中学二年生のときにはじめて恋人ができた。できた、というよりも母親に恋人を作るように言われたのだ。好きな同級生などいなかったが、何人かから好意を持たれているのには気づいていた。その中から適当に選び、付き合うことにしたのだ。相思相愛といえる関係を築き上げ、付き合って一年が経過した。母の指示通り、洋子は、その同級生を何の前触れもなく唐突に裏切った。ただ単純に、浮気をするというような、生温（なまぬる）いものでは、母が満足しないことくらい理解していた。

　何度か、その付き合っていた同級生の家に行ったことがあった。そこで洋子は、同級生の両親を紹介された。その父親の、洋子を見る目の奥に、欲情の匂いを感じたのだ。

　洋子は、同級生の父親を誘惑した。するとあっさりと引っかかった。外で会い、連れ込みホテルに入るところを、母親に頼んで撮ってもらった。その写真を同級生の母親と、恋人である同級生に送りつけた。事実を知った同級生は、半狂乱の様子で、どうしてなんだ、と泣きながら縋（すが）ってきた。その姿を見ても、心に、さざ波一つ立つことはなかった。

同級生の両親は離婚し、同級生はどこかへ転校していった。

母親は満足していた。洋子は心底ほっとした。

洋子は、徐々に、自分が、自分ではない何者かに変わりつつあることに気づいていた。

人が絶望し、膝から崩れ落ちるときの表情を見ると、快感が押し寄せるのだ。洋子は着々と、母親の望む、理想の復讐の道具になりつつあった。

そして、そのときは来た。

洋子は母親の指示通り、復讐相手の男の心に入り込み、大きな愛情を育み、信頼を得た。そして裏切った。男は奈落(ならく)の底に落ちた。復讐は完了したのだった。

だが、それと同時に洋子は必要なくなり、捨てられたのだ。

目の光も失い、本当のがらんどうとなってしまった。復讐のために、偽りの姿を演じ続けた人生。もはや、自分がどのような人間であったのかさえ、思い出すこともできない。


洋子はようやく語り終えた。

自分はなんてことをしてしまったのか――。

相楽は後悔の念で、打ち震えていた。洋子は誰からも必要とされなくなった。だが、どうだろうか。目が見えていれば、どんな方法であれ、人生のやり直しができたのではないだろうか――。

自分は、その唯一の希望さえも奪い取ってしまったのだ。

「ぼ、僕はなんてことをしてしまったんだ……ほ、本当にごめんなさい……」

涙が零(こぼ)れ落ちた。嗚咽が漏れ、泣きじゃくるようにして謝った。

「謝ることなんかないわ。もともとこういう人生だったの……決まっていたのよ……それより、今、私はあなたに感謝しているわ……今まで、誰にも……誰にも言えなかったの……ずっと一人で抱えていた。少しだけ……少しだけ気持ちが軽くなったわ」

そう言って洋子は微笑んだ。

相楽はその瞬間、心に決めた。死ぬのはやめよう。この人の目となって、この人に生きてもらうために、自分は生き続けよう。そう決めたのだった。

「僕は、あなたの目になります。僕の人生をあなたに捧げます……」

紛れもない本心だった。それが自分にできる唯一の贖罪だと思えたのだ。

「人生を捧げるだなんて……ひとときの気の迷いにしても……そんなこと口に出すものじゃないわ……あなたにはあなたの人生があるの。その道をしっかり進みなさい。だけど、もしも時間があるときでいいから、ときどきお見舞いに来てくれたら嬉しいわ……あなたが私のことを憶えていて、訪ねてきてくれる……それで充分よ。充分、生きる力になるわ……」

相楽は胸が詰まり、言葉が出なかった。ただ、洋子に向かい、深々と頭を下げ続けた。

それから、相楽は定期的に、洋子の見舞いへ行くようになった。

洋子はいつも相楽のことを笑顔で迎えてくれた。

相楽は、学校や養護園での出来事を洋子に話すようになっていた。洋子はそれを、楽しそうに聞いてくれるのだった。天気がよいときなどは、病院の中庭に出て、ベンチに座って話をした。ときには屋上に上がり、危険防止のフェンスに腕をかけ、心地よい風に吹かれながらいろいろな話をすることもあった。その間も、やはり相楽以外に、洋子を見舞う人間はいなかった。洋子はずっと孤独だった。

井上、そして愛美との連絡は一向につかず、いまだ、二人がどこにいるかも分からない状況とのことだった。

かつて愛美に抱いていた想いは完全に無くなっていた。

その強い想いは、いつのまにか失明した洋子を見捨てて姿を消した二人に対しての、強い憎しみへと変わっていた。洋子は、ときおり相楽に、もうサッカーはやらないのかと聞いてきた。

洋子は以前、相楽と愛美が楽しそうにボールを蹴っている姿を何度も見ていたのだ。

正直、なぜ洋子がそんなことを聞くのか理解できなかった。洋子は、相楽の蹴ったサッカーボールで失明したのだ。相楽はあれ以来、ボールを一度も蹴っていなかった。

サッカーボールを蹴るとあのときの絶望感が蘇る(よみがえ)に違いない。もう二度とサッカーボールを蹴ることはできないだろう。そう思っていた。だが、洋子に対して、面と向かって、そんなことを言えるはずもなく、サッカーをやらない理由を問われると適当に濁すしかなかった。

それでも相楽が見舞いに行くことで洋子は喜んでいたし、自分がいることで、たった一人で孤独に怯(おび)える必要がないことを伝えられていると思っていた。だがそれは相楽の思い込みでしかなかったのだ。洋子の抱える闇は底が見えぬほど深いものだった。

洋子は、ある夜、人知れず、病院の屋上から身を投げたのだった。

いつものように見舞いに行き、その事実を知らされ呆然としているところに、顔見知りの年配の女性看護師が現れ、相楽に、一枚の便箋(びんせん)を差し出した。

「洋子さんがあなたにと……」

看護師は神妙な面持ちでそれだけ言うと病室を出ていった。

便箋には薄い力のない、乱れた筆跡で文字が書かれてあった。

目が見えないのに必死で書いてくれたのだ。

それは洋子から相楽に送られた遺書であった。

相楽天晴様

相楽君、さぞかし驚いていることでしょう。あなたは私のことを思って懸命に尽くしてくれたのに、こんな最期になってしまい、本当に申し訳なく思います。私がこのような決断をしたのは、目が見えなくなったのが原因ではありません。だからあなたが自分を責める必要はないのです。

私は多くの人々を欺き、陥れて生きてきました。私が命を絶ったのは、その贖罪なのです。これは以前からずっと決めていたことです。それをあなたと会えるのが嬉しくてずっと先延ばしにしていたのです。だけどこれ以上延ばすことはできませんでした。

あなたがお見舞いに来てくれて、楽しい話ができて嬉しかった。

はじめて本当の優しさ、人の心根に触れられたような気がしました。

あなたは、自分の人生を私に捧げてくれると言ってくれた。

本当に嬉しかったです。

私が相楽君に望むことなど、これ以上、何もないのです。

でも、もしも一つだけ私の我が儘を聞いてくれるとしたら、お願いがあります。

唯一の心残りがあるのです。

以前、話した私の双子の兄のことです。
兄は私の代わりに死にました。無念を抱えたまま死んだに違いありません。
兄の夢は世界一のサッカー選手になることでした。
その潰えた夢を、あなたに吐えてほしい。
あなたの言ってくれた、私に人生を捧げるというのが本気であるのならば。
それが私の唯一の願いなのです。

洋子

8章　支配者

愛美は、バルセロナの夜景が一望できる高層ホテルの最上階、四十四階のスイートルームで父親が現れるのを待っていた。ここは愛美が懇意にしている政財界の大物ジョアン・ラポルタンの経営する高級ホテルであった。愛美が、大事なミーティングで使いたい、とジョアン・ラポルタンに言ったところ、このスイートルームを無償で提供してくれたのだ。四十四階の他の部屋に利用客はいなかった。このフロアーすべてを、二人だけの貸し切りにしてくれたのである。

愛美は相楽天晴を殺した。

当然、自分で手を下したのではない。カタルーニャ地方の雄、ジョアン・ラポルタンは政財界だけでなく、裏の世界にも顔が利く。彼からスペインマフィアを通して、暗殺を生業としている組織を紹介してもらったのだ。

相楽天晴は誰もが羨む金づるであったが、その絶対的な武器をもってしても、この言葉の通じぬ異国の地スペインで、日本人が伸し上がるのは、やはり簡単なことではなかった。

そんなときに出会ったのがジョアン・ラポルタンであった。この政財界の大物は、まだ事業を起ち上げたばかりの愛美たちの可能性に賭けてくれたのだ。納める上納金は少なくなかったが、代わりに様々な便宜を図ってくれた。おかげで事業は軌道に乗った。相楽の順調すぎる成長もあり、愛美は、二十一歳の若さで、誰もが認める実力派の女性実業家となっていた。

チャイムが鳴った。ドアホンからは聞き慣れた声がした。

愛美は、現れた父親を笑顔で出迎えた。

父は樫の木の杖をついていた。愛美はすかさず父親の手を取り、ソファまで案内する。

「お父様、本当にごめんなさい。お迎えにもあがらずに、無理を言ってしまったわ」

愛美はすまなそうに言う。

「愛美、気にしなくてもいい。人目につかない場所で話さなければならない重要な案件であることくらいは理解している。私が今日、ここに来ることは誰も知らない」

そう言って父は優しく微笑んだ。父の皺だらけの顔がさらに皺くちゃになる。

父は変わった。スペインに来てから三年が経ったころ、父は足を悪くした。それをきっかけに何事も最前線で動いていた父は身を退いた。徐々に業務を愛美に引き継ぎ、今は完全に隠居生活に入っていた。

父はバルセロナ郊外にある高台の上に、豪奢な一軒家を建て、身の回りの世話をする人間を常駐させてはいるが、その場所で一人、暮らしていた。そこで父は、その大きな庭を開放し、近所の子供たちを遊ばせ、日がな一日、彼らの姿を眺めたり、近隣に住む、同じような年代と立場の高等遊民たちを家に招き、お茶会などを開いているのだった。

愛美はそれを寂しく思っていた。父はたしかに、もう高齢に差しかかっているが、まだまだ仕事ができると愛美は考えていた。父親の信頼を受け、仕事を任せてもらえることは本当に嬉しかったし、父親が土台を作り、ジョアン・ラポルタンの援助がある中でも、やはり二十歳そこそこの若い女が、相楽天晴の代理人として、様々な折衝（せっしょう）を行ってゆくのは並々ならぬ苦労があり、綺麗ごとではやっていけない事柄も多々あった。それでも愛美はそれらすべてをやりがいに感じていた。

だが愛美はまるで満たされていなかった。

父親と過ごした日本での日々。それは目くるめくものであった。人々を騙し、蔑み、陥れ、彼らが絶望に泣き叫ぶ姿を、自身の喜びと感じ、すべてを奪い尽くした。愛美はエクスタシーにも似た悦（よろこ）びを感じていた。

父親は、一度、標的と定めたものを決して逃さず、支配した。

そして愛美もまた父親に支配されていたのだ。

父親は愛美にとって唯一無二の支配者であった。

父親に支配されることでしか、愛美は満たされないのだ。

もはや父親が、愛美の仕事に対して口を出してくることは皆無と言ってよかった。

今回、父親には相楽殺害の詳細を報告するという理由で足を運んでもらった。他の案件ならば、いつものように、愛美に任せると言われ、会うことなく終わってしまうのだが、さすがに相楽の件ともなれば、父親も無視できないことは分かっていた。

だが、その報告だけではなかった。愛美には他に二つ、大きな目的があったのだ。

一つは相楽殺害の報告をきっかけとして、父親が日本にいたころに緻密に組み上げ、実行した、相楽天晴に対しての奸計（かんけい）の一部始終を説明してもらおうと思ったのだ。愛美も父親と共に行動していたから、なんとなくは想像できていたが、はっきりとした奸計の全貌（ぜんぼう）は見えていなかったのだ。そして父親の口から、話をさせることにより、かつての気持ちを取り戻してもらおうと考えていたのだ。

もう一つは、愛美の母親、洋子の、死の真相だった。愛美はそれまで父親から、母親の死については、S市の病院の屋上から身を投げて死んだ、というその言葉だけでしか、説明を受けていない。おそらく単刀直入に聞いても、愛美の性格を知り尽くしている父親は、はっきりとは教えてくれないだろう。だが、相楽に対しての一部始終が話されるのであれば、母親の洋子の話も出てくるはずである。そこから真実を読み取ろうと考えていたのだ。

父は杖を傍らに置き、革張りの高級ソファに体を預けている。

愛美はそそくさとキッチンスペースに向かい、コーヒーを淹れた。愛美と父親の分、二つのコーヒーカップを花柄のトレイに載せて、父親の元へと運ぶ。

「お父様、どうぞ」

そう言って愛美は、父親の前にあるガラス製のローテーブルにカップを置いた。

「ありがとう。香りがいいねえ」

「お父様のために特別に取り寄せたのよ。どこのコーヒーか分かる?」

愛美が問うと、父親はカップを持ち上げ、ひとしきり香りを楽しんだあと、一口飲んだ。

「すっきりして飲みやすい。酸味とコクのバランスもよい。とてもまろやかな舌触りだね。これは……インドネシア産の【コピ・ルアク】かな」

父親は自信ありげに言う。

「ご名答よ。さすがお父様だわ」

【コピ・ルアク】はジャコウネコの糞から取れる未消化のコーヒー豆という非常に珍しいものだった。ジャコウネコ腸内の消化酵素の働きや、腸内細菌による発酵によって、コーヒーに独特の香味が加わるのだ。

愛美もソファに座り、コーヒーを一口飲んだ。たしかに普通のコーヒーとは違う独特な苦みとコクがある。これならば父親もコーヒーに入れられた異物に気づくことはないだろう。

父親が口にしたコーヒーには遅効性の睡眠薬が入っていた。

無味無臭の睡眠薬であったが、一線を退いたとはいえ、父親であることには変わりない。念には念を入れたのだ。

だが父親が、気づいている様子はなかった。美味しそうにコーヒーを啜っている。愛美はそれを見て、安堵すると同時に、少しばかり落胆している自分にも気づいていた。

かつての父親ならば、コーヒーに異物が入っていることを見破ったのではないか、と思ったからだ。嬉しそうに愛美を見る、その視線からは、かつて宿していたはずの獰猛な目の輝きの片鱗すら、窺うことはできなかった。睡眠薬は、この話が終わるころに効いてくるに違いない。

父親はその外見を何度も変えていた。

愛美がまだ幼く、S市にいたころ、父親は井上という名で、腰の曲がった老人だった。その後、二人でM市に移り住むと、あきらかに若返り、背筋もピンと伸び、スーツの似合う紳士に姿を変えた。またS市に戻ると、今度は頭を丸め、体もでっぷりと太り、赤ら顔でいつもニコニコしている人のよさそうな初老の男になった。

そしてスペインへ渡り、今、愛美の目の前にいるのは、高級なスーツの似合う、痩身で、品のよい老紳士だった。父とは年齢が離れているため、対外的には父親ではなく、祖父ということにしていた。

「お父様、すべて終わったわよ。相楽天晴は予定通り始末したわ」

愛美は一通り、コーヒーを味わい、二人がカップを置いたタイミングで言った。

「そうか……おまえには大変な仕事を任せてしまったな。感謝している」

父親はようやくぽつりと言葉を返した。

「そう言ってもらえると嬉しいわ。首尾も完璧よ。相楽も警戒していたみたいね。ワールドカップが終わると、招いていた養護園の子供たちにも会わず、一目散にスペインに帰ってきたもの。でも、さすがに自宅で殺されることはないだろうと油断していたみたい。帰ってきたところを殺しのプロに襲わせたわ。さすがジョアンが紹介してくれた殺し屋ね。超一流の腕よ。現場に痕跡を一つも残さないの。肉も骨も内臓も、すべての部位を細かく切り刻んで、散り散りにしてから持ち出すの。今ごろ、相楽は地中海の藻屑となっているはずだわ。たとえ疑われたとしても、物証はゼロよ。同じ家に暮らしていた私としては、寝覚めは悪いけどね。だから近々、引っ越すつもり。これで相楽天晴は謎の失踪を遂げたということになるわ」

父親は無表情のまま、黙って聞いていた。

「ねえ、お父様……お父様はどの時点で、相楽がこれほどの存在になることを予測していたの？　もう教えてくれてもよいでしょう？」

愛美は猫なで声で聞く。

父親の考えた計画は分かりやすくシンプルだった。相楽天晴という名もなき少年を、父親が様々な奸計を駆使し、世界に通用するサッカー選手に育て上げ、彼の生み出す利益のすべてを手中にするというものだった。

父親は第一線を退いたが、相楽に対しての計画だけはずっと進行中であるといってよかった。愛美は進行中の計画の詳細を父親に聞くことはなかった。だが、今回、相楽を殺害したことで、この計画は一段落したといってもよい。

「そうだな……ここまで計画が上手くいったのも愛美のおかげでもあるし……いいだろう……すべてを話そう」

「ありがとう……お父様」

愛美の感謝の言葉に、父親は黙って頷き、おもむろに話し出した。

「相楽をはじめて見たのはS市の社宅だったか……愛美も知っての通り、相楽は幼いころから、類いまれなるサッカーセンスを備えていた。だが、その時点で、この少年を超一流のサッカー選手に育て上げ、そのすべての利益を搾取しようなどという、恐ろしく曖昧で、可能性の低い計画を立てるはずなどなかった。いくら幼少期に才能があったとしても、そのまま順調に成長し、プロになれる人間など、ほんの一握りに過ぎない。しかも超一流のサッカー選手になる可能性など、ほぼゼロに近い。そんなものに労力をかけるほど私は暇ではない」

「じゃあ……」

言葉を挟もうとする愛美を、父はゆっくりと手のひらを見せて制した。

「具体的な計画は組み立ててはいない。だが可能性は感じていた。ほんのわずかな可能性だがね。もしかしたら、という勘みたいなものだ。勘が働いたのは、その類いまれなるサッカーセンスもそうだが、相楽自身の性格も大きかった。思い込みが激しく、一度自分で決めたことは、命を賭してでも、成就させる。そういう稀なメンタリティを持つ男が相楽だった。だからリスクの無い程度に種を蒔いておいた。だが、その程度だ。正直、期待などしていなかった。脆弱な大地に一粒の種を蒔くようなものだ。もしも栄養が行き届き、運よく芽が出て、花を咲かせ、実がなったら収穫しよう。それくらいのほんのわずかな期待でしかない」

「ということは徐々に可能性が見えてきたってこと？」

いまいち分からないという様子で、愛美が聞く。

「そうだ。当時……もう二十年近く前になるか……あのころの私は、おまえも知っての通り恐喝を主たる仕事にしていた。ターゲットを決めると、その人間の弱みを握り、陥れ、金を巻き上げる。相楽も同じだ。一ターゲットに過ぎなかった。相楽をターゲットにしたきっかけは、おまえと洋子が、当時、私が住んでいた平屋に移り住んできたことだったな。相楽はおまえに惚れていた。だから平屋の庭に入り込み、おまえを楽しませようとリフティングをしてみせた。正直驚いた。四歳の幼稚園児がやっているとは思えない見事なリフティングだった。しかもそこは雑草だらけで足場の悪い庭にもかかわらずだ。そのあと、テニスボールでのリフティングを見せられたときには言葉を失った。そのときに利用しようと決めた。だがそれはあくまでも恐喝の道具としてだ」

愛美は当時のことを今でも鮮明に憶えている。あのころからすでに、愛美は父親のことを崇拝していた。母親も同じだったに違いない。

父親の住む平屋に、母親と一緒に移り住むと、父親から外に出ることを禁じられた。嫌ではなかった。それどころかずっと父親と一緒にいられることが嬉しくてしかたがなかった。幼かった愛美は大きな幸せを感じていた。

ある日、父親に、窓から庭を見ているように命じられた。

命じられた通り、庭をぼんやり眺めていると、そこに相楽が現れた。相楽は愛美の元へ、あたりの様子を窺いながら近づいてきた。そして愛美が窓を開けると、いろいろと聞いてくるのだった。だが愛美は、相楽からの質問には一切答えず、ここはつまらない、何も楽しいことがない、と質問とは関係ない答えを一方的にまくしたてた。そう答えたのもすべて父親の指示通りだった。

その翌日、相楽はサッカーボールを持って庭に現れた。そこで相楽は見事なリフティングを披露した。愛美は嬉しくなり、喜んだ。それからというもの、毎日、相楽は庭に現れてリフティングを見せてくれた。だが数日たってから、相楽がいつものようにリフティングをしている最中に、愛美は踵を返し、窓際から離れた。これも父親の指示だった。父親は毎日、昼過ぎに家を出たが、それも相楽を庭に誘い込むための計略の一つだったのだ。父親は家を出たあと、近くで身を潜め、相楽が庭に現れるのを確認するとこっそり家に戻り、部屋の奥から、相楽の様子を窺っていたのだ。

その後、テニスボールでリフティングをする相楽を見て、この少年は、愛美の願いであればなんでもいうことをきく、と確信したのだろう。父親は愛美に、次、相楽が庭に現れたら、壁に向かってボールを思いきり蹴らせるよう指示したのだ。愛美はその指示通り、シュートを蹴るように相楽に我が儘を言い、二度目のキックで、予定通り窓ガラスを割らせたのだった。

ガラスには破片が粉々に飛び散るように、もともと、ヒビを入れていた。いくら相楽といえども、幼稚園児のキック力で無傷の窓ガラスを粉々に割るのは難しい。

窓のあった部屋には母親が控えていた。部屋のどのあたりにいたのかは知らないが、粉々に割れた窓ガラスの破片で、都合よく両目を失明させることなどできるはずがない。おそらく母は破片を拾って自ら、目に突き刺したか、父が破片を拾って、母の目を突き刺したかのどちらかだろう。母も愛美と同じような人間だから、父の指示であれば平気で自分の目を潰すだろうし、父もあたりまえのように母の目を潰すに違いない。

どちらなのかを愛美は父親に聞くことができないでいた。

答えを聞くのが恐ろしかったのだ。

もしも、父親が母親の目を潰していたのなら――。

それを想像しただけで、愛美は嫉妬で狂いそうになるのだ。

その後、母は泣き叫びながら、家の外に出て、隣家の人々を呼び寄せるかの如く、目を押さえて地面を転げ回った。騒ぎを聞きつけ、近所から人々が集まったところで、父親がそこに現れ、母の目を潰したのは相楽であると訴えたのだった。

愛美はその様子を見ていない。あとから父親に聞いたのだ。愛美は相楽の蹴ったボールで窓ガラスが割れるのを確認すると、窓際からそっと離れ、与えられた部屋の中で息を潜めていた。

「相楽の愛美に対しての恋心。そしてサッカーの技術。これらを利用して、相楽を陥れ、相楽の両親を恐喝した。ある程度の技量がないと、いくらヒビを入れていたとしても、サッカーボールで窓ガラスを割ることなどできない。相楽を利用したのは、当初、その恐喝のためのものでしかなかった。だが、奴らの家に包帯を巻いた洋子を連れて乗り込んだときに、相楽に大きな可能性を感じた。俺たちが乗り込むと両親は半狂乱で震え上がっていた。相楽はときおり俯くこともあったが、それ以外は、俺を身じろぎもせず、じっと見つめていた。肝が据わっていると感じた。感心したことは他にもある。ボールを蹴った原因が、愛美にあることを、相楽は一言も口にしなかった。おそらく両親にも言っていないのだろう。おまえを庇って言わなかったのかもしれないし、本当に自分の責任だと思い込んでいるのかもしれない。どっちにしろ、普通の人間にはない、高い精神性を感じた。それがもしかしたらと思わせる可能性を匂わせた」

父の口調はいつのまにか変わっていた。

顔が仄かに紅潮し、興奮しているのが伝わってきた。表情も変わり、目にはあのときの獰猛な光が垣間見えた。

かつての父親が帰ってきてくれたようで愛美は嬉しかった。

「でも可能性を感じただけで、この時点でも、具体的な計画は何もなかったってこと？」

「そうだな。予感めいたものはあったが、まだどうにかできるようなものでもない。それに相楽の両親への恐喝を繰り返し、一家は離散した。ある程度派手にやったから、周りの目も気になるようになってきた。住む場所を変える必要があった。リスクを冒してまで、相楽に執着するほどの可能性もなかったし、具体性のある計画もなかった。だからおまえを連れてＭ市に移った」

「母を一人、病院に残したのはなぜ？」

緊張がはしる。このタイミングしかなかった。自然な流れで母親の質問を挟めたと思う。

「どうした？　恨んでいるのか？」

父は表情を緩め、愛美にいたずらっぽい目を向けた。

愛美は安堵した。作為的に母の質問をして、誘導したことを、父に悟られてはいないようだった。

「冗談じゃない。そんなこと思うはずがないわ。私も。そして母親もよ。母親をＳ市に残したのは相楽に対する計画の一つだったんじゃないかって聞いてるのよ」

怒っているフリをして、愛美は真意を隠すことに努めた。

父親はそれに、うんうんと頷き返す。

「これもリスクのない種蒔き程度にしか考えていなかった。失明したことによって、洋子は利用価値がなくなっていた。あいつを置いていくことは、もともと決まっていたことだ。洋子もそれを受け入れていた。あいつもおまえと同種の人間だ。目の光を失った時点で、まともに生きられないことを理解していた。お役御免でゆっくりしてほしいと思っていたが、一つだけ頼みごとをしておいたんだ」

「頼みごと？」

「ああ……もしも相楽が、洋子の見舞いに訪ねてきたら、俺に連絡をくれと頼んでおいた。相楽は、洋子が失明したことに対して強い責任を感じていた。だから相楽が、どこかのタイミングで洋子の元を訪ねてくる可能性は高いと考えた。だが、この時点においても、ついでに張っておくか程度のもので、まるで期待などしていなかった。なにせ自分の蹴ったボールで人を失明させているんだ。まともな人間ならサッカーをやるどころか、サッカーボールを二度と見たくないと思うのが普通の感覚だ。

その後、俺はおまえとM市に移り住み仕事に没頭した。俺は、それ以前にもM市に住んでいたことがあった。そこで様々な悪事に手を染めた。今と比較すると、仕事とは言えないような、多くはヤクザまがいのチンピラ仕事だったが、そのときにつくり上げたコネクションのおかげで、相楽一家から巻き上げた金を元手に事業を拡大することができた。だから相楽の存在など忘れていたというのが正直なところだ。だが、そんなとき相楽のことを思い起こさせる、一人の少年を偶然見つけた」

「終夜ね」

「そうだ。終夜と出会えたのは愛美のおかげだ。感謝しているぞ」

面と向かって父親が感謝の言葉をくれたのはいつ以来だろうか。天にも昇る気持ちだった。胸が高鳴り、顔が真っ赤になってゆくのが分かる。

「お父様が私にそんなことを言ってくれるだなんて……これ以上の幸せはないわ……」

愛美は父親に対して溢れ出る想いを伝えた。

父親は愛美のすべてだった。

愛美は、父親とM市に移り住んでからは、父を喜ばせるために、恐喝のネタになりそうなものを、日々アンテナを張って、自発的に探すようになっていた。

すると入学したM市のY小学校に格好のターゲットを見つけたのだ。

そのターゲットとは愛美の担任の男性教師だった。四十前で妻子のいる男だった。男は明るく、快活で、生徒からも人気があるように思えた。小学生ぐらいの子供であれば、大人からの押しつけがましいスキンシップも疑問なく受け入れてしまう。担任は、頻繁(ひんぱん)に、生徒たちと親密なコミュニケーションをとっているような仕草で、男女問わず、子供たちの体を触(さわ)っていた。それを子供たちは、嫌がる様子もなく、それは担任の愛情表現であると理解し、自然に受け入れているようだった。だが愛美だけは気づいていた。教師の、女子の体を触るときの手の動きや、表情、そしてわずかな息づかいの変化に、淫猥(いんわい)の臭いを感じたのだ。

これを利用しない手はなかった。愛美はすぐに、このことを父親に伝えた。父親は喜んでくれた。愛美も嬉しかった。担任を陥れる計画はすぐに決まり、実行に移された。皆が、帰宅し、静まり返った放課後の校舎で、愛美は担任教師に声をかけた。

なぜか学校に一人残っていた愛美を見て、教師は驚いた様子だった。愛美は神妙な面持ちで、先生に相談したいことがあると言い、人気(ひとけ)のない視聴覚教室へと担任をおびき寄せた。担任は疑う様子もなくついてくる。視聴覚教室に着くと、愛美は何も言わず、担任教師に、体をぴたりと寄せた。

教師の体は一瞬、硬直し、驚いた様子だったが、拒否する様子もない。

『先生……』

それだけの言葉を、目を潤ませて切なげな声で言う。愛美の声が教師の表情を変えた。教室では決して見せることのない、頬の緩んだ、だらしない表情が浮かぶ。

肩を触っていた教師の手がゆっくりと動く。背中から腰へ、そして尻へと移る。息は荒いモノへと変わり、二つの手、それ自体が独立した生き物のように、愛美の胸と尻に張りつき、蠢いていた。

教師はあきらかに理性を失っていた。

本能に身を委ねる淫猥な化け物へと姿を変えたのだ。

愛美は全裸に剝かれた。それでも抵抗することはなかった。いやらしく這い回る両手の感触に、ぴちゃぴちゃと体中をゆっくり舐める、汁気を帯びた舌のざらざらとした感触が加わった。教師の仮面を完全に破り捨てた、淫猥な化け物は、愛美の整った顔を、綺麗な耳を、静脈の浮き上がりほっそりとした首を、仄かに膨らみを見せる発達途中の胸を、三日月形に窪んだ臍を、ほどよく肉のついた尻と太ももを、隠すもののない桃色の生殖器を、一心不乱に舐めまわすのだった。

そのようなときも、愛美の心が動くことはなかった。

本当になんとも思わないのだ。犬がじゃれつき顔を舐めてくるのと同じ感覚だった。そんなことよりも、このことで父親が喜んでくれることが何より嬉しかった。それを想像しただけで体が熱くなるのだ。知らず吐息が漏れた。それを勘違いした変態教師は、愛撫に一層、熱を込めているようだった。

体を委ねたまま、こっそり視聴覚教室のドアに目を向けると、ドアがゆっくりと開かれるのが分かった。そこに現れたのは高感度カメラを手にした父親だった。そのとき覚悟していたとはいえ、恥ずかしさで身を隠したくなった。自分は愛する人の前で、全裸になっている。しかも気色の悪い化け物に体中をぴちゃぴちゃと舐めまわされるという、あられもない姿を晒しているのだ。

今すぐに、体に吸いつくこの化け物を引きはがし、滅茶苦茶に殴りつけたい衝動に駆られたが、なんとか耐えた。そんなことをしたら父親が自分に愛想を尽かす。どんなことよりも、死ぬことよりも、愛する父親に見捨てられることが心底恐ろしかった。

父親はカメラをかまえ、右手を挙げた。それは取り決めていた合図だった。同時に、愛美は体を震わせ、声を出さずに恐怖に怯える表情を作った。

フラッシュがまぶしく光る。連続でシャッター音が鳴った。教師は驚き、動きを止めて振り返る。

『な、何を！』

教師は驚愕と困惑を入り混じらせた表情で叫んだ。

『何をじゃねえよ！　この変態教師が！　てめえ俺の大事な娘に何したのか分かってんだろうな！先生よ、決定的瞬間を撮らせてもらった。言い逃れができる状況じゃないのは分かるよな。今日は帰れ。後日、ゆっくりと話し合いをしようや』

父親は教師に向かって言い捨てる。

愛美は服を拾って父親に駆け寄る。父親にぴたりと体をつける。体が火照り、心臓が高鳴る。今まで、体中を舐めまわされても、なんの反応を示さなかった体が、ただ父親と触れ合っただけで、如実に変化を見せるのだ。愛美にはこのときから、分かっていたのだ。私にはこの人しかいない――。

『ま、待ってください。こ、こんなことが広まったらすべてを失ってしまう。破滅してしまう。お願いです。ゆ、ゆるしてください。私には妻も、子供もいるんです』

教師は這いつくばりながら近づいてきて、そのまま父親の足に縋り、頭を下げた。

『先生、顔を上げてくださいよ』

父はゆっくりと優しい口調で、教師に声をかけた。その声に期待を持ったのか教師は、ぱっと勢いよく顔を上げた。同時に教師は苦痛で顔を歪ませた。父親が教師の鼻に拳をめり込ませたのだ。教師は鼻を押さえ、涙を流しながら、転げ回った。鼻はあらぬ方向に曲がっていた。おそらく骨折しているのだろう。二つの鼻穴から、まるで蛇口を盛大に捻ったかのように、鼻血がとめどなく溢れ続け、床にいくつもの血だまりを作っていた。

父親はかまわず、教師の襟を摑んで引き起こし、顔を近づけ、睨みを利かす。

『あんまり大声を出すんじゃねえよ。まだ当直の先生や、用務員のおじさんやらが残ってるんだろ？こんなところ学校の奴らに見られたらそれこそ一発アウトだろ。だから今日は帰れ！　明日から俺がきっちり搾り取ってやるからよ！』

そう言い終えたあと、父親は愛美に優しく微笑みかけた。

『愛美、帰るぞ』

愛美は嬉しそうに笑みを返し、大きく頷いた。

愛美は服を着ると、床で力なく倒れている変態教師を捨て置き、父親と一緒に視聴覚教室を出た。廊下はひっそりと静まり返っていた。人に見つからぬよう、慎重に廊下を歩き、校舎を後にした。外はすでに闇に包まれていた。愛美は父親と手をつなぎ、仲良く家路についた。

次の日から本格的に、父親による、担任教師への恐喝がはじまった。

愛美が精神的苦痛を受けた、という名目で多額の慰謝料を要求したのだ。担任教師は、写真を撮られている状況で、拒否などできるはずもなく、父親に言われるがまま、金を払い続けた。だが、しばらくすると教師の金は底をついた。父親は、それでも教師を追い込み、消費者金融から金を借りさせた。公務員であるから、簡単にある程度まとまった金額を借りさせることができた。それでも複数の金融業者からの借り入れを重ねると教師に融資してくれる金融業者はなくなってしまった。そこで父親は、つながりのある高利貸に口をきき、そこから無理やり金を借りさせて、慰謝料を払わせた。

そこは滅茶苦茶な金利であるから、教師の借金はどんどん膨れ上がっていった。

このような状況になっても、教師は、自分の妻に対して、借金があることをなんとか隠しているようだった。だが追い込まれた教師は、精神に異常をきたしはじめているのがはっきりと分かった。

授業中に、急に言葉を止め、何もない空中にぼんやりと視線を漂わせて、ぶつぶつと独り言を言ったりするのだ。父親に金を払うときも、そのような姿を見せるようになった。目の焦点が合っておらず、涎（よだれ）を垂らしながら父親に文句を言いはじめるのだった。

完全に頭がおかしくなってしまったのか、おまえに払う金はない、あの写真を使って好きに告発すればいい、などと息巻くようになった。そして、私は知っているぞ。おまえは私から金をむしり取ることができなくなるから、写真を使って秘密をばらすことなどしない。おまえには、そんな根性などありはしない、などと言うのだった。

その直後、父はあっさり、例の証拠写真を教師の妻と、小学校の校長宛てに送りつけて秘密を暴露（ばくろ）した。結果、担任教師は懲戒免職となり失踪してしまった。

そして、その話がどこからか漏れ、またたく間に周囲へと広がった。

おかげで愛美は、心に傷を負った少女のフリをして数ヵ月間過ごさなければならなくなった。

教師の抱えていた借金は、教師の妻に、そのままスライドさせた。父はこのことを最初から考えていたのだ。簡単に金づるを逃がすはずがない。

父親に嵌められ失踪した変態教師、突然、多額の借金を背負わされたその妻、そして、その二人の子供が終夜だった。

「俺は高利貸の連中と共に、あの変態教師の女と子供の身辺調査に向かった。正直、教師の気が狂うくらいに、金は引っ張りつくしていたからな。そのあとの女からの回収は高利貸の連中に任せるつもりだった。そこで偶然、終夜を見つけた。終夜はサッカーをしていた。小学校のグラウンドだったな。どこかとの練習試合だ。最初、何気なく眺めていたが、皆、上手く面白い試合だったから、いつのまにか見入ってしまった。その中で一番目立っていたのが終夜だった。他の選手よりも背が低く、幼かったが、誰よりも走り、声を出し、球際もガンガン行っていた。技術が突出しているわけではないが、なぜか引きつけるものがあった。そのとき、ひさしく忘れていた相楽天晴の存在を思い出した。その直後だ。S市の病院に入院している洋子から連絡が入ったのは。相楽天晴が病院に現れたと教えてくれた。そこで洋子は俺が教えていた通りの計画を実行した」

「計画？　どういうこと？」

これは初耳だった。愛美はまるで聞かされていない。

「愛美、日本人が世界のトップリーグ、スペインやイタリア、イングランド、ドイツのリーグで活躍するにはどんなことが重要になると思う？」

父親は、愛美を試すような口調で、不意に質問を向けた。

「そうね……やっぱりまずは現地の言葉が話せることね。最低限、英語は話せないと駄目ね。それとフィジカルもそうだけど、高い技術力。技術がないと、特にスペインなんかでは絶対に通用しない。あとは外国人だらけの環境でも物怖(ものお)じしない強固なメンタリティかしら」

　父親は愛美の言葉に満足そうに頷く。

「そうだな。おまえの言う通り、それらが大きなファクターとなる。俺がこのときに相楽に植えつけようとしたのは、おまえの言葉を借りると、強固なメンタリティを構築するための、圧倒的高さのモチベーションだ」

「モチベーションを植えつける？」

「そうだ。そもそも海外の選手……たとえば南米の選手と日本の選手を比べると、サッカーに求めるモノが根源的に異なる。南米出身で活躍する選手の中には、幼いころ、日々の食事もままならないほどの困窮(こんきゅう)に喘(あえ)いでいた者たちが数多く存在する。サッカーはその最底辺の生活から脱出するための唯一の手段となる。だから死に物狂いでサッカーに取り組む。その小さな背中に向けられる家族の期待は、大きなモチベーションへと変わる。

　だが日本でそのようなことはない。たとえ貧困であったとしても、そこから脱出する選択肢は数多く存在する。サッカーに固執する必要はない。必死にサッカーをやるより、必死に勉強をした方が絶対にいい。日本においては、サッカーをはじめるきっかけは、そのほとんどが趣味でしかない。そこから圧倒的に高いモチベーションなど生まれるはずがない」

「じゃあ、なおさらおかしいわ。相楽は自分の蹴ったボールで母を失明させたと思っているのよ。お父様もさっき仰(おっしゃ)っていたけど、サッカーボールを見るのも嫌なはずよ。そんな人間に高いモチベーションを植えつけるだなんて到底不可能よ」

愛美は言下に否定した。

「普通はそうだ。だが、あのときの相楽と洋子、二人の特異な関係性を利用すれば、相楽のサッカーへの強い拒絶感を、高いモチベーションに転化することが可能だった。

相楽は洋子に対して強い罪悪感を持っていた。ひさしぶりに洋子の前に現れた相楽は、そのとき養護園で暮らしていた。両親が離婚したあとは、母親と一緒にいたが、その後、母親は事故死した。

一人になった相楽を、親戚も、父親すら、奴を疫病神扱いして引き取ろうとはしなかった。相楽は、洋子だけではなく、これまで迷惑をかけた人々に謝って回ったあと、死のうと思っていたらしい。おめでたいことに俺たちを訪ねて、S市の平屋にも姿を現したという。とにかく相楽は、洋子に対して死んで詫びたいと思うほどの罪悪感にまみれていた。俺はその罪悪感を利用した。そのような精神状態の中で、洋子に同情させ、感情移入させることができれば、相楽を意のままに操ることができると思った。そのための計略はすでに練っていて、詳細は洋子に伝えてあった。

俺は洋子に指示し、自分は、俺と愛美から捨てられた。連絡もなく、音信不通なのだと語らせ、同情心を煽った。さらに、洋子に、不幸な身の上話を相楽に対して語らせた。そのほとんどが実話だったが、一つ話を盛った。洋子には双子の兄がいて、世界一のサッカー選手になることを夢見ていたが、幼いころに、洋子の母親によって殺された、というまるっきり嘘の話だ。洋子は一人っ子だ。きょうだいなどいない。だが、兄にサッカーをやらせてあげたかった、という偽りの願いは相楽に伝わることとなる。そういうふうにして洋子に、相楽を取り込ませた。相楽は死ぬことをやめ、定期的に洋子の元を訪れるようになった。そして洋子は、相楽に人生を捧げるとまで言わせた。ここまでくれば相楽にサッカーをやらせるのは簡単に思えたが、相楽のサッカーに対する拒絶感は予想以上に根深かった。洋子に何度も水を向けさせたが、なかなか首を縦に振らなかった」

「それで母を殺したのね……」

愛美は体の奥底から、ふつふつとわき上がる感情をなんとか抑えながら言った。

「そうだ」

父親はなんでもない、といった様子で首肯する。

わき上がった感情は、母親に向けられた狂おしいほどの嫉妬だった。

母が失明して、S市に一人残ると決まったとき、これで父親は自分だけのものになると喜んでいたのだ。だが違った。父親はまだ母親のことを愛していた。目の見えない母親を信用し、重要な仕事を任せたのだ。

父親は、相楽のことなど忘れていたと言ったが本当にそうだろうか――。

現れるかどうかも分からない相手への計画にしては、あまりにも綿密で用意周到なものに思えたのだ。本当は、母親の元に相楽が現れることを確信していたのではなかろうか。父親は愛美の想いを知っている。愛美の嫉妬心を煽らぬよう、考えて話しているのかもしれない。

「電話で母に命を絶つよう指示したのね」

「その通りだ。遺書を書かせて、存在しない兄への想いを言葉にして【世界一のサッカー選手になる】という願いを相楽に刷り込ませた。一生を捧げようと考えていた相手からの遺言だ。抗(あらが)うことなどできない。そして洋子は俺の指示通り、病院の屋上から身を投げた」

愛美がずっと知りたかったのはこのことだった。

母は最期、どのようにして死んだのか――その真相だ。

父親が母を死ぬように促した。そこまでは正直、想定できていた。父は、母が自ら屋上に上り、身を投げたと言った。

おかしい――。すぐに疑問が浮かんだ。

母親は目が見えないのだ。

目の見えない人間がどうやって屋上から身を投げたというのだろうか。普段、病室にいた母親が屋上から飛び降りるためには、病室から廊下に出て、階段を上り、屋上にたどり着いてからも、フェンスを乗り越え飛び降りる、という一連の行動が必要になるのだ。目の見えない人間が、しかも他人に気づかれずに、そんなことができるとは思えない。

母親は実際に失明していた。そのことは愛美も知っていた。実は目が見えていたという、安っぽいミステリー小説のような事実もない。警察が、そのことを疑問に思わないはずがない。もしかしたら他殺の可能性も浮上していたが、物証が見つからなかったために、強引に自殺であると結論づけたのかもしれない。遺書があったことも、その可能性を後押ししたのだろう。

その瞬間、愛美の体に、雷が突き抜けるような衝撃がはしった。父親に悟られぬようどうにか平静を装う。

からくりを理解した。

父が、母を直接殺したのだ。

愛美は、母が入院していた、S市の郊外にぽつんと佇む、寂しげな病院のことを思い出した。病院で働く看護師も職員も、入院患者も少ない閑散とした病院だった。あの病院ならば、人目につかずにこっそりと院内に忍び込み、母親を導いて、屋上に行くことは可能のように思えた。そこでおそらく母親は、父親に屋上まで導いてもらい、力を借りてフェンスを乗り越え、そこから背中を押してもらい、身を投げたに違いない。母親は父親から電話で死ぬように指示を受けたときに、きっとこう言ったのだろう。

『私は目が見えないのよ。屋上から身を投げることなど、どうやったってできないわ。あなたが私を殺しに来て』

負けた。母親の高笑いが、あの世から聞こえるようだった。

もう私は、父親の唯一の存在になれない。

母親は最期まで父親に愛されていたのだ。父親に目を潰してもらい、それでもなお、重要な仕事を任され、最後は父親の手で殺されたのだ。

母親が失明したとき、あの女を、S市に置いていくとだけ聞かされた。父親は私を選んでくれたと思ったのだ。だがあの女は自分をまんまと出し抜いた。父親にとって唯一の存在は、愛美ではなく母親だったのだ。

絶望感が襲う。目の前が真っ暗になった。底の見えない深淵にどこまでも落ちてゆく。

「……って、相楽に高いモチベーションを植えつけることに成功した」

近くにいるはずの父親の声がどこか遠くで朧げに聞こえる。

だめだ――まだ折れてはならない――このような最悪の事態も想定していたはずだ。

そうやって自分を鼓舞し、愛美はどうにか冷静さを取り戻した。

悟られてはならない。父親も、大きく揺れ動く、愛美の心の変化には、気づいていないようだった。

「でも相楽はすぐにサッカーをはじめなかったわよね……」

愛美は平常心であることをアピールするかのように言葉を紡いだ。

「そうだ。高いモチベーションを植えつけることはできたが、サッカーをやるための環境がまるで整っていなかった。M市のようにサッカーの強豪チームがひしめく場所とはまるで違う。当時のS市の、あの地域にはクラブチームもなく、相楽の通う小学校には週に一度しか活動しないレクリエーションレベルのサッカーチームしか存在しなかった」

「とりあえずサッカー愛好会に入ろうとは思わなかったのかしら？」

「おそらくそれも考えただろう。だが相楽は遊びでサッカーをやりたいわけじゃなかった。おまえのチームメイトにタケシという子供がいただろ？　タケシは一度、愛好会に入って辞めている。真剣にサッカーをやりたかったタケシが受け入れてもらえなかった。入っても無駄だと考えたのだろう。養護園で暮らす相楽が、まさかサッカーをやりたいから他の町の学校に転校したいなどと言えるはずもない。俺も、その与えられた環境の中で、できることを考えるしかなかった」

「その方法の一つが終夜を相楽の元へ動かすことだったのね」

愛美の言葉に、父親は無言で頷いた。

「だが簡単なことではなかった。借金を抱えた母親が息子を連れて、見知らぬ土地に引っ越すなどというストーリーは現実的じゃない。母親と直接交渉し、借金をチャラにするのと引き換えに引っ越させる、ということはできたかもしれないが、新しい土地で女一人、子供を抱えている状況で、安定した生活を手に入れることができるか、といえばかなり厳しいように思えた。親の経済的基盤の安定が無ければ、サッカーなど安心してできるはずがない。この時点で、やはりこれ以上、計画を進めるのは不可能かと思ったが、俺は一つのことを思い出した。

六村祐がM市に住んでいた。あいつが一人M市にいることは情報として握っていた。そしてあの男を上手く利用すれば、終夜を相楽の元へ、送り届けることができるかもしれないと考えた。だが、そのためには終夜の母親と六村祐をくっつけなければならない。俺はその役目を終夜に与えた。この計画が上手くいくかどうかは、そのほとんどが終夜の行動力にかかっていた。終夜をS市に送ったとしても、終夜自身に相楽をサッカーの世界に引き込むだけの力が無ければ意味がない。だから俺は、終夜の力を試そうと考えた。俺は終夜の元へ直接出向き、母親の借金をチャラにすることと引き換えに、一ヵ月以内に、二人を引き合わせること、それを終夜の力を試すための試験問題として提示した。だが、これは簡単なことじゃなかった。六村祐は、子供にも声をかけられないぐらいの、人嫌いで内向的な人間に変わっていたからだ」

愛美は幼いころ、六村祐と一緒に暮らしていた。

当時の、愛美の父親だった。

だが、ある日を境に六村祐は姿を消した。そのとき何があったのかを、愛美はどうしても思い出すことができなかった。生まれてから四歳になるまで一緒に暮らしていたはずなのに、すべてが朧げなのだ。認識しているのは一緒に暮らしていたという事実だけで、具体的な思い出は何一つなかった。

「俺はその状況に半ばあきらめかけていたが、終夜は予想外の行動を取った。嵐の中、海で溺れてみせることで、六村祐を動かすというとんでもない行動に出た」

これは愛美も意外だった。終夜に、そのような無鉄砲（むてっぽう）なことをするイメージはなかったからだ。どちらかというと物事を一歩引いてみており、石橋を叩いて渡るタイプの人間に思えていた。だが――S市で出会ったときとは状況が違っていたのだ。終夜は母親のことで、ギリギリまで追いつめられていた。そのときの特殊な環境が終夜を変えたのかもしれない。

「その向こう見ずな行動が六村を動かした。そしてこれは俺にとって好都合の状況を作った。六村は、終夜にとって命の恩人となったからだ。終夜が六村のことを悪く思うはずがない。それは終夜の母親にとっても同じで、息子の命を救ってくれた恩人となる。好意を抱くためのお膳立てはすでに整っていた。事実、二人の間を終夜が取り持ち、二人の距離は徐々に縮まっていった。この時点で、俺は終夜に大きな可能性を感じていた。突如現れた得体のしれない男の依頼を、本当のことであると信じ、最後まであきらめることなく、命の危険を顧みず、こちらが驚くような大胆な計画を実行し、結果を出した。その勇気と、行動力に賭けてみようと思った。そして俺は六村祐のボロアパートへ直接交渉に向かった」

「あのときは驚いたわ。お父様が顔中腫らして、血だらけになって帰ってきたから」

「驚いたのは俺も同じだ。その俺の姿を見て、おまえは包丁を持ったまま、外に飛び出そうとした」

「お父様をあんなふうにして、黙っていられるわけないわ。刺し殺しに行こうと思ったのよ。あのときは誰にやられたかを教えてくれなかったけど、やったのは、あの男だったのね。あいつまだ生きてるわよね？　殺していい？」

　愛美は本気だった。

「待て。あんな小物を相手にしてもしかたがない。それにあいつは生かしておいた方がいい。俺はそのときと合わせて、これまでに二度、あいつを利用して美味い蜜を吸うことができた。また利用できるタイミングが訪れるかもしれない」

　父親は諭すように言った。

「お父様がそこまで言うならしかたないわね……我慢するわ……それよりあの男は、私たちのことを終夜に言ったりしないかしら？　私とあの男との過去の関係を知ったら、真相は分からないにしても、大枠くらいは気づいてしまうかもしれないわ」

そこまで言って、何か引っかかるものがあった。

少し考えてみたが思い出せなかった。

「それは大丈夫だろう。あいつは自分の過去を消し去りたいと思っている。嫁や終夜には絶対に知られたくないと考えているに違いない。まあ、たとえば俺が誰かに殺されて、下手な勘繰りでもされないかぎり、終夜に話すことはないだろう」

父親の言葉に愛美は黙って頷いた。

「話を続けよう……俺は六村祐に洋子が失明したことを伝えた。そして洋子の想いがまだあいつに残っているかのような話をして罪悪感を煽り、近くに住み、定期的に病院に見舞いへ行くように促した。さらにエサも用意した。終夜の母親の借金をチャラにすることと、要望をきいてくれれば、新しい土地で仕事を斡旋することも約束した。ここまでして、心が動かないはずがない。結局、あいつもまともな人間に戻りたかったのだろう。予想通り、二人はくっつき、一家はS市へと移り住んだ」

「でもこの時点で、すでに母は死んでるわよね……？」

「移り住ませてしまえば、そんなことはどうにでもなる。あいつが移り住んだ直後に、神妙な口調で、洋子は身を投げて死んだ、と電話で伝えたよ。給料のよい仕事を手に入れ、新しい家族との生活がはじまろうとしているんだ。後戻りなどできるはずがない」

しかし一人の人間の人生を思い通りにコントロールするなどという途方もない計画を、よくぞここまで形にしたものだ。父はやはり恐ろしい男なのだ。

あの変態教師を嵌めるきっかけを作ったのは愛美だった。父親の指示ではない。だが、そのことも壮大な計画の一つの重要なピースとなっていたことを、愛美ははじめて知った。

「気づかなかったわ。変態教師を嵌めたことも、計画の一部になっていただなんて……」

「そうだ。あの教師が現れてくれなければ、終夜の存在を知ることができなかった。一つでもピースが欠けていたなら、計画は頓挫していたに違いない。M市にいたときは、バラバラに散らばっていたパズルのピースを拾い集めてマスをどんどん埋めてゆく。そんな感覚があった。そして終夜たちがS市に移り住んでからは、途中までは、すべてを終夜に任せるしかなかった。だが終夜は思った以上の働きを見せてくれた。相楽を見つけ出し、レクリエーション程度の活動しかしていなかったサッカー愛好会の環境を変え、相楽の才能を引き出した。そしてわずか一年足らずで県大会ベスト8という結果を残した」

「このときはどうやって相楽と終夜の状況を確認していたの？　母からは、もう情報を仕入れられないし……」

終夜がS市に移ったあとも、愛美たちはおよそ一年間、遠く離れたM市にいたのだ。

「六村祐がいた。六村には仕事を斡旋したからな。それくらいの情報なら仕入れることができた。そして相楽天晴が本物だと分かった。終夜は、思惑通り相楽と接触し、その能力を覚醒させた。相楽は終夜と共に、死に物狂いで練習を続けた。洋子の死と引き換えに、相楽に注入されたモチベーションは大きな効果をもたらしてくれた。

すでに俺も若くなかった。二十年かけて世界に通用する選手になられても遅すぎる。俺は相楽を十代のうちに、海外のトップリーグ、しかもビッグクラブでレギュラーとして活躍する選手にすることを目標として掲げていた。そう考えて逆算すると小学生のうちに、なんとか海外移籍の足がかりとなるような、目立つ活躍をさせる必要があった。そのためには県大会ベスト8では弱い。だが、そこから上に行くのは簡単ではないことを俺も理解していた。理由は明確だった。サッカーはチームスポーツだ。相楽、一人だけがスーパーな選手であっても、チームが試合に勝てるわけではない。サッカー愛好会は相楽のワンマンチームだった。一人だけ実力が突出していた。そのレベルについていけるのは、終夜とタケシの二人だけだ。他のチームメイトは大きく力が落ちる。それより上へ行くには、あと一人、相楽のプレーについていける人間が必要だと思った」

これらの詳細な情報も父は六村祐から仕入れたのだろう。

「恐れ入ったわ。こうなることを予想して、私にサッカーをやらせたのね」

愛美が五年生に進級した直後、父親が不意にサッカーをはじめろ、と言ってきた。父親の指示に、愛美は決して抗うことはしない。質問をすることもなく愛美はサッカーをはじめた。当時、通っていたY小学校のサッカーチームに入った。父親からはノルマが課せられていた。それは一年以内に、チームのトップ下でレギュラーを獲るというものだった。その一年間は、人を貶める仕事からは手を引いた。

Y小学校のサッカーチームは全国大会に出場したこともある強豪だった。愛美にとって、それまでの人生で、サッカーをやった経験といえば、幼いころ相楽とボールを蹴っていたくらいのものだった。普通の感覚でいえば、父の要求は荒唐無稽なものでしかない。

だが、愛美にとって父親の命令は絶対なのだ。無理だと考えること自体が、無駄と思えるほどに、愛美はサッカーに没頭した。誰よりも練習を重ね、自分が女であることを踏まえたうえで、レギュラーになるにはどうしたらよいかを考え続けた。結果、トラップとパスの正確性を極限までに追求し、スペースを見つけるための嗅覚を磨き、さらに圧倒的な運動量をつけ加えることで、体格の違いをハンディとしない、自分なりのプレースタイルを確立することができた。それによりわずか半年で、愛美はトップ下のポジションで不動のレギュラーとなったのだ。

「愛美にサッカーの才能があることは分かっていた。幼いころ、愛美は相楽と同じくらいボール扱いが上手かったからな。期待はしていたが、これほどまでとは思わなかった。

もしもおまえが男だったら、こんな回りくどいことをせず、愛美をバルサで活躍させていた。だが、残念ながら女子サッカーでは、どれほど活躍しても大金を手に入れることはできない」

「本当に残念だわ。男に生まれたかったわ」

愛美は心底そう思った。

「落ち込む必要はない。おまえは女だが、およそ半年でY小学校のレギュラーの座を摑み取った。これで相楽を押し上げることができると思った。同時に、S市に移り住むことを決めた。早いうちに相楽の首根っこを押さえて、支配下に置く必要があったからな……」

このようにして愛美は六年生に進級した直後、父と共にS市へと向かった。そして愛美は、相楽と終夜の通う小学校に転校したのだった。

相楽と会ったのは、およそ八年ぶりだったが、愛美にすぐ気づいた様子だった。驚いた表情を見せ、その後も近づいてこようとはせず、今になって同じ学校に転校してきたことをあきらかに警戒していた。さすがに偶然とは思っていないように見えた。

そのころは、相楽を陥れる原因を作った自分を憎んでの態度かと思ったが、父の話を聞いて、それだけではないことを知った。相楽は、失明した母を、父親と愛美が置き捨てていったと思い、二人を憎んでいたのだった。

愛美は、人気のないところで、相楽に近づき、告げた。

『おまえは私から決して逃れることはできない。母には、双子の兄がいた。その兄の夢は、世界一のサッカー選手になることだった。兄の願いを母から託されたのだろう？　急に、おまえがサッカーをはじめたのはそれが理由なのだろう？　違うか？』

当時、その意味は分からなかったが、父親に指示されていたセリフを一字一句違わずに相楽へ伝えていた。そう愛美が問うと、相楽は目をひん剝かせて驚くのだった。

『母は生前、そのことがずっと心残りだと語っていた。おまえの手で、ぜひ叶えてくれ。そのための協力は惜しみなくさせてもらう』

愛美の言葉に、相楽は怪訝（けげん）な表情を見せた。直後、愛美はニタリと笑った。

『そのかわり、おまえがこれから生み出す利益はすべて私がもらい受ける。断ることなどできない。もしも断れば、おまえがかつて、その自慢のシュートで、私の母親を失明に追い込んだことを公表する。おまえが母の願いを叶えたいと思うならば、私の言うことを聞くしかない』

相楽は愛美を睨みつけた。歯を食いしばり、拳は強く握られていた。それは小刻みに震えていた。

『好きにしろ。だが、いくらなんでも買い被（かぶ）りすぎなんじゃないか。そんな簡単にプロになれるだなんて思っちゃいない』

相楽は敵意剝きだしで、言葉を返してくる。

『安心しろ、おまえは必ず世界に通用する選手になる』

こうして予定通り、相楽を支配下に置くことができた。

一方、終夜は、愛美がY小学校出身だと知って、あきらかに動揺していた。終夜の、かつての父親の起こした不祥事を愛美が知っているのではないか、と不安げな様子だった。愛美は笑いをこらえるのに必死だった。知っているどころか、自分が、終夜の父親を嵌めた張本人なのに。

愛美は、終夜が自分に対して好意を抱いていることに気づいていた。適当にあしらい続けたが、なかなかあきらめようとせず、最後は、自分には相楽しかいない。相楽は運命の人であると言って、ようやく切り捨てることができた。

愛美が加入してチーム力はあきらかに上がった。それにより県内の強豪チームの集まる大会で優勝した。その結果、相楽は県選抜に選ばれ【U12チャレンジカップ】に出場できることになった。

「私が加入してからのターニングポイントはやっぱりバルサ戦かしら」

「そうだ。あれは本当に運がよかった。いくら俺でも、国際大会のリーグ戦のグループ分けを操作することまではできない。相楽の県選抜がバルサと同じグループになったのは本当に幸運だった。バルサのチーム関係者が見ている前で結果を出せれば、間違いなく世界進出の足がかりとなる。これは絶対に逃してはならないチャンスだった」

「だけど戦ってみると圧倒的な差だったわね。手も足も出なかった」

愛美は父親と共に、バルサとの試合を直接、会場で見ていた。前半が終わり、当時、でっぷり太り、いつもニコニコしていた父親の表情が、珍しく硬く強張っているのが分かった。その緊張感は愛美にも伝わってきた。理由は明白だ。相楽は、活躍するどころか、前線にパスが通らず、ボールに触ることすらできない状態だったからだ。

父は愛美に指示を出した。それはハーフタイムが終わるタイミングで、後半、どのような作戦で行くのか、終夜から探ってこいというものだった。もしもまともな作戦じゃなかったら、父の考えた作戦を終夜に刷り込めと言われた。

父はS市に移り住んでから、サッカーの知識を深めていることを知っていた。夜な夜な、技術理論やコーチング理論の参考書を読みふけっていたのだ。

父親の作戦は、バルサに勝つためのものではない。一矢報いるための作戦だった。ヨーロッパでは結果が重視される。フォワードはいくら活躍しても点を取らなければ評価されないのだ。たとえ試合に負けたとしても、相楽がバルサを相手に、一点でも取ることができれば評価される。そう考えた父は、なんとしても相楽に点を取らせたかった。

ハーフタイムのミーティングを終え、ピッチに戻ろうとする終夜を、愛美は強引に呼び止めて話を聞いた。案の定、県選抜の後半からの作戦には、なんのビジョンも見えなかった。終夜もそれには不満を抱いているようだった。終夜に、父から授かった作戦を伝えた。

終夜も、同じ負けるにしても、一矢報いたいという考えだったから、父親の作戦は受け入れられた。作戦は終夜からチーム全員へと広がった。結果、相楽は点を取ることができたのだ。もしもこの一点が無かったら、バルサは相楽に声をかけていなかった。これは後に、バルサのスカウト担当から直接、聞いた話なので間違いない。

父はここでも、相楽の人生を絶妙にコントロールしたのだった。

そして相楽は、バルセロナの下部組織である、カンテラに入団するためのセレクションを受けるチヤンスを摑んだ。

「お父様の作戦のおかげで、なんとか相楽が一点を取って、バルサのセレクションに参加することができた。だけど相楽はセレクションを受けるかどうか迷っていたわ」

「いくら高いモチベーションで満たされていても、まだ相楽は小学六年生だったからな。

あいつは養護園や、サッカー愛好会に、自分の居場所を見つけていた。覚悟を決めていたとはいえ、あまりの展開の速さに躊躇したに違いない。だが、そんなこと許されるはずがない」

愛美が動いたのだった。母親の失明をネタにして、セレクションを受けることを強要した。このとき列車はすでに走りはじめていた。今さら、降りるわけにはいかなかった。

相楽はセレクションを受けて合格し、ヨーロッパへ渡った。愛美と父親もその二年後、相楽の後を追った。サッカーは相楽が日本からいなくなると同時にやめた。周りの人間からは惜しまれたが、それは相楽を高みに押し上げるための手助けの道具でしかないのだ。何の未練もなかった。

相楽はスペインに渡ってからも順調に結果を出していた。それに伴い、愛美と父親も、スペインに渡る前から着々と準備を進めていた。二人で語学を学び、父親は国内での事業を整理し、同時に、スペインで個人事務所を設立するための資金集めを行っていた。

父親には、ある思惑があった。そのため父と愛美は、相楽がスペインに渡ってからすぐに追いかけることをせず、二年ほど待ってからスペインへと向かった。これにより父親は現地での代理人業務を円滑に進めることができた。このことを愛美は単なる幸運でしかないと思っていたが、もしかしたら父親はどこからか情報を仕入れ、このタイミングでスペインに渡ることを計算に入れていたのかもしれない。

愛美と、再び姿を変えた父がスペインに渡ったとき、相楽はバルセロナBに所属していたが、この時点でトップチーム昇格の件が話題にでていた。父親はすぐに相楽と独占契約を結び、バルセロナの幹部たちと交渉を重ね、紆余曲折（うよきょくせつ）あったがなんとか話をまとめあげ、十五歳で相楽はトップチームに昇格した。相楽はそこでも当然のように活躍を見せ、同時に、史上最年少で日本のA代表に招集された。事務所の仕事は増えた。このときの父親はまだ精力的で、愛美と共に、死に物狂いで働いていた。

そして愛美は十八歳のときに、相楽と結婚した。

恋心など欠片もない。それは相楽も同じだろう。相楽の生み出す利益のほとんどを吸い尽くしていたため、財産共有としてのメリットはなかったが、相楽天晴の夫人になることは絶大な効果があった。ヨーロッパにおいてプロスポーツ選手は皆に尊敬される存在で、日本と比べ物にならないほど、社会的地位も高い。国の中枢（ちゅうすう）にいる官僚や、大物政治家とも容易に関係を築くことができるのだ。愛美は、相楽のスポークスマンとなり、ジョアン・ラポルタンの後押しもある中で、それらの大物政治家や、ＦＩＦＡの幹部、はたまたマフィアの人間たちとも太いコネクションを作るのに成功していたのだ。すでにこの時点で、事務所の実務を取り仕切っているのは、愛美だった。

父は足を悪くしてから一線を退いていた。

父親はケガをきっかけに変わってしまった。かつてのように自分が手を汚すような仕事は一切せず、事務所に出てきても、悠然と、一日、豪奢な革張りのソファに体を預けているだけの生活を続けていたのだ。なんとなく、愛美と距離を取ろうとしているようにも見えた。

愛美はそれでもよかった。愛美は父親の信頼を受け、仕事を任せてもらっているのだ。父のために、働き、この事務所をどこまでも大きくしようと考えていた。

そんなある日、恐れていたことが起きた。

それはカタールワールドカップが開かれる直前のことだった。相楽が愛美に、突然、通告してきたのだ。

『俺は今回のワールドカップで優勝したらサッカーをやめる。もしそれが駄目でも、来年、バロンドールを必ず獲る。そうすればもうサッカーをやる必要はなくなる』

愛美は、相楽の目的をいつのまにか忘れていた。いや、忘れていたわけではない。相楽にどれほどの才能があったとしても、世界一のサッカー選手になるなどという、世間を知らない子供の夢みたいな目標を、達成できるはずがないと頭から決めつけていたのだった。だが、そう突きつけられれば、日本代表は前回のロシア大会でベスト8まで進出している。選手としても脂(あぶら)の乗った相楽の牽引(けんいん)する日本代表が、カタール大会で優勝するというのは、まったくの夢物語ではなくなっていた。

そしてバロンドールは、その年、ヨーロッパにおいて、最も活躍した選手に贈られる賞である。相楽は二度、候補に選ばれたが受賞には至らなかった。ワールドカップで優勝できなくとも、バルセロナで圧倒的な活躍を見せれば、バロンドールを受賞する可能性は充分にありえる。

相楽はここにきて『世界一のサッカー選手』を定義したのだ。

たしかにワールドカップで優勝したチームのエースという存在を考えれば、それは世界一のサッカー選手と言ってもよいのかもしれない。バロンドールはもっと分かりやすい。サッカー大国ひしめくヨーロッパ内での最優秀選手は、そのまま世界一の選手と呼んでも、異論は出ないように思われた。

例によって、愛美は脅しをかけたが、相楽は意に介(かい)している様子はなかった。

『ここまできて、俺をやめさすほど、おまえらも馬鹿じゃないだろ』

返す言葉がなかった。かつての日本にいたころの状況とはまるで違うのだ。相楽にやめられてしまえば、事業そのものが傾く。

『サッカーをやめたらすべてを告白する。俺がおまえの母親にやってしまったこと、おまえらがそれをネタにして俺を脅し続けてきたこと。すべてだ』

相楽はさらにそう言って、愛美を脅してくるのだった。

愛美は慌(あわ)てて、父親に相談した。だが父親の反応は鈍かった。

『ワールドカップ優勝もバロンドールの受賞もそんな簡単なものではない。今までそうしてきたように、どうにか相楽を抑え込んでくれ』

のんびりした口調で、そう、言うだけだった。愛美は驚いた。父親はまるで危機感を持っていないのだ。

そして不安は現実になりつつあった。カタールワールドカップでの日本代表は快進撃を続けた。グループリーグは三戦全勝。ブラジルにも勝ってしまった。ベスト16のコロンビア戦も危なげなく勝利し、ベスト8の対戦相手は前回のワールドカップと同じ、スペイン代表だった。

日本代表はあきらかに波に乗っていた。ここでスペインを倒してしまえば、そのまま勢いに乗り優勝してしまうかもしれない。

愛美は動いた。

スペイン戦の直前に、相楽に脅しをかけたのだった。

相楽にスペイン戦で、わざと負けるように言った。それを聞いた相楽は、一笑に付した。

『そんなことできるはずがない。そもそもサッカーはチームスポーツだ。一人で勝敗をどうにかできるようなものじゃない』

それでも愛美は引くわけにはいかなかった。

『日本代表はあなたのワンマンチームよ。あなたが活躍しなければ、ワールドカップという舞台で、日本がスペインに勝てるはずがない。私は本気よ。私がマフィアの人間とつながっているのは、あなたも薄々感づいているわよね。そのマフィアの経営する闇カジノで、大損したの。

一生かけても払いきれないほどの莫大な額の負けよ。だけど、マフィアの人間がチャンスをくれたわ。それは日本代表が、スペインに負けること。知っての通り、ワールドカップは裏の世界でも大きな賭けの対象になっているわ。裏の世界の大物が、スペインに賭けているのよ。どうしてもその人に勝たせたいらしいの。皆、日本代表は相楽天晴のコンディション次第だってことを知っている。だからマフィアの人間が私に話を持ちかけてきたのよ。嘘だと思うなら好きにすればいい。ただし、日本が勝ったと同時に、私はあなたの秘密をカメラの前で告白する。妻の言葉だもの。信憑性は充分よ。日本中が大騒ぎになるに違いないわ。そんなざわついた状況で、チームはベスト4を勝ち抜けるかしら』

相楽は何も言わず立ち去った。

愛美の言葉はすべて嘘だった。相楽も信じてはいまい。だが、絶対に嘘だという確信も持てないはずだ。もしも本当だったら、という疑念を潜ませることができれば、それでよいのだ。結果、相楽の心は揺れ動き、いつもとは程遠いプレーでミスを連発し、日本代表はスペインに負けた。

愛美は、このことを父親へ報告した。今回はなんとか『世界一のサッカー選手』への道を遮断することができたが、こんな作り話、何度も通用するはずがない。

さすがの父親も、今回の、相楽のワールドカップでの活躍を目の当たりにして、危機感を募らせているようだった。

愛美はここぞとばかりに、今、どれほど危険な状況であるかをまくしたてた。

相楽に告発されたらすべてが終わる。エージェントの仕事は信用がすべてだ。裏の人間たちとも、様々な関わりを持ってきたが、最低限の筋を通してはいるつもりだった。

一人の人間をずっと脅迫し続けたことを知られれば、業界からの信用を失い、仕事ができなくなるだろう。その最悪の将来は、ほんの目の前まで迫っているのだ。

『お父様、事が起こってからでは遅いわ。今のうちに、相楽を殺しましょう』

愛美は、そう父親に提案した。父親は珍しく苦悩の表情を見せた。

『お父様の考えていることは分かるわ。ここまで来られたのは相楽のおかげ。だけど充分稼がせてもらったわ。他の事業も軌道に乗っている。結局、いつかは相楽頼みの経営から脱却しなければならないのよ。それにタイミングを見誤ってしまえば私たちはすべてを失う』

愛美は父親に訴えかけるように言った。

『分かった……愛美の言う通りにしよう……』

父親は大きなため息をつき、そして頷いたのだった。

愛美はすぐに動いた。ジョアン・ラポルタンからプロの暗殺者を紹介してもらったのだ。

予定通り、彼らは、証拠を一つも残さずに相楽を消してくれたのだった。

9章　協力者

愛美は、どこかで相楽を殺害しなければならなくなることを、実はずっと以前から想定して準備を続けていた。もしも相楽がサッカー選手として順調に成長し、一流の選手になれば強大な力を持つこととなる。そうなれば脅す愛美たちと、脅される相楽のパワーバランスは崩れ、相楽は脅しに屈しなくなる。それどころか、逆にこちらが脅される危険性さえ出てくる。その恐ろしい未来が、近いうちに訪れることを愛美は半ば、予想していたのだ。

それはやはり現実のものとなった。

だが、人を一人殺すのだ。簡単なことではない。しかも町をうろつく名もなきホームレスを殺すのではなく、誰もが知る超一流のサッカー選手を殺そうとしているのだ。

そこには計り知れないほどのリスクが存在することを愛美は理解していた。

自分の手を汚さずに殺し、その殺した事実を確実に揉み消すためには、非合法な力が必要となる。そうなれば事務所に便宜を図ってくれている裏社会の大物ジョアン・ラポルタンに相楽の殺害を頼むことが得策かと思われたが、事はそう単純ではなかった。

そもそもジョアン・ラポルタンが、サッカー後進国である日本から来た愛美たちに協力してくれているのは、二人が相楽天晴という金の卵を所有していたからに他ならない。その相楽を殺したいから力を貸してほしいなどという話を、聞き入れるはずがないのだ。そんな話を持ちかけた時点で、後ろ盾となる価値なし、と判断されてジョアン・ラポルタンとの関係自体が断裂してしまう恐れが出てくる。

だから愛美は、ジョアン・ラポルタンを、時間をかけて徐々に懐柔し、相楽の殺害を理解してもらえる、愛美個人の協力者にできないだろうかと考えたのだった。

スペインに渡り、およそ二年が経過し、事務所の仕事が軌道に乗ってくると、ジョアン・ラポルタンと会う機会も多くなった。

ジョアン・ラポルタンはぐるりを高い塀に囲まれた、豪奢な屋敷で、多くのボディーガードに守られながら暮らしていた。その屋敷に父親と愛美は定期的に出向いた。最初は父親にただついてゆくだけだったが、愛美も徐々に仕事を覚えてくると、小さな用事であれば父親に任され、一人で屋敷を訪れるようになった。

ジョアン・ラポルタンは冷たい目をした隙のない男だった。

これまで愛美が陥れてきた人間たちとはまるで違う。自らの欲に決して溺れることのない、鋼鉄の意志が体から滲み出ているような人間だった。こういう人間に対しては女の武器など通用しない。こちらから下手に動くと、計略をすべて見透かされてしまう。事は慎重に運ばなければならない。愛美はチャンスが訪れるのを辛抱強く待った。

訪問を重ねても、愛美から不用意に、仕事以外の話をすることはなかった。

まだ十代の女が、ただ仕事だけをひたむきに行う姿を見せ、相手が自分に興味を持つように仕向けたのだ。

するとようやくチャンスが巡ってきた。

ジョアン・ラポルタンは、あるとき不意に愛美自身のことを聞いてきたのだ。

『マナミはいくつだ？』

『十七歳です』

『十七……若いとは思っていたが、そんなに若いとは……。まあ、この世界、年齢は関係ないが……。私にはおまえと同じ年の娘がいる。おまえと違って、毎日、夜中まで遊びほうけているよ。おまえは、祖父と共に四六時中働いているようだが、同じ年ごろの若者のように少しは遊びたいとは思わないのか？』

このときの愛美は、ジョアン・ラポルタンの質問通り、当時、精力的に働いていた父親をサポートするため、寝食を忘れるほどに仕事に没頭していた。

そして、この質問に対しての答えが大きな分岐点になると愛美は直感した。

その受け答え方によって、ジョアン・ラポルタンを本当の意味での協力者にできるかどうかが決まるのだ。

『私の人生に……自由に遊ぶなどという選択肢はありません』

愛美は慎重に言葉を選び答えた。

『どういうことだ……？』

愛美の答えが予想外だったのだろう。ジョアン・ラポルタンは珍しく表情を変えた。

あきらかに興味を示している。だが、ここで焦ってはならない。愛美はすぐには答えず、苦悩の表情を見せ、俯いた。

『答えたくなければよい……』

　その言葉に愛美はゆっくりと顔を上げ、ジョアン・ラポルタンを真正面から見据えた。

『ミスター・ジョアン、あなたには私たちがこの世界で生き抜くために、様々な手助けをしていただきました。あなたのお力がなければ、ここまで順調に事業を展開できなかったでしょう。ですから私は、いえ私だけでなく、私の祖父も、あなたのことを恩人だと思っています。多くの協力をいただいているあなたに対しては、たとえ個人的なことであっても秘密を持ってはならないと考えているのです。少し長くなりますが私の話を聞いていただけますでしょうか？』

　ジョアン・ラポルタンはわずかに頷いた。愛美は頭を下げ、礼を言い、話をはじめた。

『私は、相楽天晴と、祖父に人生のすべてを捧げています。私は、彼らに決して抗うことはできないのです』

　ジョアン・ラポルタンは怪訝そうな表情を浮かべる。だが言葉は発しない。

　愛美は続けた。

『私には両親がいません。父は、私が幼いころに突然いなくなりました。蒸発したのです。母は事故にあい、入院していましたが、数年前にその病院の屋上から飛び降りました。そして母を自殺に追い込んだのは私なのです……。

　相楽天晴と私は幼馴染みでした。同じアパートに住み、同じ幼稚園に通っていました。当時は仲良く、二人でよくサッカーボールを蹴って遊んでいました。両親がいて、相楽と遊んでいたころ、私は幸せでした。ですが、父親がいなくなって生活は一変しました。母親は体が弱く、パートに出ることすらできませんでした。日々の食事もままならない生活が続き、幼い私は、お腹が空いたと泣きわめき、母を困らせました。

母は優しい人でした。その優しさが原因で彼女は過ちを犯してしまいました。母は近所のスーパーで食料品を万引きしました。私に食べさせたい、という一心だったと思うのです。ですが母は店員に見つかり、店の奥に連れていかれそうになりました。その現場にたまたま居合わせたのが祖父でした。祖父は店員に対し、売り場で大げさに謝り、母が盗った商品は、自分が払うからなんとか許してもらえないだろうか、と土下座までしたのです。売り場で大声をあげる祖父に困った店員は、今回だけだ、と言って母親を解放してくれました。

このとき祖父などに助けてもらわず、たとえ警察に通報されたとしても、そのまま母親が店の奥に連れていかれたのならどんなによかったことか……。

祖父が母親を助けたことで、母、そして私の運命も大きく変わったのです。

祖父は、その日以来、万引きしたことをネタにして、母を脅しはじめました。

祖父——私は彼のことをそう呼んでいますが、実は、血がつながっているわけではありません。あの男が自分のことをそう呼べと言っているので従っているだけなのです。

あの男は私の住んでいたアパートの、隣の平屋に一人で住んでいました。

ですからあんなことが起こるまでは、ときどき顔を見かける隣人でしかなかったのです。

それからというもの、母は毎日、隣に通うようになりました。俯きながらアパートを出て、その数時間後に、少しの食料を手に、部屋に戻ってくるのです。ようやく帰ってきた母親に、幼い私が声をかけても、何の反応も示しませんでした。ドアを開けて、ふらふらと歩き、リビングにたどり着くと、床にペタンと座り込み、そのまま気の抜けたぼんやりとした表情を浮かべて、何時間もじっとしているのです。そうじゃないときもあって、あるときなどは、部屋に戻ってくると、私の小さな胸に母は顔を押しつけ、まるで子供のように泣きじゃくることもありました。

　私は……母を助けたいと思いました。

　そのころの私は母が万引きをしたせいで、脅されていることなど理解できるはずもなく、隣に住むおじいさんが、母親に何か悪いことをしている。だから母が泣いている。そういう単純な考えしか思い浮かびませんでした。

　助けるにしても、一人では心細かったので、相楽に協力を仰ぎました。相楽は頷いてくれました。それを行動に移したのはある日の昼下がりでした。母がいつものように隣の平屋に消えると、私と相楽はアパートの前で落ち合い、母を追いかけるようにして、隣家の庭に忍び込みました。相楽はなぜかサッカーボールを持っていました。私と相楽は庭に植えられた樹木に身を隠しながら家の中の様子を窺いました。庭に沿って大きな窓があり、そこから家の中の様子を見ることができました。すると窓のすぐ向こう側に、母と男の姿が見えました。それは幼い私たちにとって、とてもショッキングな光景でした。床に力なく座る母に、男が背後から覆いかぶさり、体中にいやらしく手を這わせていたのです。それを見て、私たちはしばらく声を出すことができませんでした。

　庭には大きな樹木が立ち並んでいて外から見られることはないのですが、カーテンも閉めずに、男があのような行為に及んでいた理由は今なら分かります。あの男は、相手を辱めることで、それを自らの喜びに……感じて……いるのです……あの男は……そういう男なのです……』

　愛美はここで辛そうな表情を作り、顔を伏せ、あえて言葉を詰まらせた。

　ジョアン・ラポルタンは何も言わない。ただじっと愛美を見ている。

愛美はようやく顔を上げると、一度、深呼吸をして話を再開した。相楽は、頷くと同時に、なぜか地面にボールを置きました。

『助けなきゃ、と私は喉から絞り出すようにして言いました。

どうするの、と相楽の意図が分からない私は困惑しながら聞くと、あの窓めがけてボールを蹴って驚かせてやろう、そうすればあいつも手を止める、ここから蹴ってすぐに隠れれば誰が蹴ったかなんて分からない、と相楽は言うのです。

その言葉に私は、手を叩いて喜びました。たしかにその方法なら母親を助けることができるかもしれない。そう思ったのです。ですが、相楽は地面にボールを置いたまま、なかなか動こうとはしませんでした。

どうしたの、ボール蹴ってくれないの、と私が聞くと、相楽は不思議そうな顔をしました。なんで僕が蹴らなきゃならないのさ、助けたいのは愛美ちゃんのお母さんでしょ、愛美ちゃんがボールを蹴らなきゃ意味ないよ、と言うのです。

私は驚きましたが、そういうものかと思い直し、自分でボールを蹴ろうと覚悟を決めました。姿が見つからないように注意しながら、かつ助走を取って窓に向かって思いきりボールを蹴ったのです。ボールは窓に向かって勢いよく飛んでいきます。私が蹴ったボールは、見事、窓に命中しました。しかし、その瞬間、予想だにしないことが起きたのです。

窓が大きな音をたてて割れ、破片が粉々に飛び散ったのでした。私は驚きのあまり、隠れることも忘れ、その場に佇んでいました。

小さな私のキック力では、いくら全力でボールを蹴ったとしても、窓ガラスを割ることなんてありえない。幼い私もそれを理解していたからこそ思いきりボールを蹴ったのでした。

　これはあとから知ったことなのですが、実はガラスの一部にヒビが入っていたのです。私の蹴ったボールは偶然にも、そのヒビの入ったガラスの一番弱い部分にピンポイントで当たってしまい、それがガラスを粉々に割る結果を招いてしまったのでした。

　直後、あたりに悲鳴が響き渡りました。母の悲鳴でした。粉々に割れたガラスの破片が母に降り注いだのです。母親は顔から血を流し呻いていました。男も頭から血を流していました。私は母に駆け寄り、体に縋りつき、何度も、ごめんなさい、ごめんなさい、と泣いて謝りました。それからどうなったかは憶えていないのです。今でも思い出すことができません……。

　次に思い出せる記憶は病院でした。目の前に母親が寝ていて、両目を包帯でぐるぐる巻きにされていました。母親は運悪く、飛び散ったガラスの破片が両方の目に入り、両目とも失明したことを知りました。

　私の愚かな行為が、母の目の光を奪い、同時に人生をも奪ってしまったのです。母は私を責めるようなことはしませんでしたが、二度と母の笑顔を見ることはできませんでした。

　それからしばらくして、母はその病院の屋上から身を投げました。

　私は絶望に伏し、それでも生きていました。両親を失った私には身寄りがありませんでした。そんな中、なぜか私は母をかどわかしたあの男に引き取られたのです。男を憎む気持ちはありませんでした。憎悪の感情が生まれる余裕のないほどに、私の心の中は、母を殺してしまった、という贖罪の気持ちでいっぱいだったのです。

　男は、自分は今日から、おまえの祖父だと言いました。当時の私は、何も考えられず、その言葉を受け入れたのです。

男は、私に対し、おまえのような人殺しが堂々と娑婆（しゃば）で生きられるだけでもありがたく思え、と言い続けました。私は、その言葉に、いつのころからか感謝するようになり、男の指示通りに生きてゆくことを決めました。

それでも私は成長して、学校へ通うことができるようになりました。そこにあの男はいません。そのかわりに相楽がいました。相楽も、あの男と同じように、私を自らの所有物のように扱いました。私が嫌がる素振りを見せると彼は決まって言うのです。

〈おまえが自分の母親を死に追いやったクズ人間だってことを皆に言いふらしたっていいんだぜ？〉

その言葉に、私は何も言うことができず、相楽のことも、あの男と同じように、その存在を受け入れて生きるしかありませんでした。

不思議なことに、二人が私を支配するにあたり、あの男は相楽を、相楽も、あの男だけは例外の存在と考えているようでした。

事故が起こったときに二人ともが、現場にいたことで何かが芽生えたのかもしれません。二人の年齢は、私同様、祖父と孫ほどにも離れていますが、彼らは協力関係を結び、仲違（なかたが）いすることなく、私を共同所有していたのです。

その後、しばらくして相楽は本格的にサッカーをはじめて、その才能を開花させ、ここスペインに渡るほどの力をつけました。私は相楽が日本からいなくなり、安堵しました。男は変わらず私を支配していましたが、相楽からは逃れられると思ったのです。ですが、その考えが甘いことを知りました。相楽はスペインに渡ってからも男と連絡を取り合っていて、男をスペインに呼び寄せたのです。当然、私も連れてこられました。

もしかしたら狡猾な相楽は、あの男が私の母を陥れたことを知り、それをネタに脅していたのかもしれません。

私はそのときに覚悟を決めました。どうやったって彼らからは逃れることはできないのです。これは私が母を殺した、その贖罪です。一生をかけて償わねばなりません。私は相楽と、あの男に、自分の人生を捧げる……そう決めました。ですから私はあなたのご息女様のように、自由に使える時間など存在しないのです』

愛美はその長い作り話をようやく語り終えた。

ジョアン・ラポルタンは愛美が話している間、言葉を挟もうともせず、じっと耳を傾けていた。愛美が立ち上がり礼を言って立ち去ろうとするときも、彼は何も言わなかった。

だが、その一瞬、いつもは冷たいだけの眼差しの奥に、微かに憐憫の色が見えたような気がした。

愛美は、父が相楽を陥れたときの計画を脚色して、ジョアン・ラポルタンの心を引き寄せるための、偽りの物語を構築した。まったくの出鱈目な話をつくり上げることもできたが、そうはしなかった。

それには理由がある。

話の裏を取られる可能性を考慮したのだ。ジョアン・ラポルタンほどの大物になると、世界中にネットワークを持っている。それは遠い日本まで伸びているのかもしれない。裏社会の人間たちは面子を潰されることを何よりも嫌う。もしもすべて嘘の話をして、ジョアン・ラポルタンを陥れようとしたことが、露見すれば、愛美もただでは済まされない。

だから保険をかけた。物語の配役は現実と違う。相楽だけでなく、父親も悪役にしたのは、とても心が痛んだが、致し方ない選択だった。もしも愛美を独占しようとする存在が相楽だけだとしたら、相楽は、スペインに愛美だけを呼び寄せるに違いない。愛美が父親と一緒にいる説明がつかなくなる。

そのため、二人の男が、一人の女を共同所有するという、いささか不自然な話になってしまった。だが物語の結果だけ見れば、それは現実と何ら変わらない。

愛美の父親であった六村祐は不意に姿を消し、母親は両目を失明して、病院の屋上から身を投げた。これに関しては、愛美が、ジョアン・ラポルタンに話した通り、現実通りの結末なのだ。もしも、ジョアン・ラポルタンがこの話に疑問を持ち、裏を取られたとしても、愛美の言葉が真実であることを証明するだけだ。

愛美は、不自然ではないが、すべてが偽りの物語よりも、いささか疑問は残るが、事実確認をされた場合を考え、よりリスクの少ない、現実の物語を利用したのだった。

ジョアン・ラポルタンが物語の当事者である、父や相楽に直接、話を聞く、という危険性も考えたが、二人が正直に話すとも思えないし、もし話したとしても、ただ物語の結果を確認するのとは違い、そこまでの過程が真実かどうかを見極めるのは、如何にジョアン・ラポルタンといえども、なかなかに難しい作業となるだろう。そういう確証の取れない、水かけ論的な展開になれば、いち早く彼の心に入り込もうと動いている自分が、最も有利になることを愛美はすでに計算していたのだ。ジョアン・ラポルタンに愛美と同じ年の娘がいたこともラッキーだった。彼がその娘と愛美を重ね合わせた可能性は大きい。そうなればこれも間違いなく有利に働く。

毒は注入できた。あとは効くのを待つだけだ。

愛美は、彼が毒に冒されることを祈りながら、屋敷を後にした。

直後、その効果は如実に表れた。

あるときからジョアン・ラポルタンは父親を屋敷に呼ばなくなった。仕事の話も、父親ではなく、愛美に直接するようになったのだ。

そして、その一年後、父親は何者かに襲われ、足を撃たれた。

愛美はすぐにジョアン・ラポルタンの仕業だと思い至ったが、証拠もないのに、追及するわけにはいかない。

父親はこのケガを期に、仕事の最前線から退いた。気力も弱まっているように見えた。同時に、事業は、父親から愛美に引き継がれ、若くして愛美は、事務所の、実質の経営者の座に収まった。同時に、ジョアン・ラポルタンからの後押しも、より強力なものとなった。愛美はその想いに応えるべく、必死に働き、結果を出し続けた。

今や、愛美はジョアン・ラポルタンを完璧に籠絡（ろうらく）し、愛美の敵は、自らの敵だと思わせるほどにコントロールしていた。

こうなれば、相楽殺害計画を実行に移すことも、そう難しいことではなくなる。

愛美が、相楽を殺害したいのだ、とジョアン・ラポルタンに相談すると、彼は理解を示し、簡単に殺すことを了承された。さらに協力を申し出てくれたのだ。

これにより相楽殺害計画は滞（とどこお）りなく遂行され、予定通り、相楽を消すことができた。

同時に、父親に対しては申し訳ない気持ちでいっぱいだった。相楽から身を守るためとはいえ、愛美が父親を悪役に仕立て上げたせいで、父親は足を撃たれ、第一線を退くことになったのだ。

それでも、身勝手な考えではあるが、愛美はかつての父親に戻ってほしかった。

相楽がいなくなったことをマイナス面としてとらえる必要などまったくない。これを再スタートとして考え、父親にもう一度、仕事に復帰してもらい、これからは本当の意味で、父親と二人三脚で歩んで行きたいと愛美は考えていたのだ。

狙いを定めたら、どんな汚い手を使ってでも陥れ、骨の髄まで吸い尽くす。絶対的な存在である父親に支配され続けたいと愛美は願っていた。

過去を語っている最中の父親は、かつての父親そのものだった。父親のその姿を見ることができて、愛美は嬉しかった。狡猾で、無慈悲な父親が戻ってきてくれたように思えた。

相楽という金づるがいなくなったのだ。もはや自動的に金の入ってくる仕組みは失われてしまった。だから今こそ、父親の力が必要になるのだ。頭を巡らせ、人を陥れ、どんな手を使ってでも金を稼ぐ。それは海外でもできるはずなのだ。足が悪くてもできる。父親が自ら動く必要はない。指示さえ出してくれれば自分が動く。

愛美は、父親に信頼され、仕事を任されること自体は嬉しいことではあったが、本望ではない。

愛美はいつでも父親に支配されたかった。

自分は父親が支配する唯一無二の存在になる。ただ、それだけのために生きているのだ。

なのに——。

父は母親を選んだのだ——。

愛美は平静を装っていたが、心の中は絶望に伏していた。

愛美の究極の願いは、父親に支配され続け、そして最後、父親に殺されることだった。

だが、父親は先に洋子を殺してしまった。このさき、父親に殺されたとしても、もはや愛美は、父親にとっての、唯一無二の存在にはなれないのだ。

　愛美はどうにか、平静を装ったまま、父親との話を終わらせることができた。

　話が終わると、父親はいつものように愛美の体を求めてきた。

　愛美は今まで、父親に抱かれている間は、とめどなく溢れ出る幸福感で満たされていた。だが、今、愛美の中にあるのは虚無感だけだ。父親に気づかれてはならない。感じているフリをして、最後、父親は愛美の中で果てた。

　愛美はここ数年、父親にしか体を許していない。相楽とは結婚していたが、体を触らせたこともなかった。

　父親はぐっすりと寝入り、起きる様子はない。思った通りのタイミングで睡眠薬が効きはじめたようだった。

　愛美は裸のままおもむろに立ち上がり、部屋に置いてある固定電話の受話器を持ち上げた。決められた番号を押す。一回のダイヤル音ですぐにつながる。だが電話を取った相手からの言葉はない。愛美はかまわず、アイスコーヒーを一つ、それだけを気だるそうに言うと、受話器を置いた。

　暫しの静寂。

　父親の寝息だけが聞こえている。愛美は服を着て、ソファに座り、父親の寝顔をじっと見つめていた。

　ドアの外で微かに物音がした。愛美は立ち上がり、ドアを開けた。薄暗いホテルの廊下には誰もいない。ただ、ワゴンがあり、天板となるトレイの上には、クロッシュと呼ばれる、銀色をした釣り鐘形の、料理にかぶせる覆いがあった。

愛美は覆いを取る。そこには小型の銃が置かれていた。

四十五口径のデリンジャー。銃身が短いため、通常は装着できないのだが、改造が施されサイレンサーが付いていた。

愛美はデリンジャーを手に取ると、部屋に戻った。父親はまるで気づく様子もなく、すやすやと寝息を立てている。銃口を、父親の眉間(みけん)すれすれまで持ってゆき、躊躇なく引き金を引いた。シュボッという音がして、父親の寝息は途絶えた。

愛美はすぐに踵を返し、部屋を出た。愛美はデリンジャーをトレイの上に置き、クロッシュで覆い、また元の状態に戻した。

そのまま薄暗い通路を歩く。

父が、母親を殺してさえいなければ、今ごろ、愛美は、睡眠薬を飲み、深い眠りの中にいる父親の寝顔を、その腕の中で、飽きもせずにじっと見つめていたことだろう。

愛美はエレベーターに乗ると、耐え切れず、崩れ落ちて泣いた。

10章　絶対者

相楽はいまだ行方不明、父親は、あの日の翌日、バルセロナ郊外の河原で、眉間から血を流し倒れている姿を発見された。暗殺組織の完璧な仕事だった。スペイン警察は、ゆきずりの犯行と考えているようだった。当然、犯人は捕まっていない。ジョアン・ラポルタンはスペイン警察の上層部とのつながりもある。その恩恵を受けることができれば、捜査の手は、愛美には忍び寄ってこない。

父親の殺害に関しては使いたくなかった保険が生きた。

愛美の構築した、ストーリーの矛盾を無くすために、父親を、愛美の罪悪感につけこみ、支配しようとする悪役に仕立て上げた。

これにはもう一つの意図があった。

もしも父親が、愛美の母親である洋子を、自らの手で葬っていたのなら――。

唯一無二の存在になれない愛美は、父親を殺すしかなくなる。

その最悪の可能性も愛美はずっと以前から考えていたのだ。

だがそうなったとして相楽同様、父親を殺すのも簡単なことではない。

何もないまま、唐突に祖父を殺すのに協力してくれなどとジョアン・ラポルタンに頼めるはずもない。だから、愛美は、偽りの物語を見せることにより、相楽だけでなく、父親も愛美と敵対する存在であることをジョアン・ラポルタンに信じ込ませておいたのだ。

『私はあの男を殺して、自由になろうと考えています』

愛美の、この言葉だけでジョアン・ラポルタンは理解してくれたようだった。

殺すかどうかは、あの男と直接、話をしてから判断する、もしかしたら準備してくれた武器は使わないかもしれない、と父親の殺害に関しては、愛美自身、煮え切らない依頼をしていたにもかかわらず、ジョアン・ラポルタンは、使う、使わないはおまえの自由だと言い、それでも殺しが行われることに備えて、人目につかぬよう高級ホテルのワンフロアーを貸し与え、サイレンサー付きの武器まで用意してくれた。そして殺したあとの処理も、滞りなくやってくれたのだ。このように愛美はジョアン・ラポルタンを完全にコントロールしていた。

そして愛美は月に一度の割合で、日本へ戻るようになっていた。

ジョアン・ラポルタンの庇護はあるが、相楽天晴という大きな金づるを失ったのだ。目玉となる新たなターゲットを探さなければならない。ターゲットは、相楽と同じように関係を構築してゆく中で、弱みを握り、蔑み、貶め、すべてを奪い尽くすことのできる人間が理想だった。すると意外なところから候補者が浮かび上がった。それは相楽に月とスッポンほどの大きな差をつけられ、日本でくすぶり続けていたはずの六村終夜だった。

終夜は大学を中退していた。関東のJ1チームからオファーがあり、大学を辞めて、二十一歳にしてようやくJリーガーとなったのだ。そして最初のシーズン、レギュラー選手が試合中に負傷したことで、チャンスを摑み、シーズン途中ではあったが、トップ下で試合に出場する機会に恵まれた。シーズンのほぼ半分を経過していたにもかかわらず、七得点、十アシストという好成績を収めた。終夜の活躍もあり、チーム自体も躍進を遂げ、リーグ戦三位という高い順位でシーズンを終えたのだった。シーズン終了後、その活躍のおかげで、海外のいくつかのクラブチームから終夜の所属するJリーグチームに身分照会の連絡が入った。相楽とはまるで比べ物にならないが、愛美は、終夜のこの活躍ぶりに少なからず可能性を感じていた。

それと終夜に近づかなければならない、もう一つの理由があった。

終夜の父親である六村祐は、愛美と死んだ父親の過去を知っていた。これまで、父親が言っていたように、自らの過去を話すことはないと思っていたが、愛美が父親を殺したことにより、これも父親の受け売りになるが、六村が何らかの異変を感じ、終夜に自分たちの過去を話すのではないかという危険性を感じていた。

そうなれば核心には触れられないにしても、計画の大枠くらいは摑まれてしまうかもしれない。そうなる前に、終夜に近づきすべてを掌握しておきたかったのだ。自分と終夜が親密な関係になれば、その父親である六村祐は余計なことは言えなくなる。

だが、どのようにして近づけばよいだろうか。海外の数チームから終夜のJリーグチームに身分照会が出ているのは把握しているが、こちらから移籍交渉の代理人を申し出るのはあまりにも不自然である。終夜とはスペインに渡ってから一度も連絡を取り合っていない。相楽が日本に戻ったときに、三人で会うことはあったが、あからさまに素気ない態度を取っていた。今さら、こちらからモーションをかけるのは難しいように思えた。

それでも近づかなければならない――。ようやく思い出したのだ。まだ幼かった自分は、終夜に対して計略に肉薄する大きなヒントを与えてしまっていたことを。これに六村祐からの情報が終夜に伝われれば、思惑を読まれ寝首をかかれるかもしれない。

そんなとき、終夜の所属するクラブチームから愛美の元へ連絡が入った。終夜の代理人になってほしいという依頼だった。愛美は驚いたが、この機会を逃す手はない。愛美はすぐに日本に飛んだ。

愛美は日本で終夜と再会した。終夜の前で、愛する祖父と夫を同時に失い、悲しみに打ちひしがれる悲劇のヒロインを演じ、同情を買った。

「ハルは悩んでいたの。でも私は分かってあげられなかった。あんなに近くにいたのに……。ハルのことを、私がもっと分かってあげられていたら、こんなことにはならなかった……」

愛美は、暗く、憔悴(しょうすい)しきった姿を見せて泣いた。

「そんなことはない。自分も、あいつが大切な友達だったのに、何にも分かってあげられなかった」

終夜はそう慰めの言葉をかけてきた。その瞬間、愛美は確信した。終夜の愛美への想いはまだ消えずに残っているのだと。六村祐は自らの過去をこの男に話してもいないし、愛美がかつて発したヒントに気づいてもいない。心配して損をした。まったくの杞憂(きゆう)だったのだ。あとは早いうちにこの男の恋心を利用し、掌握してしまえば何の問題もない。

「ありがとう。終夜はずっと優しいのね」

愛美は終夜を見つめて言った。そのまま体を終夜の元へと摺(す)り寄せる。

終夜は愛美の肩を抱いた。愛美はそのまま終夜の体へもたれかかる。

愛美は内心、ほくそ笑んでいた。やはり男などちょろいものだ。

「ハルは大きな悩みを抱えていたんだ。俺はそれを分かってやれなかった。雲の上の存在だと勝手に思い込み、俺から連絡することはほとんどなくなっていた。バルセロナのエースとして、日本代表のエースとして、大きな期待を受け、日々、結果を求められるハルの抱えていた重圧と苦悩は、俺なんかには想像すらできないが、話を聞いてやるべきだった。俺とハルはかけがえのない友達だったのに……。俺は……ハルがあまりにも遠い場所へ行ってしまったことで意地を張っていたのかもしれない……」

終夜はくだらないことをベラベラと喋る。

「ハルは必ず現れるわ……私は信じてる……」

愛美は表情筋を巧みに操り、泣き顔をキープし続ける。

その言葉に対し、終夜は滑稽（こっけい）なほど真剣な表情を見せ、大きく頷くのだった。馬鹿馬鹿しくてしかたがない。

これ以降、愛美は、仕事にかこつけて頻繁に日本へ行った。そのたび愛美は終夜と会った。愛美は、終夜が自分に対しての想いを、言葉にするのを待っていた。

相楽が死んでからそろそろ半年が経とうとしていた。愛美は、相楽と祖父を失い、悲しみのどん底にいると思われているのだ。愛美から、終夜を喜ばすようなことを言うわけにはいかない。とにかく餌（えさ）にかかる魚を待つように、じっとしているしかない。

終夜は、相楽が死んでいることを知らない。相楽が姿を現す可能性を考えて、躊躇しているのだろう。だが時間の問題に思えた。愛美は会うたび、相楽が現れることを信じているのだという想いをアピールしつつ、終夜から受ける言葉で、心が揺れ動いているように見せ、そのうえで終夜に甘えるような仕草を見せることを繰り返していた。

すると終夜は何かにじっと耐える表情を見せるのだ。

そして、相楽がいなくなってちょうど半年が経ったある日、終夜は愛美に想いを伝えてきた。

愛美は驚いたフリをした。そして顔を伏せて黙る。

ようやく顔を上げた。不安な面持ち（おもも）ちの終夜が目の前にいる。

「私のお腹には赤ちゃんがいるの……」

以前から予定していたセリフを、おずおずといった様子で愛美は口にした。

「赤ちゃん……？　ハルの子か……？」

あきらかに戸惑っている終夜の質問に、愛美はこくりと頷いた。

嘘だった。一度も体の関係を持ったことのない、相楽の子供であるはずがない。

だが子供ができたのは本当だった。

父親との間にできた子供だった。

「終夜の想いは嬉しい。だけど、私には赤ちゃんがいるのよ……それを受けて入れてくれるの……？」

愛美は酷く不安そうな顔を作り、終夜に聞いた。

「そんなこと関係ないよ……俺の想いは変わらない。それにハルの子供なら大歓迎だ……も、もしもハルがこの先、現れなかったとしたら俺が、その子の父親になる……」

「ありがとう……嬉しい……」

愛美は、不安そうな表情を、パッと笑顔に変えた。

茶番だった。信じられないほどの茶番だ。馬鹿馬鹿しくて涙が出る。

「子供は男の子？　女の子？」

馬鹿が無邪気に聞いてきた。

「男の子よ」

愛美は笑顔で答えた。

「すごい！　絶対サッカーをやらせよう。ハルと愛美の間にできた子だ。とんでもないサッカー選手になるよ！」

終夜は興奮していた。

「終夜……ありがとう……嘘でも嬉しいわ」

愛美はあえて謙遜（けんそん）してみせた。すると終夜は、愛美の言葉を打ち消すかのように強く抱きしめてきた。

「嘘じゃない。嘘なんかじゃない。俺は君のことを愛している……」

終夜はそう言って、愛美にキスをする。愛美は笑いが止まらなかった。


そのおよそ半年後、愛美は元気な男の子を産んだ。名前は蹴斗（シュウト）と名づけた。名づけたのは終夜だった。あのバカのつけそうな安直な名前だ。だが名前など、愛美にとってはどうでもよかった。

終夜は、Jリーグでの最初の年、海外に移籍することはせず、国内に残った。そして二年目も活躍を見せた。その年、はじめて日本代表に選ばれたのだ。それは国内で行われた国際親善試合だったが、終夜は、後半の途中から出場し、与えられた時間は短かったにもかかわらず、代表での初得点を決め、結果を出したのだった。そのまま終夜は、リーグ戦でもコンスタントに活躍を見せ、日本代表にも定期的に招集されるようになった。

するとかれ初年度よりも、強豪といえるヨーロッパの中堅どころの数チームやビッグクラブからもオファーが届いた。現在、愛美が各チームの条件を精査し、交渉を進めていた。今シーズンが終わるころには移籍先が決まる予定だ。

終夜からはプロポーズをされていた。海外移籍したのち、結婚してほしいと言われたのだ。すぐには受け入れず、躊躇してみせた。だが最終的にはそれを受け入れるつもりだ。

ハルも、私が幸せになることを願ってくれているはずだわ、とまだ姿を消してから一年しか経っていないのに、まるで相楽を見捨てるような愛美の言葉にも、嬉しさで我を忘れている終夜は、自分を暗示にかけるかのごとく何度も頷き、うすら寒い笑顔を見せるのだった。

終夜は、蹴斗のことをわが子であるかのように可愛がっていた。蹴斗のことを本気でサッカー選手に育て上げようとしているのだ。終夜は、まだハイハイもできない蹴斗の目の前で、ビニール製の大きくて柔らかいボールを持ってきてリフティングをしてみせたりするのだ。すると蹴斗は、きゃっきゃと手を叩いて喜ぶ。その姿を見て、愛美も知らず笑顔になった。

愛美も蹴斗のことを愛していた。

わが子としてだけではなかった。

蹴斗は、愛美の子供であり、同時に父親でもあったのだ。

スペインに渡るまでの父親は、何度もその外見を変えた。

外見が変わっても魂（たましい）は変わらない。だから愛美は父親を愛し続けた。

だが父は母親である洋子を殺した。その瞬間、愛美は父親の唯一のモノになれないことを決定づけられた。だから愛美は父親を殺したのだ。

父親の魂は浄化され、同時に愛美の体を器として、父親の種が宿った。それが新しい父親としてこの世に生まれ落ちたのだ。

蹴斗は愛美の新しい父親なのだ。

愛美の願いは、父親を殺し、そして父親に殺されることだった。

だから父親を殺した。あとは殺されるだけだ。

その方法でしか母親である洋子を超えることができない。

新しい父親はまだ小さくて言葉も話せない。

だが愛美は心待ちにしていた。

この子が大きく成長して自分の新たな絶対者になってくれることを――。

そしていつの日か、私を、殺してくれることを――。

愛美は、願いが成就されるその瞬間を想像しただけで、興奮して身震いが止まらなくなる。そんなとき、まだ言葉の話せない新しい父親も、愛美の気持ちが分かるのか、キャッキャと手を叩き、喜んでくれるのだ。

愛美は新しい父親を抱きしめ、その可愛らしい小さな耳元で囁いた。

お父様、早く大きくなってくださいね。そして私を殺してくださいな。

11章　ギキョウダイ

相楽はいまだ消息不明のままだった。

姿を消したのはカタールワールドカップで日本代表が敗れた直後だ。日本代表が解散すると、相楽は一人スペインに戻っていた。やはりシスターやタケシ、園の子供たちとは、顔を合わせていなかったのだ。何らかの危険を察知したのかもしれない。相楽のスペインへ戻ってからの足取りは摑めておらず、スペイン当局も、バルセロナの英雄である相楽の失踪に、全力をあげて捜索にあたっているとのことだったが、目に見えた結果は出ていなかった。

それから間を置かず、今度は愛美の祖父が、バルセロナ郊外の河原で、頭を撃たれ死んでいるのを発見された。犯人は見つかっていない。この事件に関しては、相楽の失踪との関連性はなく、ゆきずりの犯行と目されているようであった。

このように愛美に近しい人間が連続して事件に巻き込まれた。連日、悲しみに暮れる愛美の姿が、日本のテレビでも放送されていた。まだ愛美に気持ちが残っているころであれば、不憫に思い、すぐにでも駆けつけたかもしれない。今、想いの無くなった終夜の心に浮かび上がるのは、同情ではなく、愛美に対する疑念だった。だが、それは断片的で、具体性の欠片もなく、酷く曖昧なものでしかないのだ。

そんなとき、終夜の父親、六村祐が神妙な面持ちで、話があると言ってきた。そのころ終夜は、まだ実家で暮らしていた。父は外に出ようと言った。なぜか母親の目を気にしている様子だった。父親の運転する車に乗ったのはひさしぶりだった。父親は行く当てもない様子で適当に車を流しはじめる。助手席に座った終夜は、しばらくの間、ぼんやりと車窓から流れる景色を眺めていた。

　父親はなかなか話そうとしない。車内には、重苦しい空気が流れていた。終夜は、それに気づかないフリをして、何も言わずに、ただ待った。

「もしかしたら相楽君は何か事件に巻き込まれたのかもしれない……」

　父親はようやく、そうぽつりと言葉を発した。

「どういうこと？」

　終夜は車窓からの見慣れた町並みから目を切り、父親を見た。

「母さんと結婚する前の話だ。隠すつもりはなかった。だが、あえて話す必要もないと思っていた。相楽君の妻である愛美、そして殺された祖父のことを俺は以前から知っていたんだ……」

「知っていた？　二人のことを……？」

「ああ……愛美の祖父……何者かに殺されたあの男は、悪魔そのものだった。

　かつての俺はあの男にすべてを支配されていた。そしてすべてを失った。それからしばらくしてあの男は俺の前に突然現れた。まだＭ市にいたころだ。意外なことに、男は俺に謝罪した。自らを悔いあらため、自分は生まれ変わったと言ったんだ。とても信じられなかった。男は俺に新たな仕事を紹介してくれると言った。ただ、その職場はＳ市にあり、Ｍ市から移り住む必要があった。それだけじゃなかった。母さんが抱えていた借金を帳消しにしてくれるとまで言うんだ。当時の俺は、おまえたちとどうしても一緒になりたかった。情けない話だが……収入もなく、母さんの借金を抱える力のない俺には、正直、渡りに船だった。俺は男を信じたわけじゃなかったが、その力を借りることにした。S市に移り住んでから愛美と一緒に現れたのには驚いたが、愛美にサッカーをやらせて、その姿をのんびり眺める男の姿を見て、本当に心を入れ替えたのかもしれないと思った。

その後、相楽君を追いかけてスペインにまで渡り、事務所を設立し、代理人として相楽君をバックアップしていると聞き、その思いはさらに強くなった。だがここに来て、相楽君が行方不明になり、どういう経緯かはまるで分からないが、あの男が殺された。酷く嫌な予感がしてな……おまえにだけは伝えておこうと思ったんだ……」

父親はため込んでいた言葉を、一息に吐き出すかのように語るのだった。

話を聞きながら、終夜は、頭が痺(しび)れ、それと同時に、急速に口腔(こうこう)が渇いてゆくのを感じていた。

M市で父の前に現れた愛美の祖父が、母親の借金をチャラにしてくれたというのだ。あの男だ。かつてM市に住んでいた終夜の前に、突如、現れた謎のスーツ姿の男と同一人物に違いない。あの男は終夜だけでなく、父親の前にも姿を現していたのだ。だが、このことを父親に言うわけにはいかない。両親の出会いが、あの男の作為によるものだと知られたくなかったのだ。同時に、別な疑問がわき、その意図を悟られぬよう注意しながら、終夜は父親に聞いた。

「父さんの前に現れた、その男の外見はどんな感じだった……？」

「細身で……真っ黒なスーツを着込み、髪をオールバックで撫でつけていたな……だが、なぜそんなことを聞く？」

「当時……アパートの周りをうろうろしていた借金取りに混じって、怪しげな男を見たことがあったからさ……だけど違うみたいだ。そんな外見じゃなかった」

終夜は適当に濁した。

「そうか……」

父親はとりあえず納得してくれたようだった。

「だけど……S市で愛美と一緒にいた祖父の姿は、でっぷり太って、頭の禿げた爺さんだったはず……」

そうなのだ。M市で出会った謎の男と、S市で見た愛美の祖父はまるで外見が違っていた。とても同一人物だとは思えない。

「あの男は住む場所を変えるたびに、同時にその外見も変えるんだ。日本各地、様々な場所で悪事を働いてきたからな。個人を特定されないためだ。M市で俺の前に現れる以前の、あいつの姿は、痩せて腰の曲がった、皺だらけの爺さんだった」

父は現実の話をしているのだろうか。気味が悪かった。住む場所を変えるたびに外見を変えるなど、まるで妖怪変化の類いではないか。

「愛美を知っていたというのは……？　まだ愛美は小さかったはずだよね……？」

終夜は質問の矛先を変えた。

父親はすぐには答えない。また黙ってしまった。ハンドルを握り、まっすぐ延びる幹線道路の、その先を睨みつけている。

「愛美は……俺の……俺の義理の娘だった」

父親のようやく発した言葉に、終夜は驚いてみせた。だが、これは予想していた答えだった。表情とは裏腹に、終夜は、やはりと思っていた。

気づいたきっかけは、相楽を追いかけてスペインに行くという愛美を止めようとしたときに、直接言われた言葉だった。


『運命でいうならば、あなたと私は結ばれるべきではない。悲しむ人がいるわ』


言われた当時は、終夜をあきらめさせるための、意味のない適当な言葉だと思っていた。だが、相楽が失踪し、愛美の祖父が何者かに殺されてから、ふとこの言葉を思い出し、その意味について考えるようになったのだ。だが、答えは出なかった。それが先ほど、以前から愛美のことを知っているという父親の言葉でピンときたのだ。

知っていたのなら父親と愛美はどんな関係性であったのだろう、という疑問に対して『悲しむ人がいる』という言葉がヒントになった。

もしも愛美が終夜の父親とかつて親子の関係にあった場合、実際は義理の娘であったが、現在の義理の息子である終夜との関係は、血はつながっていないが――ギキョウダイ――義兄妹の関係にあると言えないだろうか。

『悲しむ人』というのは父親である六村祐のことを指している。義兄妹となる、別れた娘と、今の息子が結ばれて喜ぶはずがないのだ。

そして芋づる式に、思い出すことがあった。S市に来てからも熱心に試合を見に来てくれた父親の足が不意に遠のきはじめたのは、たしか愛美が転校してきた時期と重なる。なぜ急に、と不思議に思っていたがようやく答えが見つかった。父親は、愛美と顔を合わせたくなかったのだ。

「俺は以前にもS市で暮らしていたことがある。そのころは当時勤めていた、会社の社宅に住んでいた。そこで俺は、愛美が四歳になるまで一緒に生活していたんだ。その後、様々な事情があって、愛美とは離れて暮らすことになった。そのころ、あの男は井上という名を持ち、社宅の隣の家で暮らしていた。おそらく、俺がいなくなったあと、愛美は、あの男に引き取られたのだろう。そして実は……その社宅には相楽君も住んでいたんだ。彼が養護園に入る前だ。相楽君は両親と暮らしていた。愛美とも仲が良くて、いつも二人でサッカーボールを蹴って遊んでいた」

これには演技ではなく、本当に驚いた。あの二人だけでなく、相楽も、父親の近くにいたというのは、いったいどういうことなのだろう。偶然と言われても、素直に頷けない。だがこれに関しても、よくよく考えると合点のゆく部分があった。やはり相楽は、愛美のことを以前から知っていたのだ。

「相楽はなぜそのあと養護園に行くことになったの……？」

いろいろ聞きたいことはあったが、最初に思い浮かんだ疑問を口に出した。

「分からない……養護園に行くことになったのは、俺がいなくなったあとの話だ。俺が社宅にいたときに見ていた相楽君は、両親にも愛され、幸せに暮らしていた。だが……隣にはあの男がいた。何かトラブルに巻き込まれたのかもしれない……」

父親は、まるで何かにおののくように、不安そうな表情を見せた。

終夜は考えていた。愛美の祖父は、M市で、終夜と父親の前に、ほぼ同時期に現れたのだ。そこにどんな意図があったのか。そして愛美は、かつて相楽と同じ社宅に住み、その近所には、愛美の祖父が暮らしていたという。

閃(ひらめ)くものがあった。

父親がもたらしてくれた情報のおかげで、足りなかったパズルのピースが見つかった。

恐ろしい絵図が浮かび上がる。

「父さん、どうして急に……このことを話してくれたんだい？」

父親にとってはずっと隠しておきたかった過去に違いない。

「相楽君は終夜と仲がよかったろう？　だから今回のことに、おまえが関わろうとするんじゃないかって心配だったんだ。愛美の祖父は本当に恐ろしい男だった。その男が殺されたんだ。裏でとんでもないことが起こっているに違いない。俺は、相楽君の失踪もこのことに関係していると思っている。俺たちが何かできる話じゃない。すべて警察に任せておけばいい。そう忠告したかっただけだ」

父親は、諭すような口調で言った。

「大丈夫だよ。そんな無謀なことはしないよ。だけど俺は……相楽は生きていると信じている……」

それは自分に言い聞かせるための言葉でもあった。

「そうだな……相楽君は有名になりすぎた。どこか人目につかない静かな場所で、人知れず休養しているのかもしれない……そのうちひょっこり姿を現すさ……俺も悪いふうに考えすぎた……とにかくすべては警察に任せよう」

父親はやはり優しい人間だった。警戒することを促しつつ、悲観的にならぬよう気をつかってくれたのだ。

「大丈夫だよ。父さん。分かってるさ」

話は終わった。家に戻り、二階の自室にたどり着くと、電気も点(つ)けずに、そのままベッドに倒れ込んだ。しばらく動くことができなかった。

　こんな馬鹿げた計画——一つでも分岐点を誤らせることができれば簡単に失敗させることができた。この計画の土台を組み上げ、あの悪魔たちに計画が成功する可能性を示したのは、終夜自身であることを知り、愕然としたのだ。

　六村祐が自分の父親となり、母親と結婚してくれたことに関しては本当に嬉しく思ったし、感謝もしている。だが、もしもM市で愛美の祖父が現れたときに、父親と母親を引き合わせていなければ、終夜がS市に行くこともなかった。その時点で、計画は失敗に終わっていたはずだ。そのあともチャンスは幾度となくあったのだ。相楽は最初、サッカーをやることに及び腰だった。あれほどの才能を持っていながら、環境もあったが、それまで客観的に評価してくれる人間がいなかったために、自分の能力に自信を持てていなかったのだ。だが終夜が相楽の才能を認め、懸命に口説き、サッカーの世界に誘ったことが、彼の中のスイッチを入れた。

　FCバルセロナのジュニアチームとの試合。あのとき、もしも相楽がゴールを決めていなければ、バルセロナは相楽に声をかけなかっただろう。そうなっていれば、その後数年間は、相楽は国内に留まることになる。結果、海外への進出も遅れ、あそこまでトントン拍子に相楽がスターダムを駆け上がることはなかったに違いない。

　相楽がバルセロナから点を取れたのは愛美の祖父の考えた作戦のおかげだった。それを愛美から伝え聞いた終夜は、そこにどのような意図があるとも知らず、監督やコーチの指示を無視してまで、祖父の作戦をねじ込み、チーム全体に浸透させたのだ。愛美がそこまでやるのは、相楽への強い愛情によるものだと思っていた。

自分はなんとおめでたい人間だったのだろうか——。

愛美と祖父にとっては、県選抜とバルセロナの勝敗など、どうでもよかった。彼らはなんとかして、相楽の力をバルセロナに示したかったのだ。そのためには、やはり点を決めるしかなかった。あの試合は、小学生時代の中で、相楽を世界にアピールする最後のチャンスだったのだ。だから愛美の祖父は、何がなんでも相楽に点を取らせたかったに違いない。

このように終夜は知らないうちに、二人の計画に加担していた。

奴らは少しでも相楽の成長が停滞し、芽が出なければ手を引いていただろう。相楽を失踪に導いたのは自分だ。あの二人も、最初から本気で取り組んでいたはずがない。その証拠に、愛美と祖父は、もともとS市に住んでいながら、相楽との距離が生まれるにもかかわらず、一度は、遠く離れたM市に移り住んだのだ。

終夜が相楽をサッカーの世界に引きずり込み、県選抜のベスト8まで勝ち残ったのを見て、可能性があると踏み、ようやく二人はS市に戻ってきたのだ。やはり、どこかで成長が停滞し、結果が出ていなければ、この計画自体をあきらめ、S市に戻ってくることもなかったのではないだろうか。

そこまで考えて、あれほどの才能を持ちながら、愛美がたった二年でサッカーをやめた理由もようやく理解できた。愛美は、相楽の手助けをするためだけにサッカーをはじめたのだ。だから相楽のスペイン行きが決まった時点で、愛美にはサッカーをやる理由が無くなった。

相楽はあきらかに愛美のことを毛嫌いしていた。練習以外では視線すら合わせず、口をきくこともなかった。その態度は相楽が日本を去るまで一貫していた。だから愛美が相楽を追いかけスペインに行くと聞いて、止めたのだ。そこには相楽への嫉妬心も多分に入り混じっていたが、それを抜きにしても、あまりに無謀な行為だった。

だが、愛美はなぜか自信を持っていた。

相楽は絶対に自分を受け入れる。相楽は、愛美にとって運命の人なのだと、そう言ったのだ。当時は、相楽への強い愛情を表した比喩であり、同時に、終夜の想いに気づいていた愛美が、自分のことをあきらめさせるために発した言葉だと思っていた。違うのだ。その時点で、愛美には、相楽が必ず自分を受け入れてくれるという確固たる理由があったのだ。

スペインに渡ったのは愛美だけではない。当時、国内で事業を展開していた愛美の祖父も、その事業を畳むような形で、スペインへ渡っている。いくら可愛い孫娘のためとはいえ、その恋心を成就させるためだけに、何のあてもなくスペインという、日本からはるか遠い異国の地へ、移り住むなどという選択をするだろうか。

まともな大人の判断ではない。だが、愛美の祖父は、スペインに渡ると同時に、代理人業を行うための個人事務所を設立し、超人的な活躍を見せはじめていた相楽と独占契約を結ぶことによって、事業を軌道に乗せたのだ。

愛美だけでなく、愛美の祖父も分かっていたのだ。相楽が愛美のことを必ず受け入れ、そして自らが設立した個人事務所と契約することを――。

ここで一つ疑問が浮かんだ。いくら日本で入念な準備をしており、相楽という天才プレーヤーとの契約を約束されていたとしても、言葉も文化もまるで違う、異国の地での、まったく経験のない代理人という事業を、あれほど簡単に軌道に乗せられるものなのだろうか――。そもそも公認の代理人になるには、ＦＩＦＡの主宰する厳しい試験を突破しなければならないはずだ。スペインに渡ると同時に事業を起ち上げたとなると、愛美の祖父は日本にいるときに、すでに代理人の資格を取得していたことになる。

ここまで考え、ふと思い当たることがあった。

また、愛美と交わした、あのときの会話だ。

『私はすぐにでも追いかけたかったのよ。でも、お祖父ちゃんが事業の準備に二年は必要だって言うから、しかたなく待っていたのよ。そしてようやく二年が経ったわ。もう待ちきれないわ』

あの二人が日本国内で、二年待たなければならない理由はなんだったのだろう。相楽がスペインで活躍できる存在であることを確認してからスペインに渡ろうと思ったのか――。

だが、あのときの愛美の言い方だと、相楽のスペインでの活躍に関係なく、相楽がヨーロッパに渡った、その二年後に、二人が相楽を追いかけるのは、もともと決まっていたように思えた。二人がスペインに渡った直後、相楽はバルセロナのトップチームとの契約に至り、その仕事を愛美の祖父が請け負っているはずだが、あのタイミングは偶然だろう。

あれが偶然でなければ、相楽が日本を発つ時点で、あの爺さんは、相楽が、その二年後にバルセロナのトップチームと契約することを予言していたことになる。

相楽は紛れもなく天才だ。だがたとえ天才であったとしても、世界中の天才たちが集まるバルセロナで、その天才たちを押しのけ、日本を出て、わずか二年で、十五歳の日本人の少年がバルセロナのトップチームと契約するなどと、誰が事前に予想できただろうか。そう考えると二年というワードには他の理由があるように思えた。

　相楽が日本を出ておよそ二年後となると二〇一五年ないし二〇一六年ごろのことになる。

　二〇一五年――。

　この数字に微かにつながる記憶があった。はっ、として終夜は暫し息を止めたまま、暗闇の中、ベッドの中で考え込んだ。

　不意に閃くものがあり、飛び起きて、デスクの上にあるノートパソコンを起動させる。

　自分は大きな勘違いをしていたのかもしれない――。

　ネットにアクセスして、そのことについて調べる。

　すぐに分かった。やはり――。

　二〇一五年――。その年、具体的には二〇一五年三月にＦＩＦＡの公認代理人制度が廃止になっていたのだ。それまでは自分の記憶の通り、ＦＩＦＡは合格率わずか八パーセントといわれる厳しい試験に合格した者のみ、選手の代理人という形で、プロクラブチームとの契約交渉や移籍交渉などを行う、仲介業務を認めていた。

　しかしそれが撤廃されたのだ。二〇一五年四月からは、試験を受けなくても、各国のサッカー協会に届け出さえすれば、自由に誰でも仲介業務を行えるようになった。

　あの男はこれを待っていたのではなかろうか。相楽がスペインに発った時点で、二年以内に公認代理人制度が撤廃されるという情報をどこからか掴んでいたのだ。

　男の思惑通り、制度は撤廃された。そして男はスペインへと飛んだ。男は、相楽という強力な武器を手中に収めている。そのような環境であれば、日本国内で綿密に準備を行っていれば、スペインに渡った直後に、事務所を設立し、代理人として短期間で伸し上がることは不可能でないように思えた。

あの二人がM市からS市に来るまでは、相楽と終夜の行動に任せた、ある程度、大味の計画に思えたが、S市に移ってからなのだろう。それは、様々な状況を考え抜き、綿密に構築された恐るべき計略に変貌を遂げていた。

愛美をスペインに渡らせまいとしたあのとき——すべてはもうすでに遅かったのだ。

終夜は一つ大きくため息を吐いた。

頭をどうにか切り替え、思考をもともと考えていた本筋へと戻す。

父親が話してくれたように、幼いころ相楽と愛美は同じ社宅に住んでいた。そのときに何かが起こったのだ。どういう経緯かは分からないが、相楽は、おそらく愛美、そして愛美の祖父に何らかの弱みを握られたのではなかろうか。

そうだとしたら愛美の祖父が、あっさりと相楽の代理人になり独占契約を結べたのも頷ける。二人の結婚にしてもそうだ。あれほど嫌っていたはずの愛美と、相楽はなぜ結婚したのだろうか、と不思議に思っていたのだ。スペインに渡り、二人の関係が変化したと思っていたが、そうではなかった。弱みを握られていた相楽は、愛美との結婚を受け入れるしかなかったのだ。

そして相楽は超人的な活躍を続けた。FCバルセロナで得点王となり、日本代表でも不動のエースとして、ワールドカップ二大会連続ベスト8という偉業を成し遂げた。弱みを握り、相楽を支配し続けていた愛美と祖父だったが、相楽の力が強大になりすぎたために、徐々にパワーバランスが崩れ、相楽に反逆を試みられたのではないだろうか。それが、相楽が行方不明になったことと関係しているのかもしれない。

そして、当初は愛美の祖父が起ち上げた個人事務所だったが、わずか数年で、祖父は一線から退き、実質の経営は愛美に託しているようであった。この二人の間にも、相楽天晴という途方もない利益を生む金の卵をコントロールする中で、いろいろと問題が生じた可能性は充分に考えられる。そして愛美は祖父が邪魔となり、殺した。あまりにも安直な考えであろうか。

だが大枠となる設計図——相楽の弱みを握り、彼の人生をコントロールして、世界に通用するサッカー選手へと育て上げ、生み出す利益をすべて自分たちのものとする——これは間違いないように思えた。

相楽は本当にいい奴だった。自分がS市に転校してきた直後『サッカー愛好会』で高圧的な態度を取ったために、クラス全員から無視された。だが、相楽だけは、唯一、自分と話をしてくれた。それがどれほどに嬉しかったか——。

相楽はまだ生きているのだろうか——。

生きていることを信じたい——。

自分の考えたことは、自信はあったが憶測でしかないのだ。

大枠は見えたが、その中で起こった出来事など分かるはずもない。

愛美は知っている。愛美ならばそのことを知っているはずなのだ。

もはや警察など当てにならない。自分が愛美に近づき、真実を暴(あば)いてみせる。

だが、相楽を失ったとはいえ、愛美は、今やヨーロッパで活躍する売れっ子の代理人なのだ。大学生でしかなく、いくつかのJチームから声をかけられているだけという終夜のような人間とは会うことさえしないだろう。あの女は、自分にとって価値のある人間しか相手にしない。だから、たとえ会えたとしてもそんな秘密を終夜に話すはずがないのだ。真実を暴くには、愛美に近づき、懐に入る必要がある。まずは自分の価値を高め、愛美と対等に話のできる存在にならなければいけない。

ずっと不思議に思っていた。相楽と愛美、なぜあの二人は、あれほどのサッカーセンスを持ちながら、まるで命を切り刻むような覚悟で、日々、努力を重ねられたのか——。

今ならなんとなく分かる。二人とも、自分とは生きる場所の違う、異世界の住人だったのだ。父親の六村祐は、愛美の祖父のことを悪魔そのものだと語った。愛美は、その悪魔にずっと支配されて生きてきたのではないだろうか。祖父の考えた計画を、成功させることは、愛美にとって生きることそのものだったのかもしれない。だから愛美は『サッカー愛好会』を強くさせて、相楽を高みに昇らせることに、命をかけていたのだ。

相楽もまた同じで、彼は、その悪魔に魅入られていた。弱みを握られ、どこまでも走り続けなければならない状況に追い込まれていたとは考えられないだろうか。

そして今、終夜も命を懸けてサッカーに取り組まなければならない理由が生まれた。

愛美に近づき、真実を突き止め、相楽を救い出すまで死ぬわけにはいかない。

終夜は大学を中退した。その後、声をかけてくれていた、関東のJ1のクラブに、すぐに入団した。

そして生活のすべてをサッカーに捧げた。そこに余計な感情のつけ入る隙はなかった。ただ自らを極限まで追い込み、それを乗り越えなければ明日は訪れない。その想いで毎日を生きた。シーズン途中の入団ということもあり、試合に出られない日々が続いた。だがチャンスは唐突に訪れた。終夜と同じポジションの、トップ下のレギュラー選手が試合中に負傷したのだ。

代わりに試合に出た終夜は爆発した。シーズン途中からの出場でありながら、七得点、十アシストという充分な結果を残した。すると海外の数チームから所属するクラブを通じて身分照会を受けた。海外のチームといっても、バルセロナのようなビッグクラブではない。二部から一部に昇格したような資金の少ないチームが、新戦力候補として、比較的、価格の安い日本人に対し、一応の品定めをしておくか、という程度の打診でしかない。

そのため、依頼を受けてもらえる可能性はかなり低いと思ったが、終夜は所属するクラブチームを通じて、愛美に連絡を取ってもらった。するとすぐに連絡がつき、さらに驚くべきことに、その翌週には、愛美、自らが、終夜の前に現れたのだった。まだ小物でしかない、自分のところに飛んでくるとは、相当、相楽がいなくなったことのダメージが大きいのだろうと思えた。それとも何か思惑でもあるのだろうか。愛美と会ったのは数年ぶりだった。

愛美は、仕事の話もそこそこに、私は、相楽のことをまるで理解してあげられなかった、と言って、さめざめと泣くのだった。終夜は愛美の首を絞め、今すぐにでも真実を吐き出させたい、という衝動をなんとか抑え込み、同情するフリをした。

愛美はあきらかに終夜を誘っていた。やはりこの女は頭がおかしい。

失踪した夫の存在を心配しながら、その夫の親友に色目を使っているのだ。なぜかつての自分は、こんな女のことを好きになったのであろうか。まるで理解ができない。

すぐに誘惑に乗ることはしなかった。終夜は愛美に対して、想いはあるが、相楽の状況を考えるとなかなか踏み出せないのだ、という演技をしばらく続けた。

月に一度、愛美は終夜に必ず会いに来た。あきらかに愛美は、終夜が想いを告げるのを待っていた。

終夜は暗い気持ちになった。もしも相楽が生きていて、また現れる可能性があるのなら、愛美は時間をかけてこのような行動をはたしてとるだろうか、と考えたのだ。

そのことを知るためには、さらに深く踏み込まなければならない。

終夜はタイミングを見て、愛美に対し、偽りの想いを告げた。すると愛美はとんでもないことを言ってきた。

相楽との間にできた子供が、愛美の腹の中にいるというのだ。

子供がいることは本当だろうが、相楽との間にできた子供だというのはとても信じられなかった。

だが終夜は覚悟を決めた。子供が生まれることを喜んでみせた。

その半年後、愛美は男の子を産んだ。相楽にはまるで似ていなかった。

男の子には、蹴斗と名づけた。蹴斗が誰の子か分からないが、子供に罪はない。

このような状況でも愛美からなかなか話を聞き出すことはできなかった。

こうなればこの女を完全に掌握するしかない。

終夜は愛美にプロポーズをした。愛美は迷っている様子だった。

馬鹿馬鹿しくてしかたがなかった。こいつはすべてを見透かされているとも知らずに、姿を消した夫への想いに揺れ動く、情け深い女を演じているのだ。

だが分かっていた。愛美は絶対にこのプロポーズを受け入れる。

プロ二年目のシーズン、終夜は海外移籍をせずに国内に留まった。そこで昨年以上の活躍と成績を残していた。同時に、日本代表にも選ばれた。はじめての試合で途中出場し、運よく得点を決めることができた。それからは、コンスタントに招集されている。だがどれほど活躍しても以前とは違い、嬉しさや達成感は一瞬でしかなかった。すぐに肌を切り刻まれるような焦燥感(しょうそうかん)に取って代わられるのだ。真実を知り、相楽を助け出すまで、本当の喜びは決して得られないように思えた。

いくつかの海外のクラブチームから、前年と同様に、身分照会を受けた。昨年と違い、ヨーロッパの主要リーグの中堅チームやビッグクラブと呼ばれるチームからも話が入っていた。終夜のサッカー選手としての価値はあきらかに上がっていた。それを愛美が、みすみす逃すはずはないのだ。

主導権はこちらが握っていると終夜は感じていた。

計画では、終夜の海外移籍のタイミングで籍を入れさせる予定だった。

夫婦の契りを交わし、逃げられなくしたところで、すべての真相を愛美自身の口から語らせる。だが、そうなると愛美が予言した通り、父親の六村祐を悲しませることになる。理由を言ったら父親は理解してくれるだろうか――。二人がギキョウダイであることを示唆（しさ）したあの女は、結婚を受け入れようとしている。悲しむ人がいる、と発した自分の言葉など、とうの昔に忘れてしまったに違いない。

相楽と交わした約束――。

二人でワールドカップの舞台に立つこと。

相楽がどのような思いでサッカーをやっていたのかは知る由もないが、二人で交わしたあの約束だけは、相楽の本当の気持ちであると信じていた。

終夜は次のワールドカップまで、日本代表に必ず選ばれ続ける、そう心に決めていた。相楽にはブランクなど関係ない。生きて戻ってきてくれさえすれば、すぐに日本代表に復帰できる。そうすれば二人の約束を叶えることができるのだ。

終夜は、相楽が必ずどこかで生きていてくれることを信じていた。

だが――もしも相楽がすでに死んでいたら――。

それが愛美によって殺されたのだとしたら――。

愛美は蹴斗とビニール製のサッカーボールを使って遊んでいた。二人がキャッキャッとはしゃぎ、こちらに笑顔を向ける。

不意に既視感を憶えた。

その二つの笑顔が、小学生のころの愛美と、そのころよく応援に来ていた愛美の祖父の顔に、なぜか重なって見えたのだ。

胃の腑がずしりと重い。同時に、黒々とした何かが渦巻き、巡る血液のすべてが、ぐつぐつと沸騰したかのような熱に体中を支配された。それが視界を赤黒いモノへと変える。

生まれてはじめてわき上がる、得体の知れぬ、狂おしいほどの激情だった。

それが、二人に向けられた、歯止めのきかぬ強烈な殺意であることを、終夜はすぐに理解した。

終章　約束の地

それでも殺してしまえば二度と真相を知ることはできない。それを頭では理解していた。

だが、どうにかして、自分の中で折り合いをつけなければ、今日にでも、二人を殺してしまいそうだった。

終夜は狂気に呑み込まれぬよう、日々、必死に足掻(あが)いていたのだ。

そういう心情の中にいると、当初考えていた、愛美と夫婦の契りを交わしたあと、懐柔して、真実を引き出すという計画も、はたして上手くゆくのだろうか、と不安しか感じなくなっていた。愛美は狡猾な女だ。如何に近づき、弱みを握ろうとも、一生、真実を聞き出せない可能性だって充分にありえる。

だから今すぐにでも、自分の中で線引きをしなければならないと考えたのだ。

そこで一つの賭けをすることに決めた。どんな結果になろうとも終夜は、その賭けの結果に従う。

そう心に誓った。

夕闇が迫っていた。その日、終夜は、近所にある小学校のグラウンドに忍び込んだ。

愛美と蹴斗も一緒だった。散歩の途中、ちょっとここで遊ぼうか、と二人を誘い込んだのだ。

小学校の下校時刻は、とうに過ぎており、グラウンドに人の姿はない。サッカーゴールが二つある。

きちんと白線も引かれていた。ハーフウェーライン。タッチライン。ゴールライン。ゴールエリアもペナルティエリアもはっきりと分かる。

明日、試合が控えているのかもしれない。土の地面はきちんと均されていて、グラウンドの片隅には通称『トンボ』と呼ばれるT字形をした金属製の整地用具が置かれていた。小学生が『トンボ』を使って一生懸命、グラウンドを均す姿を想像すると、この場所を踏み荒らすのは申し訳なく思った。だがここまできて引くわけにはいかない。

グラウンドにはサッカーボールが転がっていた。

「おっ、サッカーボールがあるぞ」

そう言って終夜はボールに走り寄った。ボールは終夜が用意したものだった。このグラウンドの人目につかない場所を選び、数時間前に置いたのだ。

「愛美、ひさしぶりに勝負しよう。俺が攻撃で。おまえが守備だ。蹴斗はゴールキーパーだな」

終夜は冗談めかして言う。どうなるか不安だったが、ひさしぶりに体を動かせるのが嬉しいのか、愛美は乗り気だった。最近、歩けるようになった蹴斗をゴールの下に立たせた。

終夜はボールを持ってグラウンドの中央に立った。ボールはあたりまえのことだが、いつも蹴斗と遊ぶときに使うビニール製のボールではない。プロの試合でも使っている五号の公式球だった。

終夜の考えた賭けとはこうだ。

グラウンド中央から蹴斗の立つゴールめがけてドリブルを開始する。愛美の守備を突破し、ペナルティエリアに入った瞬間にシュートを放つ。愛美は、終夜が、ちょうど蹴斗の足元で止まるような、地面をコロコロ転がる、優しいボールを蹴るものだと考えているに違いない。

違う。終夜は蹴斗めがけて全力でシュートを打とうとしていた。

蹴斗はまだ最近歩きはじめたばかりの一歳児だ。プロの自分が全力で蹴ったボールが、蹴斗の顔面に当たれば首の骨が折れ、体に当たれば内臓が破裂するだろう。

相楽がまだどこかで生きていて、もしも蹴斗が相楽の本当の子供であるのならば、サッカーの神に愛された相楽天晴の息子が、どんな状況であれ、サッカーボールによって殺されるはずはない、と考えたのだった。ボールが蹴斗に当たらなかったら、愛美に詰め寄られると思うが、当たらないように狙って蹴った、自分はプロなのだから、それぐらいできるのは当然だ、そう言って押し通すつもりだった。

その場合、相楽はまだどこかで生きていると決め、二人を生かし、いずれ訪れるであろう、真実を聞き出すチャンスを待とう、と自分を納得させたのだった。

もしもボールが蹴斗に当たった場合――相楽はすでに死んでいるということになる――。そのときは、自分の蹴ったボールで蹴斗が死ななくとも、当たった時点で、近づいてとどめを刺し、そのあと、愛美も、首を絞めて殺す。そう決めていた。

終夜はボールをグラウンドの中央に置いた。大きく深呼吸をしてドリブルを開始する。すぐに愛美が立ちはだかった。目線をおとりに、一瞬の緩急で、簡単に抜いた。かつての天才サッカー少女も、現在の、日本代表に選ばれるまでに成長した、終夜にはまるでかなわないようだった。

すぐにペナルティエリアに入った。蹴斗はゴール下に立ったまま動かず、こちらに顔を向け、無邪気に手を叩き笑っていた。終夜はシュートモーションに入った。左足を振り上げ、蹴斗の顔面めがけて渾身のボールを蹴ろうとした瞬間、体を支えていた右足に激痛が走った。視界が大きく揺れて固い何かに勢いよくぶつかった。

終夜は地面に倒れていた。背後から軸足を払われたのだ。試合ではないのだ。完全に油断していた。まさかこのような状況の中、背後から足を狙われるなど考えてもいなかった。まともに受け身を取ることもできず、固い土のグラウンドに、顔面と腹を、したたかに打ちつけた。顔の痛みと、腹を打ったことで呼吸のできなくなった終夜は、蹲ったまま、しばらく身動きが取れないでいた。

ボールがゆっくりと目の前を転がっている。

そのとき背後から何かが覆いかぶさってくるような不穏な影を感じた。

直後、頭部に凄まじい衝撃がはしった。

一瞬、目の前が真っ暗になる。

反射的に頭に手をやった。ぬめりとした感触。ようやく視界が戻る。自分の手のひらが見えた。それは大量の赤黒い血にまみれていた。

顔を上げる。

愛美がいた。

愛美は、グラウンドの隅に置いてあったはずの『トンボ』を大上段にかまえ、終夜を見下ろしていた。『トンボ』の地面を均す、金属でできた先端部分が赤く染まっている。

「おまえ……蹴斗を……お父様を……殺そうとしたろ！」

愛美は目を見開き、鬼のような形相で終夜を睨んだ。

終夜は、子供がイヤイヤするように、必死で首を振る。

「とぼけても無駄なんだよ。簡単に抜かせて様子を見てみれば……。おまえが蹴斗に向かってボールを蹴ろうとした瞬間、あきらかな殺意が感じられた。私にはそれが分かる。三流のおまえでも少しは利用できるかと思っていたらくだらないことしやがって……」

　愛美は人が変わったように、口汚い言葉で終夜を罵った。

「サッカーボールを用意したのもおまえだろ。全部お見通しなんだよ。計略を企てるなら細部まで詰めなければ意味がない。なぜ小学校のグラウンドに五号のボールが転がっているんだ？　五号のボールを使うのは中学生からだろ？　小学生が使うのは五号よりも一回り小さい四号のボールだ。そういった重要なディテールを無視して、馬鹿で浅はかなおまえは、おそらく普段から蹴りなれているという理由だけで五号のボールをグラウンドに転がしといたんだろ？」

　悔しいが愛美の言う通りだった。ボールが当たった場合、確実に蹴斗を殺せるように、普段から使っている五号のボールを用意したのだった。

「おまえはもう死ね」

　そう言って愛美は『トンボ』を終夜の頭めがけて振り下ろした。終夜はそれを避けようと、必死に体を捻る。どうにか頭は逸れたが、肩に当たった。焼けつくような痛みがはしり、呻き声が漏れた。

　だが、そのままゴロゴロと転がり、どうにか愛美と距離を取ることに成功した。

　足の痛みで、立ち上がることはできなかった。

　終夜は肩を押さえ、膝をついたまま、愛美と対峙していた。

　頭からの出血が酷いせいか、視界が揺らぐ。

　このままでは殺されてしまう――。

　どうしたら――。

愛美は『トンボ』をかまえながらじりじりと距離を詰めてくる。

そのとき目の前に転がっているボールに気づいた。

ゴールには蹴斗がいて、逃げ惑う終夜の姿を見ながら、手を叩き、ケタケタと笑い声をあげている。

瞬間、忘れかけていた怒りがわき上がる。やはりそうなのだ。あんな恐ろしい子供が、心優しい相楽の子供であるはずがない。

そのとき一つのアイデアが思い浮かんだ。今の自分の体で、それができるとは思えなかったが、やらなければ殺されるだけだ。

終夜は、足の痛みをこらえて、懸命に立ち上がった。それだけで息が乱れ、地面がぐにゃぐにゃと柔らかく感じるほどに、足元がおぼつかない。

視界を確保するために、目に流れ込む血を拭う。

ゴールにいる蹴斗をちらりと見た。

その瞬間、やめろ、と叫ぶ愛美の声が聞こえた。

終夜はその声にかまわず、全神経を集中させて、目の前のボールを蹴斗めがけて、思いきり蹴った。

直後、軸足となる右足が悲鳴をあげた。同時に、頭の中に手を突っ込まれ、まるで脳味噌を直接握りつぶされるような頭痛に襲われ、膝をついた。

それでも、激痛と揺らぐ視界の中、ボールの行く先を追った。

今の手負いの終夜が、インステップキックで蹴ったのでは、確実に的を外す。

ボールを蹴斗に当てることが目的だった。

だから威力はないが、コントロールの利く、インサイドキックで蹴った。

終夜の足元から放たれたグラウンダーのボールは勢いよくゴールに向かって伸び、そのまま蹴斗の足を刈った。蹴斗はもんどりうって倒れる。直後、蹴斗の泣き声がグラウンドに響き渡った。それを見た愛美は悲鳴をあげ、『トンボ』を放り投げて、蹴斗の元へと駆け寄った。

今だ。逃げるなら今しかない。

終夜は、右足の激痛に耐え、再び立ち上がった。やはり苦悶（くもん）の声が漏れる。

グラウンドの外には、国道がはしっていた。そこまで逃げれば人目も生まれる。愛美も、さすがにそのような状況で追い討ちをかけようとはしないだろう。

終夜は、愛美と蹴斗のいるゴールとは反対方向にある、小学校の校門に向かって走り出した。だが足がもつれて上手く動かない。バランスを崩し、地面に手をついた。

綺麗に均されたグラウンドの上に血の雫（しずく）がぽたぽたと落ちる。

視界は明滅し、息は乱れ、寒気もする。

それでも逃げなければならない。ここで捕まれば確実に殺される。

また立ち上がり、終夜は走り出した。

後ろを振り返ると愛美の姿が見えた。

目をひん剝き、鬼のような形相で追いかけてくる。蹴斗をやられたことで、激情に駆られ、完全に我を忘れているのだ。

そのときはっきりと確信した。

相楽は愛美に殺されたのだ。もう生きてはいまい。

愛美の祖父もおそらく、愛美に殺されたのだろう。

あの女には——あの女だけには、どんな理由があっても、決して近づいてはならなかったのかもしれない。

背後から足音がどんどん迫ってくる。

もはや振り返る余裕もない。

このままでは追いつかれてしまう。

それでも終夜はあきらめず、懸命に走った。

ようやく土の地面が途切れる。すぐ先に校門があり、そこを出れば多くの人と車の行き交う国道にたどり着く。

もう少しだ。最後の力を振り絞り、終夜は喘ぎながら進んだ。

やっと校門までたどり着いた。

ここを抜ければ道路に出る。人がいるはずだ。助けを求めることができる。

少し余裕ができたと思い、振り返ると、愛美はもう目と鼻の先まで迫っていた。

すぐそこが人目のある道路だというのに、まるで足を止める様子はない。やはり怒りで、我を忘れ終夜しか見えていないのだ。

終夜は慌てて道路に出た。だが愕然とした。

いつもは人の行き交う歩道に、歩く人の姿はなかった。このまま歩道を逃げても、すぐに追いつかれてしまう。終夜は咄嗟に、車道へと目を向けた。

終夜の揺らぐ視界の中には、車は見えない。その先に、微かに人影が見えた。

迷っている暇はなかった。道の向こう側に助けを求めて、終夜は車道に飛び出した。

愛美の息づかいが、すぐ背後に聞こえる。

車道に飛び出した直後、愛美に背中を掴まれた。

絶望で体中がひんやりと冷たくなる。

終夜の足が止まった。呼吸ができない。体も動かない。体力も気力も限界だった。

「貴様……クズのくせによくもやってくれたな……私の大事なお父様をよくも……」

そのまま愛美の二つの手が終夜の首に伸びる。

終夜が最後の力を振り絞って振り返る。だがそれが精一杯で、もはや終夜に抵抗する力は残されていなかった。

愛美の、その大きく剝かれた目は爛々と輝いていた。

やはり愛美には終夜しか見えていないのだ。

愛美の驚くほどに冷たい、両の手のひらが、終夜の首に纏わりつく。

そこに力が込められ、同時に、愛美が口の端だけを曲げて、ニタリと嗤（わら）った。

殺される――そう思った瞬間、目の眩（くら）むような光と轟音（ごうおん）に包まれた。そこにクラクションと共に、甲高いブレーキ音が折り重なる。同時に、凄まじい衝撃を受けて、体が弾き飛ばされた。

今、自分の体がどのような状況にあるのかまるで分からない。

終夜はどこかに投げ出されていた。

背中に冷たいアスファルトの感触がある。

車道だ。おそらく車道の上で、仰向けに倒れているのだ。

意識はある。まだ死んではいないようだ。

上半身をゆっくりと起こす。見えるものは何もない。

不思議なことに頭痛は消えていた。ただ凍えるように寒いのだ。

そのままブルブル震えていると、朧げにだが、見えてくるものがあった。

そこはやはり車道の上だった。終夜の目の前には横転したトラックの姿があった。横倒しになったトラックはどこからか煙を吐き、その前輪は勢いよく回り続けている。

その先に、仰向けに倒れたまま、動かない女の姿が見えた。

終夜はブルブル震えながらも、匍匐(ほふく)前進で、まるで吸い寄せられるように、倒れて動かない女の元へと向かった。頭痛は消えたが、体中の痛みはまるで消えていない。

痛みに耐えながら進み、どうにか女の近くにたどり着いた。

倒れている女は愛美だった。

愛美は口をぽかんと開け、大きく目を見開いたまま、微動だにしない。

愛美の胸に耳を当てる。心臓の鼓動は聞こえない。

呼吸もしていないようだった。

終夜を殺そうと爛々と輝いていた目玉は、今はまるで透明なガラス玉のように色を失っている。

あのトラックが愛美を撥(は)ね飛ばしたのだろう。終夜も愛美も周りが見えておらず、迫りくるトラックの存在に、まるで気づいていなかったのだ。

どうやらトラックの車体は愛美だけに直撃し、終夜は、ぎりぎりのところで車体の直撃を免(まぬが)れて、愛美が弾き飛ばされる衝撃に巻き込まれただけで済んだようだった。

今の状態の終夜が、トラックに直撃されて、再び動けるはずがない。

終夜は愛美を見下ろす。

ともあれ愛美は死んだのだ。

多くの人々を不幸に陥れた悪魔はこの世からいなくなった。

そう思った瞬間、急に体の力が抜けてまったく動けなくなった。

そして、不意に誰かが部屋の照明を落としたかのように、視界が遮断された。

同時に体中の痛みが嘘のように消えた。凍えるような寒さも無くなり、今は、体がポカポカと温かい。

終夜は死ぬことを覚悟した。

最後に――偶然ではあるが相楽の仇を討てて本当によかった。

思えば悪魔たちに憑かれた酷い人生だったが、その中でも、相楽に出会えたことは、唯一と言える、幸せな出来事だった。

そう――自分は、この人生だったからこそ相楽天晴に出会えたのだ。

微かに届いていた、周囲の喧騒も消えた。終夜は漆黒の闇に包まれた。

そのまま意識が収束し、すべてが消えて無くなると思ったその瞬間、不意に体を揺すられる感覚があった。

終夜は驚き目を開いた。

目の前には相楽がいた。心配そうな表情でこちらを見ている。

「ハ……ハル……」

あまりのことにそれ以上、言葉が続かない。

「どうしたんだい終夜君、大丈夫かい？」

「え……あっ……いや……ちょっとぼんやりしてて……」

状況がまるで分からない。気づくと適当に濁した言葉が自然と口から出ていた。

「ようやくたどり着いた夢の舞台だっていうのに……こんなときにぼんやりできるだなんて、君はやっぱりいい度胸しているな……集中して頼むぞ。必ず優勝しよう」

そう言うと相楽はさっさと背中を向けてしまった。

夢の舞台——。

優勝——。

終夜はどこか狭く薄暗いトンネルのような空間にいた。目の前には相楽が背を向けて立っている。背後に気配を感じた。振り返ると、終夜の後ろにも、複数の男たちがきちんと列を作り並んでいた。その横にも同じように列を作り、並んでいる男たちが見えた。そちらの列の男たちは、皆、背が高く、顔の彫りが深い。外国人のようだ。二つの列を作り、きちんと並ぶ男たちは何かを待っているようだった。

ヒリヒリするような緊張感でその空間は満たされていた。皆、一様に強張った表情をしている。その緊張感に当てられ、終夜は、目の前で背を向ける相楽に声をかけることができなかった。

すると天井から大音量の音楽が流れはじめた。

何度も聴いたことのある曲——すぐに分かった——ＦＩＦＡのアンセムだ——。

途端、男たちが大声をあげる。自らに気合を入れているようだった。同時に目の前の相楽が前へ歩きはじめた。慌ててついてゆく。しばらく進むと階段が現れ、それを上る。出口が見えた。そこからまぶしいほどの光が射し込んでいる。
階段を上り切るとそこは――超満員の観衆で埋め尽くされたスタジアムだった。
太陽の光を受け、自分の姿が露になる。
終夜はブルーのユニフォームを着ていた。
ユニフォームの左胸には八咫烏のマークが見えた。
夢の舞台――。
優勝――。
ワールドカップの決勝の舞台――。
スタジアムは耳をつんざくような大歓声に包まれていた。
長い旅はようやく終わりを告げようとしていた。
思えば終夜は、ずっと、相楽の背中を追い続けてきた。
二人は今、同じピッチに立ち、その背中は今、目の前にある。
もう二人を邪魔するものは何もない。
終夜はとうとう約束の地にたどり着いたのだった。

【サッカー日本代表の六村終夜さんが何者かに頭を殴られ死亡。
事件カギ握る、元サッカー日本代表妻が病院より失踪か】

K県Y市I町の国道で、○日夜、車道で揉み合っていた男女にトラックが衝突した。

衝突された女性は現在行方不明中の元サッカー日本代表相楽天晴さん（二十二）の妻、相楽愛美さん（二十二）で、愛美さんは衝突のショックで一時、心肺停止状態に陥（おちい）ったが、その後、駆けつけた救急隊員の適切な処置により、意識を取り戻し、奇跡的に一命を取りとめた。

一方、愛美さんの傍らで、頭から血を流し倒れていた男性は死亡した。死亡が確認された男性はサッカー日本代表の六村終夜さん（二十二）だった。六村さんの死因は、トラックの衝突によるものではなく、何者かに頭を殴られたことが原因の失血死であることが分かった。さらに事故があった国道近くの小学校で、愛美さんの長男である蹴斗ちゃん（一）が一人でいるところを発見、保護され、愛美さんと同じ病院に搬送された。

K県警は六村さんが何らかの事件に巻き込まれたと見て、市内の病院に搬送された愛美さんが回復するのを待ち、事情を聴こうとしていたところ、愛美さんは、昨夜未明、入院先の病院から姿を消した。一緒に入院していた蹴斗ちゃんを連れて抜け出した模様で、現在、K県警は愛美さんが、六村さんの死に、重大な関わりがあるとみて、その行方を追っている。

嶋戸悠祐（しまと・ゆうすけ）
1977年北海道旭川市生まれ。北海学園大学卒業。『キョウダイ』（講談社ノベルス　2011年刊）が、島田荘司選　第3回ばらのまち福山ミステリー文学新人賞優秀作に選出され、デビュー。他の著書に『セカンドタウン』（講談社ノベルス 2013年刊）がある。

本書は書き下ろしです。

ギキョウダイ

2017年2月14日　第1刷発行

著　者　嶋戸悠祐（しまと ゆうすけ）
発行者　鈴木　哲
発行所　株式会社講談社
〒112-8001　東京都文京区音羽 2-12-21
電話　出版　03-5395-3506
　　　販売　03-5395-5817
　　　業務　03-5395-3615

本文データ制作　凸版印刷株式会社
印刷所　凸版印刷株式会社
製本所　大口製本印刷株式会社

定価はカバーに表示してあります。

ISBN978-4-06-220469-9　N.D.C.913 318p 20cm